登山道 DENGSHAN DAO

时代出版传媒股份有限公司
安徽文艺出版社

作者简介：

　　程迎兵，男，1972 年 12 月生。中短篇小说见于《青年文学》《长江文艺》《福建文学》《湖南文学》《清明》《红岩》《野草》等期刊。出版有小说集《陌生人》《万事都如意》。有作品被译介到国外。中国作家协会会员。

登山道

DENGSHAN DAO

程迎兵◎著

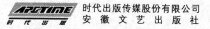
时代出版传媒股份有限公司
安徽文艺出版社

图书在版编目（ＣＩＰ）数据

登山道 / 程迎兵著. — 合肥 ： 安徽文艺出版社,
2020.11（2022.5重印）
ISBN 978-7-5396-6966-3

Ⅰ. ①登… Ⅱ. ①程… Ⅲ. ①中篇小说－小说集－中
国－当代②短篇小说－小说集－中国－当代 Ⅳ.①I247.7

中国版本图书馆CIP数据核字(2020)第084872号

出 版 人：段晓静
责任编辑：姚 衍　　　　　　　　　　装帧设计：徐 睿

出版发行：时代出版传媒股份有限公司　www.press-mart.com
　　　　　安徽文艺出版社　　www.awpub.com
地　　　址：合肥市翡翠路 1118 号　　邮政编码：230071
营 销 部：(0551)63533889
印　　制：北京一鑫印务有限责任公司　　　(010) 61424266

开本：880×1230　1/32　印张：9.5　　字数：230 千字
版次：2020 年 11 月第 1 版　2022 年 5 月第 2 次印刷
定价：45.00 元

■ 印象记(代序)

冬日,马鞍山。黄昏将至,一个光头男人坐在九楼上,看着窗外的白雪茫茫,"远处的雨山雾蒙蒙一片,不知道此刻还有没有人在散步。雪,让我感到安全,它们隔开了我与这个世界"。——这个场景未必是我的虚构,这个光头男人就是小说家程迎兵。

迎兵善饮,据说天才的作家往往有癖好:从席勒的苹果到鲁迅的吸烟,从纳博科夫的浴缸到伍尔芙的紫墨水,就是例证。我怀疑迎兵的小说跟喝酒一样能让人恍惚起来,他让我看见一个叫"丁小兵"的家伙从小说中游荡出来,那或许就是迎兵的影子。我和迎兵相识有些年头了,那年在安徽首届作家高研班以及鲁院安徽作家班上成了同学,就相约每年城际轮值相聚一次,此后在一些文学活动和私下交流中也越来越熟了。我见过他从黄昏到深夜一直坐在酒桌上,却久喝不醉,只是嘴角偶尔露出得意和狡黠的一笑。我一直以从未见过他醉酒的样子为憾事——难道他能喝下一条河流?

迎兵在小说集《万事都如意》自序中说:"写作只是度过时光的方式,每个人都有度过时光的方式……我喜欢喝酒、写小说,这两种癖好都会导致虚无。"在某次他的小说研讨会上,作家曹寇说他对程迎兵的小说有三个发现,其中一个就是他发现程迎兵本人与小说达到了惊人的一致,"在我看来,作家与常人的唯一区别就是会灵魂出窍,然后以鬼魂的方式站在自己头顶审视自己。于是,我们通过程迎兵的小说看到了他的生活内容、他的个人趣味,以及一个人活在这世上无法避免的虚无感和荒谬感"。而我觉得迎兵似乎与那个叫卡尔维诺的家伙有几分相像,那个小说家以一种迅捷的笔触表现现代人的异化,隐射人类生存的尴尬处境,却以轻逸、趣味的笔触,让读者并不觉得沉重。我更愿意说:酒和小说是迎兵从惯性生活中逃逸的方式,是从此处到彼处的摆渡。他与日常生活貌合神离,在琐屑的生活之外寻找着出口。他精神游走异地,情感旁逸斜出,试图摆脱生活的庸常,在彼处安放身心,可终究无处可逃。但他不故作高深,不装腔作势,不乡愁,不矫情,而以简约、及物、游离的叙事,调侃、揶揄、机智、有趣的语言,戏谑生活,自我解嘲;以点到为止的冒犯、言此意彼的幽默,舒缓着意义的沉重,呈现出放浪与轻逸的姿态。

在迎兵的小说中,小人物总是要面对无所事事、牙疼式的日常生活,而其逃离的一个通道就是将隐秘的情感旁逸斜出。《乘客》以两条线索叙述,勾勒出一个貌似迷雾般的故事,而穿过迷雾,我们不难发现其构思的精巧——精巧的结构是短篇小说独有的特点,也是文体魅力所在,迎兵对小说技巧的驾驭可谓驾轻就熟,布设着迷宫和花园。《四月十日》中,丁小兵对同去开会的余晨一无所知,但从余晨和副总的纠结中看到了他们的过去,那过往就像一道年久的伤疤横在两人之间,随时都能因新冲突流出新鲜的血来。丁小兵冷静地旁观着,叙述着自己的感受,直到余晨被发现是个通缉犯并被警察带走了。就当读者以为故事走向清晰时,他的叙述再次将读者带入迷雾,仿佛一个迷宫有若干出口,提示了更多可能性。迎兵的小说是对生活的逃离、隐遁或寻找,他所要展现的也许只是为情感和欲望找个出口,或者寻得人生其他的可能性。

　　可我们终究无路可逃,我们的出逃总是被退回生活原处。那么,面对这样的困境,迎兵是怎样自处的呢? 他以对生活反讽和自我的调侃,呈现出了一种放浪而轻逸的姿态。在《所有事物的尽头》中,现实生活里的女邻居和丁小兵梦中的女孩呈现出的镜像关系,就是一个男人现实之情和理想之爱的相悖,这种相悖何曾不是"所有事物尽头"的喟然长叹。小说家迎兵懂得现实和理想永远有着巨大的差异,但这种差异经过他的处理后,表现出来的就是一种群体差异,他在体察人生之后又飘逸而去。这样看来,出逃路上的迎兵是机智和狡猾的。

　　我见过迎兵微信朋友圈里的一个记录:"昨夜,短篇《跳来跳去》搞定,其间喝酒三场,总写作时间二十八小时,计划用三天修改。最后,它就与我无关了。"迎兵这种率性和随意在他的生活中随处可见,但我又不得不承认他对小说敏锐的观察力和精确的把握。在合肥小旅馆里,我听过迎兵说起短篇《樟脑丸》的构思:"我从旧大衣柜里,闻到了樟脑丸的气味,这让我想起许多事,其实人也会挥发的,但我确定他们曾经存在过,因为他们固执地留下了自己的气味……"我说这些只是想说迎兵的小说，也有着某种不易挥发的气味。

　　迎兵的第三部小说集要出版了，他吩咐我写个《印象记》。我觉得没必要祝贺他写作硕果累结，因为他还会继续写下去，而我所要做的仍然是——在程迎兵的小说里，把那个狡黠的家伙找出来。

朱斌峰

2019 年 12 月 7 日

目 录

■ 樟脑丸

　　天色一暗下来,对面那个小房间的灯就亮了。丁小兵觉得那盏吊灯也许一直是亮着的,像在耐心等待着每一个黑夜的来临。

　　那个大男孩头戴耳机,坐在电脑前手忙脚乱,女孩则安静地趴在床上看手机视频。他俩好像从不到另一个房间去,洗的衣物也只是挂在防盗窗的格栅里。另一个房间的灯几乎没怎么亮过,偶尔亮一下也是因为男孩的妈妈在阳台翻找什么东西,更多的亮光来自电视机的荧光,就如每个家庭都会有的那一两个秘密一样,微弱而模糊。

　　搬进这栋小高层快十年了。当初单位为了解决最后一批无房户而把他安置在了这里。房子建筑面积近六十三平方米,两间卧室朝西,客厅挺大但没窗户。丁小兵简单装潢了一下就搬了进来,刚搬进来时他和儿子都嫌小,现在丁小兵却嫌房子太大。如今这三栋高层里更多的是老人,大多数中年人早已搬离这里买了新房。丁小兵不想折腾,也不想重复着上班下班如同复印机般的生活,他想跟楼下那些老头一样活得悠闲和无聊。可时间久了,那些老头看出他是真无聊而不是假装无聊,就逐渐不带他玩了。

　　今天早晨参加完同事的追悼会,丁小兵并没有登上单位接送的大客车。顶着寒风的那一刻，一周前刚办理完"提前退养"手续的他，忽然间感觉自己也老了。顺着围墙往前走时，身后的大客车司机朝他礼貌性地按了两声喇叭，他停下脚步转过身，朝司机摆摆手，却抬头看见山边那座高耸的烟囱。他有些恐惧，抬手拦了辆出租车，飞也似的逃回了市区。

现在，丁小兵趴在窗台上想一件事。对面楼里的灯光正渐次亮起，冬夜的心事如同这灯光，没等彻底想明白，整栋楼就灯火通明了。

对于在单位选择"提前退养"这件事，事后他还为此纠结了一段时间。还有五年退休的他，恰好符合单位新出台的政策。对他来说应该五十五岁退休，但想想自己在单位也没多大奔头了，他便响应号召办理了退养手续。其实丁小兵盘算过，也给自己留了条退路，本以为一套程序走下来至少要半个多月，万一其间自己后悔了或许还有周旋的余地。没承想，办事员仅用一个小时就给他办理完结了所有手续，白纸黑字一眼便能望到头，其速度快得像是担心丁小兵下一秒就会后悔。

丁小兵事后甚至怀疑这项政策就是为他量身打造的。

走出单位大门的那一刻，丁小兵回头望了望。两株梧桐树光秃秃的，凛冽的寒风对它们没有太多的办法，此时的梧桐树再也藏不住一只鸟，遮不住一滴雨，更像一个历经沧桑的长者，在清冷中站出了豁达的姿态。

"没什么舍不下的，梧桐开春照样会返绿。"他对自己说。又想起临出办公室时，他还询问办事员五年后谁来通知他办正式退休手续。谁知办事员说："我明年就退休了，不过到时肯定会有人来通知你的。

别急。"

丁小兵蜷在被子里,像深陷一堆黄沙之中。

他想趁着夜色出去喝两杯,便给朋友打电话。连打了两个电话,其中一个在加班,另一个还在外边办事,朋友们语气匆忙,丁小兵都能听见手机那边传来的呼呼风声。他不甘心,又给另外一个朋友打电话,但对方懒洋洋地说:"时间不早了,明天还要上班,改天我请你吧。"

丁小兵觉得无趣,便从床上爬起来煮面条。看着清汤寡水的面条,他更觉无趣。于是从冰箱里拿出西红柿和鸡蛋,做了个浇头,再撒上一把青蒜末,面条顿时就好看了很多。吃完面,他趴在阳台上点了支烟。

对面楼层的灯光没什么变化,偶尔能看见人影在房间里晃来晃去。丁小兵仔细想了想刚才打出去的三个电话,谁又不在为掩饰自己的生活而撒谎呢?

看着依旧在打游戏的那个大男孩,他想起上大学的儿子很久没给他打过电话了。他拨通手机,电话响了一会儿才被接听。

"我想起一件事。"丁小兵说。

"什么事?"儿子压低嗓门问。

"我再想想……"可丁小兵想了半天,也没想出什么事。

儿子说:"没事我挂了啊。"

"别急。你在干什么?"

"我……在谈恋爱呢。"

"哦,那我挂了。"

对面大男孩正在拉窗帘。"呼啦"一声窗帘摆动了几下,一小片光亮从没拉严实的窗帘边钻出来,散落在窗台上。

这时候,丁小兵终于想起一件事。他想起刚进单位没多久那会儿,那是一个夏天的夜班,二十出头的他和师傅坐在厂区栈桥上乘凉,对面是检修车间的小二楼。丁小兵记得当时他喝的是免费冰汽水,而师傅手里握着个搪瓷缸,喝着滚烫的劳保茶。

检修车间大院里漆黑一片,只要没有抢修的活,这个大院包括那栋二层楼,夜间没有任何声响,有时甚至能在身后嘈杂的机器声中,听见蛐蛐的叫声。抽完一支烟,他准备起身再去接一杯冰汽水,他喜欢这种味道。他刚刚站起来,师傅却一声低吼:"快蹲下!"丁小兵本能地捂住脑袋,以为有什么安全事故突然来临。

二楼靠西边的一个房间灯亮了一下,又灭了,但很快又亮了。一对中年男女进了办公室。"哎哟",丁小兵看见师傅的嘴巴被热茶烫了一下。

丁小兵说:"有检修?"

"至少今晚我们工段没有检修任务,"师傅把右手食指竖在嘴边,不耐烦地对丁小兵说,"嘘……话比屁多!"

男人在窗前站了几分钟。丁小兵看见师傅把安全帽往下压了压。随后办公室的灯,灭了。丁小兵没看出什么名堂,想转身回休息室喝冰汽水,但师傅像早知道他要干什么似的,断喝一声:"别动!"

没过十分钟,大院里传来几声狗叫,紧接着又传来踹门声。对面办公室的灯亮了,门外多了个男人,屋内的男人"扑通"就跪下了,然后不停扇自己耳光,脑袋也不住地往地上磕。而那个女人则趁机一溜烟跑不见了,就像从来没出现过一样。

丁小兵至今还记得师傅当时的那句话。师傅说:"这三个人我都认识,但做梦也没想到他们之间会有这样的故事。"

大约半个月后,丁小兵在一次下夜班的路上,被人劈头盖脸打了一顿。多年后他想起这件事时,隐约觉得是他的师傅出卖了他。多年后,他才得知那个跪下的男人,是自己初恋对象的丈夫。

此刻,不知哪个房间传来悠扬的小提琴声,丁小兵却听得很不耐烦。提前退休后,他发现其实生活许多时候都只是生活,那些发生过的事件,其实并没有太多曲折,不过是随着时间的河流平静地打着旋,最终归于生活。就像抽水马桶里被人随意扔下的一个烟头,跟着水流旋转了几圈,最后还是顽强地漂浮在水面上。犹如有人吐了一口痰。

现在,丁小兵想起了早已退休多年的师傅。他想知道是不是师傅当年出卖的他,导致他被人莫名其妙打了一顿。

他翻看了一下手机通讯录,发现自己居然没有保存师傅的手机号。他问了几个同事,都说不晓得。他有的是时间和耐心,把手机里同事的号码挨个问了一圈。其中一个同事说他正准备出门喝酒,让他也过来。

丁小兵下楼打车。街上的路灯昏昏欲睡,远处拥挤的楼群看起来距离很近,但又都遥远得那么真实。

出租车行车记录仪里的画面速度很快,完全超越了实景。巴掌大的画面像是一个巨大的口袋,把前方的夜景吞噬进去,又吐给后排坐着的丁小兵。他感到眩晕。从前挡玻璃看去,夜晚的灯火却又是静止不动的,他宛如进入了一个奇幻世界。十字路口堵得厉害,前方汽车的白色尾气徐徐上升，像某个人一声不响地抽着闷烟。

　　饭店并不太远，几杯白酒下肚，丁小兵暖和了。他散了一圈香烟，然后翻看着手机里的头条新闻，顺便打听了一下他师傅的联系方式，同事毫不犹豫地告诉他，他师傅去世至少有三年了。

　　这条消息与无数的头条混杂在一起，显得毫无特色更不抓人眼球。桌上的一个同事正给老婆打电话问能不能晚点回去，获批后，对着电话说老婆真好真宽容，挂了。随着电话的挂断，他脸也挂了下来，像什么都没发生一般安坐桌前继续喝酒。丁小兵注意到此人碰杯时他的酒杯永远要低于对方。很多人都有这个好习惯，丁小兵也曾一度爱和他们较劲，比谁的酒杯端得更低，以至于俩人几乎都是蹲在地上干了一杯酒。

　　丁小兵的手机响了，来电显示是"快递送餐"，他便直接挂断了。退养后每次与同事聚餐时听到手机铃声，他还是会下意识紧张一下以为又有抢修，随后反应过来自己已经没有了岗位。同事们还在有一搭没一搭地说着单位的事，他听起来很陌生。同事之间不说真话地活着，深藏自己以维持彼此的关系，也许这对大家来说就是幸福的形式。当然，这也包括他自己。

　　邻桌是四个女人，她们瞬间就吃完了，随后三个服务员瞬间也收拾干净了桌面，然后哼着歌："夏天夏天悄悄过去，留下小秘密……"一切都神秘得如同周围警惕的眼神。丁小兵端起酒杯，一口干了，然后扶住一个同事的脑袋，亲吻了一下他油亮的光头，说："我爱你兄弟。"像在做最后的道别。

那天下午落了几滴雨。

丁小兵抬头看了看天空,天色阴沉。多年来,他在冬天看到过无数次这样的天色,每一次他都有一样的判断:这天气可能要下雪。但他又不确定,以前的经验没有使他确定过,总像是第一次产生了这样准确的预见,将这种天气和下雪联系起来,像是提前看到了雪。

楼下的老头儿们坐在大院门口的长椅上。丁小兵下楼转了转,想找老头儿们玩,更想像老头儿们一样活得没有牵绊。但老头儿们还是不太乐意带他玩,他想发火却又找不出什么理由。有个老头儿被牵着的两条小狗扯得直趔趄,却又不敢松开狗绳。看见丁小兵过来,老头儿说:"小伙子,最近是不是下了个文件说遛狗不牵绳要罚款?"

丁小兵笑了。他说:"规范养犬,人人有责嘛。"

两个人坐在长椅上。老头儿问:"我看你年纪也不大,怎么不上班啊?"丁小兵把提前退养政策说了一遍,老头儿盘算了片刻,说:"呆,你现在每月只有一千七百块,还不到我的一半,月收入少了等你退休后工资会更少。呆,要是还有份挣钱多的事等着你嘛……你提前退养还差不多。呆,你以为有大把大把的时间是件好事?人闲着会闲出病来的。"

丁小兵说:"你说得有点道理。在职的没退休的拿得多,不闲着能干什么呢?除了会开天车我也没其他技能啊,再说了,干了一辈子天车工,我是再也不想干了。"

"那我俩还是同行。"老头儿拍拍丁小兵的肩膀,说,"今年我六十五了,刚工作那会儿我才二十岁,从开始上班那天我就想,我肯定讨厌一辈子干这重复的活。"

"没错。整天吊在半空中,无非就是把钢锭吊来吊去,毫无意思。"丁小兵说,"那你后来换过工种吗?"

"该死的,我到退休一直干的就是这个活儿。"老头儿话音没落,就被两条小狗拽走了。

丁小兵抽了支烟。是的,有大把的时间看来不是件好事,那只是一个幻觉,会让自己感觉每天都很漫长,也很无趣,眼下就很难让自己为个什么事而高兴起来。刚退养那阵子,他觉得自己充实的生活即将开始,可是总会遇到某种障碍,他想是不是得先适应新节奏之后生活才会开始?

看着走远的老头儿和他的两条狗,丁小兵反应过来,无趣本身就是生活。他只是长时间被束缚在了固有的生活节奏中,以至于他从来没有尝试过任何新事物,也没有真正了解过。

他站起身,手机响了。电话是单位一个小领导打来的,先是关心了一下他的近况,又询问他的天车操作证有没有过期。丁小兵弯着腰如实作答。电话那边说近期客户订单太多,而且很多有经验的老师傅都退休了,年轻人又没接上,问他是否愿意回来顶岗,倒夜班,每月暂定三千元。

丁小兵想都没想,便同意了。

走出小区院门,穿过马路就是一座公园,他想都没想就走了进去。公园深处有个动物园,上次来的时候儿子还很小,只有三四岁,那个时间段丁小兵经常抱着他来玩。现在,他想自己去看看。

可能是天气原因,公园里没什么人,一个老师傅牵着一个小男孩走在前面。那是他以前的同事,丁小兵想上前去打个招呼,但最后还是放弃了这个想法。他看着那个老师傅把小男孩举起放到肩膀上,吃力地往前走去。几条小土狗,正在枯草地上乱跑,互相之间还时不时跟见到仇人似的拼命叫几声。

动物园近二十年没有任何变化,萧条得近乎荒芜,饲养的动物品种都没变,连铁栅栏都没换过,还是那么锈迹斑斑。孔雀、骆驼、梅花鹿、猴子都孤零零地待在笼子里,一个饲养员模样的人穿着胶靴,脸上毫无表情,拿根皮管在冲笼舍里的粪便。丁小兵转了一圈,有点冷,他觉得这应该算是世界上最荒凉的动物园了,但它始终就在这个城市存在着,既不上规模,也不搬迁,让人不知所以。

第二天一大早,丁小兵就穿着工作服去了单位。

干净的工作服穿在身上有点紧,他活动活动胳膊,就登上了通往驾驶室的漫长楼梯。一切都没变,厂房里那些钢锭整齐排列着,一言不发,只等待着被丁小兵一块块吊起,轮流送进加热炉内。地面上的同事忙碌着,从驾驶室往下看,他们仿佛一根根会移动的火柴,红色的安全帽像是一个个火柴头。他们聚拢片刻,分散开,然后再次聚拢。

虽然在半空中,但丁小兵还是能够闻到熟悉的钢锭气味,那是钢铁特有的腥味。不同的是,他现在闻到的气味没有了以往的那种冰冷。

几个夜班上下来,丁小兵有点吃不消。在岗时每年年休假后回来上班,一点也没觉得有什么不适应,现在才在家休息一个多星期,就有些适应不了以前的生产节奏了。他很清楚自己的这种变化,生活秩序从退养前的无序,突然变成了有序。准确地说,是从现在的无趣变得有序,而且毫无变化。以前的无趣可以被无序遮蔽,现在的有序则变得更加无趣。

天气预报一直说要下雪，但整个冬天一直没下。尤其是寒冷的冬夜，只有凛冽的风醒着，让人睁不开眼。已经零点了，丁小兵的夜班才刚刚开始。他去了趟厕所，厕所里的灯坏了，借着手机屏幕的反光，他顺手带上了蹲坑的木门。没多久，又进来一个人，嘴上骂骂咧咧，重复着他刚才的动作。丁小兵没吭声。

手机铃声响起，与丁小兵的一模一样。他看了下手机，屏幕并未亮起。隔壁的在说话："我在厕所……急啥……丁师傅不是在天车上嘛……让老家伙发挥余热就是，休养费拿着还额外挣份工资，哈哈，打着灯笼都找不到啊……好好好，我马上来。"

丁小兵仔细分辨着这是哪个同事说话的腔调，但这声音很快就被厕所里的穿堂风刮不见了。他又蹲了片刻才出来，这次他没有上天车驾驶室，而是拐到了炉台长引桥下面。

他站在桥墩边，点了支烟。凌晨有凌晨的气势，在钢铁般坚硬的空旷中，寒风在夜空中扑扇着翅膀，仔细听能听见厂房里天车刹车的摩擦声。在他离开这里之后，一切仍像以前一样，他的回归并没有留下任何痕迹。他想，在这种压迫一切的气势下，一次就业或退休，一次出生或一次死亡，其实并没什么区别。

隆冬之后就是早春了，但其实也不过是另一个轮回的开始。深夜的厂区在丁小兵眼里还是那么恐怖，他抬头看着路灯，路灯像一轮明月，从天上照耀着草丛和矮冬青，在泥土地上留下斑驳的光晕。路灯是沉默的，地面上的一切对它来说都一样，无论春夏秋冬，无论万物的生或死，它只是在等待天亮之后按时熄灭。这就是它的日常。

　　此时的丁小兵既不想回到天车上，也不愿再多想些什么，他就想让自己这样站着，直到白天的到来。

　　可能是太冷，丁小兵竖起工装衣领往回走，他几乎感觉不到脚趾的存在，坚硬的泥土很硌脚，但很真实。就像他想做个真实的有感情的人，但似乎先天条件不足，自己做的努力越多，却越偏离越差劲越远，乃至感觉自己低于一个正常人的标准。当然，他也不清楚正常人的标准到底有哪几条。

　　他这样想着往前走。踏上水泥地后，他发现走着走着自己就偏向了右侧，像是有人使劲把他往右边推。他停下来跺跺脚，又抬抬膝盖，等身上暖和些再往前走，两条腿就听使唤了。

　　直到六点，丁小兵才从天车上下来。驾驶室里的那台窗机制热效果太差，回到班组休息室好半天，他才暖和。休息室里三个同事都光着膀子在睡觉，充足的暖气让人感到燥热。他仔细看了看他们，想分辨究竟是谁在厕所里嘲笑过他，可他们脸上油腻腻的，遮盖了所有的表情。

　　丁小兵扯过两把椅子，一把用来坐，另一把用来跷腿，很快他就睡着了。下班后洗了个热水澡，然后骑着电瓶车跟同事去吃面。这是班组的老规矩，下了夜班几个人分瓶白酒，吃碗牛肉面，再回去倒头睡到下午，这样既省了中饭，也缓过来了一夜的疲惫。

　　白酒四个人平均分，菜是面馆免费的几样小菜和几块卤干，以及各自面条上的几块牛肉。没人说话，默默喝酒，夹杂着吸溜面条的声响。

　　丁小兵晕乎乎骑车往家赶。刚过一个十字路口，就感觉车子往右边突然一偏,然后眼前一黑。

丁小兵醒来时,医院消毒水的味道,便迫不及待地钻进鼻腔,他被呛得咳嗽了几下。他想坐起来,却发现右胳膊有点用不上劲。隔壁床的陪护连忙站起来让他别动,然后按了下丁小兵床头的呼叫器。

小护士很快就来了,跟她一起来的还有个男医生。男医生抓着个病历夹翻看了几遍,又啰里啰唆问了一大通,然后让他去做核磁共振,并让他通知家属来。丁小兵说:"有什么需要签字的我本人亲自签。"

小护士出去又进来,手里多了床单和被套,是那种白绿相间的条纹,这颜色比以往一码白看上去要亲切。小护士扶他下床,然后给他换床单,她换床单被套的手法,让他想到了宾馆服务员的熟练。

做完核磁共振没多久,医生拿着片子又来了,告诉他诊断结果是轻微脑梗死,幸亏送医院及时,目前需要住院治疗。

那就住院吧。丁小兵很平静,当天晚上他就把病床卡上"脑梗死"的"死"字偷偷涂掉了。他想给儿子打个电话,但想想住院也没啥事,也就是每天吊三瓶药水,晚上量次血压、脉搏什么的,自己也能自理,就给单位小领导打了个电话。

医院西侧隔着条小马路,是大学生公寓。每晚八点半左右,几个小伙子就在水泥球场上打篮球,不时传来阵阵叫好声,而病房里另外三个老头早已传来打呼声和断断续续听不真切的梦话。丁小兵在病房过道里走了两个来回,腰有点酸。他朝那三个床头看了看,发现其中一个老头没睡着。他看看他,老头也冲他挤了挤眼。

丁小兵躺在病床上,怎么也睡不着,他感觉病房有点儿像寺庙。

有天晚上,走廊外传来凄惨的哭声,他突然冒出个念头,感觉死的人是自己,哭的人是儿子。也许只有生死这样的事才能将两代人维系片刻吧?

丁小兵在走廊上抽了支烟,然后站在病房的窗前。又一场冬雨将至,深灰色的天幕下,高耸的楼群与低矮的商铺都显得有些沉闷。一片树叶刚从窗前飘过,雨点就落了下来,先是几滴,像个前列腺患者,紧接着雨滴变得密集,像是一个儿童对着草丛撒尿,很快把四周洇湿了。从医院八楼往下看,CT(计算机房析成像)室门前低洼处的雨点,在暗夜里闪闪发亮。远处的马路上,疾驰的车辆、斑斓的雨伞、凌乱的电线、变幻的红绿灯以及路边草坪上的泥巴,所有这些他能看见的东西,很快就被人们匆匆的脚步冲刷得模糊不清。

才九点,正是夜晚刚开始的时候,医院里却是漫长冬夜的开始,犹如疾病没有尽头。

到了第五天,医生就赶他出院了。丁小兵觉得自己也没啥大毛病,是该出院了。在办出院手续时,他不经意间,听到一个年轻的医生与科主任的神秘对话,年轻医生说:"主任,这次的实验很成功,您放心!"

丁小兵浑身一抖,感觉他们说的正是自己。

医院离自己的住处并不远,丁小兵并不急着回去,他走得很慢,顺路还去吃了碗牛肉面。

老远他就看见三个老头儿在小区大院门口站着,走近一看,他们正围着一只瘦小的狗。它是土黄色的,孤零零站在那里,不时摆着短尾巴。其中一个老头儿说个不停,其余的老头儿都没吱声,只半睁着眼睛,盯着小狗晃动的尾巴,仿佛马上就要滑入某个梦境。

老头儿看见他,问他这几天怎么没下楼找他们玩。丁小兵说去外地看上大学的儿子了。

到了傍晚,细碎的雪花悄然落下。丁小兵先是发现小区路灯下有白色的东西飘过,起初他以为是灰尘,没多久树杈间有了隐隐约约的白色,草地上很快就有了一层薄薄的积雪。他推开窗户,伸出手,想奋力抓住点什么。漫天的雪花看上去相当繁华,远处的山在夜晚的大雪里消失不见,连一星半点的痕迹都没有。那里原本有一座山,此刻却成为一种幻景。

新的一天一定会从那些暗影中显露出来。丁小兵这样想着,身体摇晃了两下。

对面大男孩房间的窗帘没拉,灯依旧亮着。丁小兵发现屋里已经换了新住户,一对年轻夫妻正在厨房里忙碌着,阵阵热气不断从窗户飘出来。丁小兵在走廊上来回走了几趟,医生说康复训练很重要。楼栋里不时散发出烤串和奶茶的香味,空气柔软而又富有弹性,他判断这栋楼里应该搬进来了更多的年轻人。

这让丁小兵很舒服。

■ **乘客**

A

夜,总是在不经意间就黑了下来,没给丁小兵任何喘息的时间。

寒风裹挟着夜幕走街串巷,入冬以来的第一场雪正在缓缓落下。丁小兵拧开水龙头浇灭烟头,然后决定再次出门。

这是一个临时决定。丁小兵恍若听到李楠在微信里的那条语音消息,让他如果能赶上末班车的话就过来。他看看时间,离开往江心洲的末班车还有一小时。如果没有意外,他完全有充足时间可以赶上这趟班车。

但意外一个接一个来了。

先是住宅楼的东侧电梯坏了,西侧的那部电梯则停停走走,上上下下的人似乎都在跟他抢电梯。心急之下,他从十九层走了下来。出了小区他在路边站了有十分钟,出租车倒是一辆接一辆,但没有一辆空车。等他好不容易拦到了一辆,坐上去才发现司机是个外地人,对市内道路根本摸不着头脑。

这样耽误下来,一个小时就过去了。丁小兵坐在副驾驶位置,清楚地看见最后一辆开往江心洲的中巴,正从十字路口右转。他跳下车连追带喊也没赶上,眼睁睁看着中巴后窗那块"市区—江心洲"的牌子,车转眼就拐上了沿江公路。

一阵沉闷的轰隆声传来,丁小兵抬起头,一架客机正亮着频闪灯从夜空掠过。气刚喘定,一辆出租车在他跟前猛然停下,司机歪着身子朝他喊:"师傅,你刚才还没给钱。"

丁小兵拉开车门坐进去,说:"掉头,回去。"

刚进楼道,他就发现两部电梯都恢复了正常使用,而且均停在一楼,像是在等他。丁小兵按下上行按钮,直达十九层。

丁小兵拉开窗户,雪花渐渐飞舞起来。他翻看了下手机的"墨迹天气",说是晚上十一点会有大雪。他抽完一支烟,拧开水龙头浇灭烟头,然后拨通了出租车潘司机的电话。

潘司机说他就在他家附近,顶多一刻钟就能到小区门口。

潘司机是丁小兵在一次打车时认识的。丁小兵看这是辆新车,司机四十多岁,长得也很干净,于是就要了他的电话。

丁小兵曾问过他:"如果夜里要车跑个小长途,你能随时赶到吗?"

潘司机说:"我的职业就是随叫随到。况且我喜欢跑长途,在市区开车太急人了,到高峰期还没走路快,一堵至少半小时。"丁小兵说:"是啊,社会发展太快。"

那次之后,丁小兵的确也要过他几次车,有时是傍晚有时是雨天,都是因为没赶上去往江心洲的末班车。让丁小兵欣慰的是,潘司机话不多,要价也不高,大约三十公里的路程收一百八十元,包括过长江大桥的费用。他甚至不问丁小兵为什么要去江心洲。

而这一点正是丁小兵想避而不谈的。

丁小兵关好窗户下楼，刚走到小区门口就听见潘司机在按喇叭。丁小兵招招手，坐进副驾驶位置。

车里很暖和。潘司机像个元宝似的扶着方向盘，他晃了晃脖颈，说："等会到加气站要加燃气，很快。"丁小兵说："不急。"

从小区出来一路往西，进加气站，再往西就进了国道，然后左拐就上了沿江公路。

雪花渐渐大了，也越来越密，雨刮器无奈地在挡风玻璃上左右摇摆。细密的水珠斜斜地落在玻璃上，先是汇聚成一条直线，努力向风挡上方攀缘，雨刮一动，那些水珠就断裂开，但很快又弯弯曲曲连接起来，像一张哭泣的脸。

丁小兵低头看手机，强迫自己把微信里每个小红点提示都点开了看，结果失望至极。所谓的朋友们不是在晒雪景就是在晒幸福，没有人晒悲伤。

车内的雾气慢慢变多，潘司机偶尔拿块抹布擦拭一下风挡，而副驾风挡上的雾气完全遮蔽了前方的道路。这让丁小兵的视线越发模糊。

沿江公路上车辆稀少，那辆末班车早已不见了踪影。丁小兵看见雪花聚集在路灯光下，像是成群的萤火虫。潘司机的车速不快，丁小兵按了下车窗的电动按钮，一丝寒风吹进来，这让他看清行道树上的雪越积越多，也能听见车轮在积雪上碾压的"嘎吱嘎吱"的声响，犹如他经历过的日子。

前方灯火通明，潘司机减慢车速，等待收费站的栏杆升起。丁小兵知道就要上大桥了。这座大桥建成时间不长,应该还处在"幼儿期"。丁小兵每次都是过一半长江大桥,然后经匝道下到江心洲。他始终没到达过桥的那一头,只知道那是另一座县城。

丁小兵把手机放进口袋,盯着倒车镜上挂着的那枚鱼钩。他说:"潘师傅喜欢钓鱼?"

潘司机说:"哦,我喜欢钓鱼,不过现在也没时间去。以前没开出租车时老婆怕我无聊,才特意买了渔具让我去玩。留个鱼钩当个纪念,挺特别吧。"

丁小兵说:"是这样啊。我快到了,潘师傅回去慢点,雪下大了。"

潘司机说:"如果你需要半夜返回,可以给我再打电话。夜雪七寸。"

丁小兵想了想"夜雪七寸"这句话,没明白他是什么意思。潘司机说:"等会还是在江心乡政府门口下?"丁小兵说:"对,还在那儿。"

两个人没再说话。

B

"这个乘客每个月至少要去江心洲三四次,已经快一年了。"潘司机说,"至少要我的车快一年了,每次他都会提前半小时给我打电话预约。我不知道他为什么每次都要选择晚上去。当然,偶尔他也会在凌晨打来电话,要我接他回去。好在我一直开夜班车,时间对我来说没有什么意义,睡在车上也是浪费,也睡不好,不如开车还能提提精神。

"我不知道这个乘客的名字,当然,我也没必要问。他戴副眼镜,常年好像都是理着光头,冬天则戴着帽子。坐车时不怎么喜欢说话,基本就是默默坐着看窗外。我听过他手机偶尔会响,铃声好像是《安河桥》,我喜欢那个歌手,所以那首歌我很熟悉。不过更多的是他微信发出的提示音。他好像对微信的兴趣不大,提示音一旦连续响,我看见他会把手机调成静音。

"开夜班车我也是迫不得已。别看我是个男人,其实三更半夜谁不怕遇到坏人呢?尤其是的姐,碰到酒喝多的还算运气好,要是遇见劫匪那算是倒霉到家了,命可能都没了。是吧?虽说现在治安越来越好,但我们座位下都藏着大扳手,晚上也不多带钱。遇见劫匪给钱保命再报警,专家的话我记得牢。

"我是不是有点扯远了?接着说?好吧。

"去年这个时候吧,我记得很清楚,也是冬天,我就摊上件倒霉的事。晚上八点多,我在江东小区拉了个活,起先路边就一个男的拦车。我也没多想,一脚刹车稳当当地停在他跟前。上车后,我问他去哪,他说先照直往前。两分钟后他喊停,路边又上来两个男的,他说是朋友。可我发现他们三个人一直闷声不说话,在车里还扣着羽绒服的帽子,而且压得很低。

"我觉得情况不太对劲。

"于是我开始没话找话。话题很好找,可以聊反腐,可以聊环保,也可以聊聊国际形势,各色各样的我都能聊。跟混混我讲略知一二的黑话,跟文化人我聊面朝大海春暖花开,音乐我更拿手,车载电台天天播,我就天天听,什么流行的古典的我都行,到什么山头唱什么歌呗。当然,聊影视剧是我弱项,我没时间看啊。十年了,我一场电影没看过。

"我挣俩钱容易吗？当然，我也遇到过上车一声不吭的，这个我也能配合。不就沉默是金嘛，装×谁不会啊，以为只有他懂啊。不过，这年头郁闷的人倒是越来越多了。

"扯远了。刚才我说到哪儿了？对，那晚带的三个乘客只说了句到江心洲，然后都不说话了。要知道那是大冬天，我却热得不行，手心全是汗。我刚按下车窗按钮，就听到一声低吼——关上！那声音像是从车底盘传上来的。我就没话找话问他们：'哥几个在哪发财？'副驾驶位置的那人答了句：'没财发，吃了几年大锅饭。'这句话吓得我啥也不聊了，关掉收音机的同时，我看了看挂在倒车镜上的那枚鱼钩，鱼钩摇晃着，在路灯反射下发出流动的冷光。

"下了长江大桥，他们直接让我开上圩埂。我说圩埂不够宽，出租车不好开。副驾驶那人大吼了一声：'开上去！'

"我知道我遇到麻烦事了。上了圩埂他们让我停车，我知道躲不过去了，也许是害怕过度，我的胆子忽然变大了，我侧过身够着了座位下的大扳手。他们迅速打开车门绕到我跟前，敲敲我的车窗，示意我打开。我握紧扳手按下窗户。他们恶狠狠盯着我，说：'我们没钱付车费。'

"说完他们就一溜烟跑了。从前挡看去，其中一人还跑摔了一跤。我立即放下扳手打开车门蹦出去，朝他们吼：'都给老子站住！'

"起初我以为他们坐牢坐呆掉了，好像一点都不懂怎么劫道了。我刚暗自得意呢，谁知他们折返跑了回来。我瞬间就反应过来可能惹火了他们，于是我掉头就跑。真他妈倒霉，我没跑出去几步远就滑了一跤，被他们摁在地上挨了一顿老拳。

"地上可真是凉。等我从地上爬起来他们早就没了踪影。我还算庆幸,看来他们还是没改造彻底啊。

"报警?我是想报警的,但一想我也没什么损失,一点皮肉之苦算不了啥。手机也在,我那手机不值钱。后来我对着倒车镜看了看脸,青了一大块。我的火气就上来了。

"于是,我就往我老婆住的地方开。"

A

丁小兵在江心乡政府下车后,并没有急着往前走,而是点了支烟。

他看着潘司机出租车尾灯渐渐消失在视线里之后,才往西拐上了圩埂。他摸了摸裤襻上挂着的钥匙串,钥匙串发出轻微的撞击声。李楠给他的那把钥匙也在,它夹在几把形状各异的钥匙之间一点也不特别,不同的是,每隔一周丁小兵都会拿酒精棉擦拭一番。那是把新钥匙,他从未用它开过门,它的凹槽和边缘还没有被磨平,尖锐的棱角有时也会绊住他裤子的后兜,让他起身时不太方便。

江风吹在丁小兵的脸上,似乎不再那么凛冽,像是李楠在他耳边呼出的气息,温暖、潮湿,让他有酥痒的感觉。

丁小兵想起曾和李楠偶尔在圩埂上散步的情境。有次是在雨天,是一个接近汛期的下雨天。雨下过又停,他俩站在圩埂上,近处是微涨起来的江水,远处是村庄和大桥,更远处是雨山。云雾在山间升起,暮色在缓缓下降。他和李楠像圩埂上的两棵小树,叶子上挂满雨水,枝丫缠绕在一起,挂满了跳跃而又宁静的蝉。

想到这儿,他加快了步伐。

李楠的房子是租的,她习惯于一次性缴清半年的房租。房子不大,一楼带个院子,院子的围栏种满了白蔷薇,每到花季,白蔷薇开满了围栏,远远看去犹如一个小花园。丁小兵打开防盗门,屋内漆黑一片。他打开灯,门口的冰箱发出压缩机刚启动时的"嗡嗡"声。

李楠不在。

他走进卧室,被子是铺好的。李楠的被窝总是暖暖的,她怕冷,电热毯一开就是整夜。可现在被窝是凉的,他掀开被角坐在床沿,看着空着的那一片床单。坐了一会儿,他打开电热毯,斜靠在床上,脑海里浮现出自己每天上班都会遇见的那个姑娘。

那个姑娘是个陌生人。丁小兵每天早上都会在同一时间看见她,她也在等公交车。上车后,这个穿着牛仔裤的姑娘大约离他有三米远,抓着公交车扶手。她的眼睛看着车窗边挂着的救生锤,救生锤一动不动,她的一只膝盖微微前弓。丁小兵觉得昨天好像在公园见过她,不过他记不清是哪天了,只是觉得明天肯定还能见到,于是努力想记住她的面容。他觉得他们像夫妻,在同一个站台上车,又在同一个站台下车。不同的是,下车后他往东,她向西。

她下车后丁小兵有点伤感,忍不住扭头看了看她,她消失在一家眼镜店的拐弯处。太阳明晃晃的,他没能忍住泪,仿佛李楠再也不要他了。他转过身,沿着湖西路向东。快到上班时间了,他还得努力工作糊口。

他不知道是不是还有个人等着他下班回家,他们要一起做饭吃饭一起睡觉,一起登上明天早晨的公交车。

丁小兵想着想着就瞌睡了。他像是一株被冻僵的植物,做着春天温暖的梦。后来他听见了自己的鼾声，也听到李楠舒出了一口气。

他躺下来，盖上被子，仿佛盖上了整个夜晚，也盖上了一场梦和乱七八糟的人间。

B

"下了圩埂，我的车速并不快。"潘司机说，"大冬天的路面有结冰，况且夜里视线也不好，我不敢开快。我看了下表，十点还不到。

"开了有二十分钟吧，我才找到我老婆住的地方。别看江心洲只是个岛，大得很，近年政府加大投入，把它建成了江心欢乐世界，供市民和周边地区的人休闲娱乐。我老婆就在欢乐世界上班。因为她离家远，我也要开夜班车，所以遇到刮风下雨天气，她就不怎么回来了。的确，就是回来我也不放心，我一开车就是整夜，她还是一个人在家守空房。

"换谁都不放心，是吧？不好意思，我又扯远了，话多真是个毛病。

"现在的房子盖得几乎一模一样，远看都跟扑克牌似的，有种刮阵大风就能吹倒的感觉。我平时极少到江心洲来，一是市区的人基本不往大桥那个方向跑，就算到了节假日人家也是自驾游。二来现在出租车生意越来越不好做，你看，满城都是'小黄车'，不都提倡环保出行了嘛。我只记得我老婆住的楼靠着马路，路边有个什么银行，具体记不清了，我就凭印象找到了那条马路。我停车一看就傻眼了，路边全是银行的自动柜员机，从工行建行中行到民生银行兴业银行全了。我还以为我跑华尔街去了呢。

"当时路灯也没亮，我把车开进去，停在小路边。凭印象我摸到了我老婆住的地方，大门钥匙我倒是一直带着的。可我开了半天也没打开，起初我怀疑是不是开错了门，这年头半夜开错门问题很严重的。我掏出打火机，看了看大门上的春联，颜色是败了，但春联是我贴的，所以字我还大概记得，什么金鸡报晓之类的。我看了看，也没开错门啊。

"我有点怀疑自己了，因为别人家贴同样的春联也是有可能的。我下了楼，在几栋楼之间绕了一圈，最后我确定没错，就应该是刚才那个门。我想有可能是我老婆反锁了大门而已。

"我没再去拿钥匙开门，而是走到窗户跟前，不仔细听房间里没有任何声音，但凑近了听能听见屋内有细碎的声响，就像是一个人长吸了一口气后，又不敢一下子吐出来那样的声响。我轻轻敲了两下窗户，又喊了声她的名字。

"大门是我老婆开的，果然是反锁上了。这习惯不错。

"她问我怎么这么晚跑来了，我说送客人到江心洲。当然，我没说人家不仅没付钱还把我打了一顿的经过。我看她的样子也是迷迷糊糊的，估计也没看清我脸上青了一块。我不想让她担心。

"洗了个热水脸，又抽了支烟，我就打算睡觉了。刚脱掉羽绒服，我手机就响了，深更半夜手机突然响起显得特别没劲，来电没有显示姓名，但我很熟悉这个号码，就是时常去江心洲的那位。

"我本来不想接这趟活的，因为我心情不好。但他在电话里挺急切，说是单位突发事故必须紧急赶回去处理。他既然这样说了，我想了想也就答应了。这很正常。

"我跟老婆打了个招呼，就走了。

"雪下得真大，但没什么风，要不然会更冷。空气很好，我也忘了晚上的不快，当时我还挺高兴。因为下雪啊，很久没因为下了一场雪而让我高兴了，这种感觉我小时候经常有，那时我还在农村，一到冬天到处都是白茫茫一片，其实我既兴奋又恐惧这满眼的白。

"大约半小时后，我把车开到了江心乡政府对面的马路上。老远我就看见他在路边站着，像个雕像似的。我按了几下喇叭，他跑过来，掸了掸肩上的积雪，然后拉开车门坐了进来。他边擦着眼镜边对我说开到雨山脚下。

"我觉得有哪里不对劲，本来想说不是单位突发事故吗，但想想还是没说出口。人人都有隐私，对吧？我就一拉活的，人家叫我去哪我就去哪。

"上车后，他一直在玩微信。我瞟过几眼，他好像是在用微信聊天，偶尔也看着窗外发呆。路况实在不好，幸亏还没结冰否则大桥封闭就是想回来也回不来了，都快十二点了，我才把他送到雨山脚下。

"下车后他朝我摆摆手，消失在上雨山的登山道前。而我看着他的背影，却不晓得自己该往哪个方向去了，只觉得四周的黑暗全都重重压向我的车顶。"

A

丁小兵其实并没有完全睡着。被窝越睡越冷，很潮湿的那种冷。等到凌晨四点多，他索性坐了起来。他没有拉开窗帘，只是盯着它，看着它的颜色逐渐变淡变亮。

天刚亮丁小兵便准备出门去菜场。门前的小广场上有层薄薄的雪,踩上去很松软,没有结冰后的尖锐感。一个老头穿着练功服,正在小篮球场上练太极拳,动静开合,刚柔并济,整个篮球场仿佛多了一股威严的气势,那一招一式让人感觉潜藏着无限的力量。他的一只脚在雪地上画出一道弧线,然后并拢,缓缓吐出一口气。

丁小兵看着那个老头,也缓缓吐出一口气。

去菜场前他会在小区门口的早点摊吃碗面。这个习惯是李楠培养出来的,以往丁小兵很少吃早饭,李楠要求他必须每天都要认真吃早饭,否则就不理他了。

这条小街全是早点摊,面条馄饨包子铺各有好几家,但丁小兵最偏爱的还是这家"老潼关"面馆。李楠曾领着他吃过好几次,基本都是傍晚来。那晚来时下着小雨,李楠指着满墙的照片说:"我们隔段时间就来一次吧,我们要吃遍这家店里所有样式的面和米皮。"丁小兵笑着指指一种面条的照片说:"好啊,我就从油泼扯面开始吧。"李楠说:"我靠,那我从陕西大米皮开始呢。"

丁小兵把眼一瞪,说:"你靠啥靠?"

李楠吐吐舌头,说:"我这可不是骂人的话,我靠你行了吧?"

丁小兵说:"我来瓶啤酒吧,最便宜的就行。"

等到面条端上来,丁小兵才发现啤酒被李楠悄悄换成店里最贵的了,虽然他对啤酒的好坏无所谓,但心里还是动了一下。

这家面馆不大,很安静,丁小兵一直分辨不出谁才是老板。一个老人,一个中年男人,还有两个四十多岁的女人和一个小女孩,很安静地做面,很安静地切菜。连挂在墙上的电视机都没有音量,只看见电视剧里男男女女的嘴巴一张一翕,正费力交流着什么。

今天早晨,丁小兵像往常一样走进了这家面馆。

面馆里热气蒸腾。小女孩正在梳头,看见有人进来,她便跑进了厨房。其中一个中年女人走出来,问他吃什么面。他看看墙上,说:"蘸水面吧。"女人说:"今天一个人?你家她呢?"

丁小兵说:"出差了,还没回来。"

女人说:"哦,你先坐。马上就好。"

吃完面,丁小兵身上暖和了。走出面馆时他回了下头,想到这可能是自己最后一次来这家面馆了,于是掏出手机拍了张面馆的外景,郑重地发给了李楠。

在菜场简单买了几个菜,丁小兵就往回走。

他把平菇、豆腐和黄芽白冲洗干净,然后开始卤牛肉。李楠最喜欢吃他做的牛肉,说是比外边卖的熟牛肉好吃百倍,一直问他是怎么做的。丁小兵也不知道是怎么做的,凭着想象加些调味料,慢炖两个多小时结束。

牛肉大火烧开撇去浮沫改文火后,丁小兵先在房间里转了转,该搬走的东西都已提前搬走了,只剩下一张床、一台冰箱和一些生活必需品。而这些东西他也不打算带走或变卖,全都留给房东或下一个租客吧。他和房东约好了,晚上六点交钥匙。

这房子是李楠租的,丁小兵后来紧跟着续租了半年,他实在舍不得这房间里的气息,哪怕是死亡的气息。

牛肉卤好已近中午,他把牛肉捞出来切了一小半,做了个火锅。切牛肉时他有种幻觉,总感觉李楠跟以前一样会从背后抱住他。他认为这个房子也正因此有了意义。

丁小兵给自己倒杯白酒,抿了一口,非常辣。平日他从不喝酒,这口白酒下肚后先是有点辣,但随后升腾起的暖意让他忍不住又喝了一口,短暂的辣换来了更持久的暖意。

整个下午,丁小兵就在窗前坐着,一瓶白酒下去了近三分之一。他有点犯困,想睡却又不想脱衣服费事。门口隐隐传来掏钥匙开门的动静,他趴在猫眼上向外看,却没有人。

门前的小广场上传来打篮球的声响。每次丁小兵到李楠这里来,都会看到有个人在独自打篮球,他的动作相当花哨,一个滑步,再一个转身,好像他边上有很多人在防守他,接着一个假动作,然后一个三步篮。球没中。

丁小兵就这样看着他反复练习,也回想起自己上学时的岁月,那时候很年轻,觉得有的是时间去做很多假动作,但直到高考时,那个球依然没中。现在他发现那个没中的球也是有意义的,甚至非常有意义,就像没人看见杂草也会生长一样。

他看见那个打篮球的人头顶上有了一圈淡淡的热气,那人停止假动作,把球往篮筐随意投了过去。球,中了。

丁小兵看了看时间,快到六点了,房东估计快要到了。

房东迟到了半小时,丁小兵其实更愿意他迟到一夜。他把房东让进门,一股寒气随之鱼贯而入。房东倒是有点不太舍得他退租,他说能找到这么爱惜他房子的租客实在难得,说他跟上一个房客一样爱干净。

房东简单看了下屋内的设施,又核对了水电气费。丁小兵笑了笑,把钥匙递给他。

丁小兵和房东走出房子,关上了大门。丁小兵扭头看了看大门上的对联,对房东说,再过半个月就该换了。

走出小区,房东跟他握了握手,然后消失在黑暗之中。丁小兵紧了紧身上的衣服,随后拨通了出租车潘司机的电话。

B

"有些事情只能在年轻时候发生。比如男男女女之间的事,我始终是两眼一抹黑。"潘司机说,"直到今天我才发现自己是个自私要命的家伙,要不是我老婆死了,我都不会察觉到自己是多么自私。

"她是今年元旦刚过,单位体检时查出的肺癌,一查出就是晚期。我很奇怪她不抽烟不喝酒怎么会得上肺癌,总不会是雾霾引发的吧?应该不会的。头两个月我也没怎么开车,基本就是领着她四处求医,后来她也不去医院了,也就吃点我托朋友从印度搞来的抗癌药。病情稍微稳定点后,她让我继续开出租车,她也硬撑着回单位上班了。

"但我发觉有哪里不对劲,只是没时间去想明白。不好意思,我又扯到私事了,话多的毛病是要改改。

"因为看病,加上儿子刚上大学,我不得已辞去了夜班出租车的活,家里开支立即显得窘迫。那个车老板心太黑,我说我老婆生病需要照顾,他却说不开也行,每天交一百块份子钱给他,说我违约在先。气得我差点跟他打架。后来的哥的姐为我捐了点款,我才勉强撑过难关。这社会还是好人多。

"也怪我粗心,我见老婆状态有所好转,还以为药物起了作用。我还是像往常那样开夜班车,她的心情似乎有了很大的改观,很乐观的样子,也不让我照顾,只说我俩都多挣点钱给孩子读书。

"我想也是,无论多大的困难都要坚持下去。嗯,日子就是一天天坚持下去的。到了五月中旬,就是十二号,我老婆就走了,走得很突然也特别安静,就是一觉睡过没再醒来的模样。我没有哭,就这样看着她。我什么都没想,只想起父亲去世的那晚,我老娘整夜摩挲着从他嘴里取下的假牙时的情景。

"算了,伤心的事情就不说了。

"对了,今晚我是快七点接到他的电话的。接电话时我正在雨山附近的一家拉面馆吃面条,天真冷,面条吃完我刚暖和了点,电话就响了。

"那个号码我太熟悉了,他让我到江心洲去接他。于是我就往江心洲方向开,一小时不到我就看见了他。

"上车时因为车窗紧闭,我闻到了一股淡淡的酒味。我问他去哪,他说先回市区。然后他又主动说:'以后我不会再到江心洲来了。'

"他这话像是对我说,又像是自言自语。我看了看倒车镜上挂着的那枚鱼钩,它正轻微晃动,像是一阵酒气刚刚拂过它。

"车快驶进匝道时,他突然对我说:'潘师傅,去大桥那边的县城绕一圈看看,我还从没去过,绕一圈就回去,回市区我请你喝酒。'

"我并没有多想,其实我对车费不计较,无非多耗点燃气,再说了他也是熟客,我也不能太小气。

"县城很小,我带着他在还算繁华的地带兜了一圈,然后问他还想去哪里。他说:'到处都差不多,直接回市区请你喝酒吧。'

"我说,开车哪能喝酒啊。

"他说：'那我们找个地方随便坐坐。'"

C

"我直接把车开到了雨山五区附近，那里有家我熟悉的烧烤店。他点了一些烤肉和一份羊排，又要了半斤装的白酒。

"他要给我倒酒，我看他有心事，就说：'都少喝点，今晚我就不开车了。陪你聊聊'。

"他说了声谢谢，接着就说开了。他问我：'潘师傅，你觉得穿梭在城市人群之间，人与人擦肩而过，也有可能邂逅。这是一种触摸的感觉。你体会过吗？'

"我说过我什么都能聊，他一张嘴我就能感觉到他有点文艺范。于是我说，虽然我整天在车里坐着，但有时等红绿灯时我也喜欢看着路口的人群。

"是的。"他说，'事情并不一定要因为一个理由而发生，发生后也并不一定要达到什么目的。你说对不对？'

"我说：'对的，只是现在的人太功利了，都认钱。我搞不懂要那么多钱干什么。风吹鸡蛋壳，财去人安乐嘛。'

"他说：'除非是死了，否则很少有人不在意金钱。我知道最终我也会死掉，所以一直提醒自己早晨醒来时，一点点忘记她，这样我在死去的时候可以轻松一点。'

"我吓了一跳，觉得有哪里不对劲，于是连忙问：'她是谁啊？'

"他好像没听见我的话，他低着头说：'死亡会让你爱的那个人微笑，而我所做的就是对她报以微笑。我那时还能看得见她，现在她走了之后,这痛苦逐渐变得空洞,也没有了尽头。而现在我还活着,且痛苦还无法告人,就像装在这杯中的白酒,像水,但当我喝下它,剧烈的烧灼感会比死亡还恐怖。'

"过日子也是件恐怖的事情。他又说了一句:'但被她欺负是一种甜蜜的幸福。'

"我说:'这世上从来就没有过什么好日子,我们拥有的只是一天一天的日子。而且人活着大概就是要妨碍彼此的生活。对吧?'

"他没接我话,我感觉自己挺无趣的。另外我感觉他似乎喝多了,就赶着他的话说:'没错,没眼睁睁经历过爱人离去而自己却无能为力的人,谈生死简直就是笑话。'

"我这样说是我自以为知道了'她'是谁,没想到他突然拉住了我的手,又放开,跟我郑重地碰了下杯。

"好长时间我们都没说话后,我指了指烧烤店对面马路上的公厕说:'瞧见没?那个公厕,是刚刚翻新的,以前这家烧烤店没厕所生意不好,而且原先的公厕居然还是收费的。'

"他问:'那现在呢?'

"我说:'现在公厕是免费的,而且豪华装修。不仅这家烧烤店,这一片小饭店生意都好起来了。我们开出租的也有了方便的地方。'

"他说:'这还能拉动经济啊?你这么一说,我还真要去方便方便。你吃,我去去就来。'

"我喝了口酒,说:'你去,我叫老板把烤肉再加热一下,凉得太快了。'

"老板把烤肉拿走后,我就看着他进了公厕。这时候我听见了雷声,这在冬季很少见,接着又下起了小雪。我有种错觉,感觉春天来了。当然,我不知道冬雷有什么说法,也许就是自然现象而已。

"他很快就出来了,还洗了手。但是当他刚横穿马路时,我看见一束车大灯突然照亮了马路,不知怎的,也许是职业敏感,我呼啦一下就站起来冲到了马路边。

"时间在那一瞬间似乎停止了,我看见路边的一个行人和光秃秃的梧桐树都张大了嘴巴。我看见他们的表情竟然是出奇地一致,四周是一片死寂,他像一只断线的风筝在夜空中飞舞,那些雪花在他四周想努力托住他。我就看见了这些,最后我都没看清他落向了何处。

"我伸手抓了抓,冰冷的空气抓起来像被子的缎面。"

"接下来你们都知道了。是我报的警。你们出警速度也很快。

"现在你们也都知道了,我只是一个再普通不过的出租车司机,而他,现在我知道他叫丁小兵,那个叫丁小兵的,也仅仅是我的一个乘客而已。我知道的都说完了。我可以走了吧?"

"明天再来一趟,有些情况还需再核实一下。"

"明天?有事打我电话吧,况且咱俩也是邻居,招呼一声也行。"潘司机想了想,又说,"那行吧警察邻居同志,我明天亲自来一趟,反正明天又是一天。实在搞不懂,这事跟我没有关系啊。不错,我是一直想问他那个女人叫什么名字来着,但我鼓足了勇气也没敢开口。我想等他从厕所回来后一定要问个明白。可惜问不到了。"

■ 登山道

像往常一样。吃过晚饭后,丁小兵和李楠换上运动装,准备去雨山健健身。

临出门时,丁小兵察觉到妻子李楠不太对劲,像有什么话想要对他说。这段时间,她一直是副话到嘴边又憋回去的神情。丁小兵没怎么在意,他以为又是因为她单位里鸡毛蒜皮的事情。

丁小兵穿上鞋,又脱掉,对李楠说:"天有点闷,我去拿条毛巾。"

李楠说:"你快点。我在电梯口等你。快点。"

丁小兵把毛巾缠在手腕上,锁上门,紧赶慢赶奔到电梯口。电梯已在下行,他连忙摁了几下按钮,另一部电梯从一楼启动上行。但电梯没停在他站的十七层,而是直奔顶层,停了几十秒后,电梯缓缓下来了。

电梯里站着一对穿运动装的小夫妻。男的体格健壮,肌肉饱满,手腕上也缠着条毛巾。丁小兵喜欢电梯只载着他一个人上上下下,一旦有其他人他就浑身不自在。犹豫之间,女的问:"你到底上不上?"听到这句话,他像捡了便宜似的一步跨进电梯。他抬头看着不断变化的楼层数字,心里跟着逐个默数:"十五、十四、十三……"

　　从电梯里出来，丁小兵没看见李楠。他一路小跑到小区门口，还是没看见她。

　　丁小兵掏出手机给她打电话。李楠说："我已经快跑到雨山山脚下了。我从三号登山道上去，在山顶等你。然后从九号登山道下来。你快点。"

　　雨山是座山体公园，有十一条登山道。丁小兵测算过时间，从家到山脚下慢走需要二十分钟。他很奇怪，平日无论他有多慢，她都会等他。况且今天她的速度也着实太快了，电梯运行的那会工夫，她都跑到山脚下了？

　　丁小兵其实并不喜欢锻炼，也最恨走路，只喜欢吃过晚饭躺床上看电视，出门不论多远一律打车。之所以现在天天去爬山，全是被李楠逼的。李楠举着他的体检单说："喏，血压偏高、甘油三酯严重超标、血糖接近最高值。看看你那肥油肚子，还躺着！"

　　在这个炎炎夏日的夜晚，丁小兵慢吞吞地向雨山走去。经过雨山湖时，湖边走路的人浩浩荡荡，清一色的运动休闲装，有拿着扇子的，有拿着冷兵器的，猛一看好像全市人民都是运动达人。有的大爷正在倒着走，他们嘴上常说的一句话是"倒着走，能长寿，尤其是硌脚的鹅卵石小路"。

　　丁小兵不想爬山，微信朋友圈里所谓的朋友们，说经常爬山对膝盖不利。于是他决定今晚只围着雨山散散步，最后在九号登山道下边等李楠就行。等不到也行。

　　丁小兵围着雨山走了一圈，浑身就冒汗了。他在一个长椅上坐下来。

雨山是座死火山。山顶上有个微波中继站,最早的登山道是条青石板路,其余上山的路是走的人多了自然踩出来的。山下还有个防空洞,冬暖夏凉,有旱冰场、茶座等娱乐设施,后来不知什么原因废弃了。丁小兵的小学、中学都是在山脚下的学校度过的,上学期间占山为王的是一些小混混,他们经常在那里打架。也有男女在树丛里野合,当然,在山上殉情的他也听说过有好几对。那时的他不敢单独上山,尤其是在夜里,风吹着树林发出"呜呜"的声响令他恐惧。

前年他从这里路过时,看到有人牵着几匹马,驮着长条石板往上层层砌筑,山体四周也铺就了柏油路。后来才知道是修建山体公园,给市民提供一个休闲锻炼的去处。

围着雨山散步的人太多,像是电影刚散场。丁小兵其实根本搞不清登山道的具体编号,他打算再走一圈就回去。

李楠的电话来了。她问他在哪里,丁小兵回答正围着雨山散步。她让他自己先回,稍晚点她就回去。

李楠电话里的声音很温柔,似乎是压低嗓门发出来的。这个电话打得是时候,丁小兵擦擦汗,打算放弃再走一圈的想法直接回家。

丁小兵一摇一晃地往回走,没走几步路他就听见有人喊:"丁小兵!"

他四下张望一番,没看见喊他的人,于是继续往前踱。还没踱几步就又听到有人喊他,他再次停下来,然后就看见了那个正研究心理学的朋友。

朋友说:"我喊你你怎么不站住?"

"我怎么知道你在喊我?"丁小兵说,"再说了,你喊我我就一定得站住?"

朋友说:"说得也是。哎,你在这干什么?"

"锻炼。"

"锻炼? 你怕死啊?"

"这说的什么话? 没有好身体哪来好朋友? 再说了,怕不怕死和锻不锻炼有什么关系?"

"算了,不跟你扯了。"朋友说,"你现在可有空?"

丁小兵问:"去哪?"

"朋友聚餐。"

"哪个饭店?"

"你这么一问我还真忘了是哪个饭店了。"

"哦。那是谁请你?"

"也不记得了。"

丁小兵说:"你绕口令啊。真费劲。"

朋友问:"那你现在是去哪?"

丁小兵想了想,说:"去喝酒。"

"啊。没准请我们去的是同一个人呢。"

丁小兵明白了,这家伙还饿着呢。他勾勾手,说:"走吧,我们烤串去,山边上就有一家。"朋友喜出望外跟着他朝前走。

那晚他俩把国际形势聊了个底朝天,顺带谈了谈心理学的最新研究成果,也喝光了点的最后一瓶啤酒。朋友心满意足,最后拍拍他的肩膀,说:"呃,原来你是这样看问题的。"

丁小兵稀里糊涂不知是怎样回到家的。倒头就睡的他直到第二天早晨醒来,才发现李楠不见了。

　　丁小兵急忙给李楠打电话,电话响了很长时间才接听。她说她刚
出门,昨夜临时接到个去南京出差的任务,两天。昨晚看他睡得跟死
猪似的,就没跟他说。

　　丁小兵放下心来,起床洗了把冷水脸。毛巾晾好后,他将李楠的
话又过了一遍,这让他产生了一丝怀疑:李楠工作至今从未有过出差
的机会,这是其一;其二,南京距此不过四十公里,这算出差?其三,她
的毛巾和牙刷还在那放着,不至于这么不讲究吧?其四,出差有半夜
临时决定的吗?

　　丁小兵看了看她的床头柜,报纸堆里放着本《演员的自我修养》。
他翻了翻,作者斯坦尼斯拉夫斯基,他默默念了好几遍这个名字,才读
顺。书里有用红笔写的一行字——没有小角色,只有小演员。

　　丁小兵没搞懂什么意思,拿起手机打电话,但看着李楠的名字又
犹豫了,随后发了条微信。他问她在哪里,好半天她才回复在南京。
他又让她拍张南京的街景给他。她发火了,说:"有意思吗你?"但还是
发来一张宾馆房间的照片。

　　丁小兵仔细看着照片,放大、再放大,照片模糊不清了。他总觉得
照片中的那面镜子里,有个影子。

　　他没发现什么蛛丝马迹,并且庆幸自己没生活在古代,这要是进
京赶考,那还不是几年没音信啊,或许半道就死了也是有可能的。还
是现在通信发达好,让人没有距离感。但似乎又缺了份亲近感,哪怕
是夫妻俩。

李楠是第三天傍晚到的家。

丁小兵回来时饭菜已做好,五六个菜里有盘南京特产桂花鸭。他在屋里转了一圈,看见阳台上挂着她刚洗的衣服,裙摆还在滴水。他拿起拖把把水渍擦了一遍,就听见李楠说:"过来吃饭吧。"说着又拉开冰箱门拿出罐啤酒,打开,再递给他。

丁小兵察觉出一丝异样。平时只要他一喝啤酒,她总会皱着眉头说一股马尿味。丁小兵问了句:"南京怎么样?好玩吗?"李楠的眼中就有了泪花。

她说:"你喝。我想跟你说件事。"

丁小兵一口气喝掉一满杯冰啤酒,满身的汗突然就干了。

李楠说:"你会不会宽容一个人?"

丁小兵又干了杯冰啤酒,身上有了寒意。他起身关掉空调,揿了块桂花鸭。

据她说,李楠遇到的那个男人来自微信朋友。他们交往的时间并不长,还不到一年。她到南京并非出差。在她断断续续的诉说中,丁小兵证实了他最初的怀疑是准确的。据李楠所说,他们之前没见过面,在南京是第一次见面,也是最后一次。

是不是第一次见面不重要,关键是不是最后一次,丁小兵不得而知。在他的认知里,爱情这东西要么动人心魄,要么苍白无力,或者先红了脸再红了眼。但他们的认识,以及渐进过程听起来并非哭天抢地,而是平淡无奇,这挺让他看不起。她的叙述在他听来有无数的破绽,前后矛盾、慌里慌张,想把事情经过描绘得跟梁山伯与祝英台似的,但一直不得要领。说到最后,李楠竟然啜泣不止,说去南京是跟他见最后一面,了断压抑在心中的不了情。

客厅的灯光明亮。丁小兵看着她,对她的身份产生了迷惑。前阵子她还努力学过打网球,后来又苦练厨艺,真如专业演员般学什么像什么。

李楠捋了捋额前的碎发,低声问:"你能原谅我吗?"

"这是个千古难题,你还是去问天吧。"丁小兵气得快要断了气,他不想再啰唆什么,他不是不能原谅她,而是不能原谅自己。

丁小兵走进房间,望着正在收拾碗筷的李楠,问:"他是什么星座?"

李楠愣了一下,说:"好像是射手座吧。"

丁小兵说:"那跟你这个巨蟹座挺般配。"

李楠说:"你不也是射手座吗?"

夜空又轻又静,没有风。阳台上,丁小兵洗过的裤子已经干透,两侧的口袋布舌头般吐在外面,整条裤子像个人被吊在了晾衣竿上。

丁小兵独自出门了,他想夜登雨山。

山风微凉,他找了半天才找到三号登山道,于是往上爬。越往上他发现越荒凉,黑黢黢的树木一眼看不到尽头,树叶沙沙作响,像是伸出手指对着他指指点点,集体嘲笑他。一对情侣模样的小年轻拉着手,说说笑笑越过他,丁小兵侧身让开,然后跟在他们后面。

他俩说一定要到达山顶,然后坐在凉亭看风景。他俩不断有新奇的发现,连看见盛开的野花都能发出惊叹,似乎越往上树木越发葱郁。丁小兵跟在后面走了一截,没了兴趣,就从半山腰下来了。

到了山脚下,他摸摸裤襻,没摸到钥匙。钥匙丢了还是没带?他记不清了,倒有种一个家没了的感觉。

丁小兵站在原地,一时不知往哪个方向去。

那个喜欢研究心理学的朋友从远处跑来,丁小兵喊了他一声。但他似乎没听见。丁小兵又连续喊了几声,他才停下来。

丁小兵说:"我喊你你怎么不站住?"

"我怎么知道你在喊我?"朋友说,"再说了,你喊我我就一定得站住?"

丁小兵说:"说得也是。哎,你在这干什么?"

"锻炼。"

"锻炼?你怕死啊?"

"这说的什么话?没有好身体哪来好朋友?再说了,怕不怕死和锻不锻炼没什么关系。"

"算了,不跟你扯了。"丁小兵说,"你现在可有空?"

朋友问:"去哪?"

"请你喝两杯冰啤。"

"哪个饭店?"

"随便找个小饭店。"

饭店不是随便找的,点的菜一点也不随便。大厅里空荡无人,六七个服务员都在打瞌睡,大厅播放的音乐是《爱江山更爱美人》。丁小兵随着曲调轻轻哼唱起来。

女愁哭男愁唱。朋友说:"你是爱江山还是爱美人?"丁小兵说:"两个我都爱,可惜他们都不爱我。"

朋友没再接他的话茬,说自己已经对心理学没了兴趣,目前热衷于星座学,对每个星座当月,甚至当天的运势了如指掌。丁小兵似懂非懂地认真听着,像是对面坐着个表情严肃的算命瞎子。最后,朋友心满意足,拍拍他肩膀,说:"你的命运尽在我掌控之中。我早已判断出你今天心事比较重。下次我们再聊。"

丁小兵吓坏了,很晚才走到家门口。当他沉重地敲开大门时,李楠劈头就是一声大吼:"这么晚才回来,你干脆死外边得了!"

天气太热。到了傍晚天空忽然就黑沉沉地拉下了脸,大片乌云中有沉闷的雷声。这跟李楠的脾气很相像,任性得总是让人无法防备。

最近,她一直捧着那本《演员的自我修养》,研读的过程中还学习拉小提琴。从断续发出的声音中,丁小兵觉得艺术这条路真不是随便什么人都能走的。邻居经常找上门来,说要报警。而丁小兵总是把他们拦在门外,说她演奏的是舒伯特的《小夜曲》,既然是《小夜曲》只能晚上才能找到感觉。

不过,李楠越来越不对劲了。除了折腾小提琴外,就经常在窗前发呆,神情忧郁,连偶尔露出的笑容也是硬生生从脸上挤出来的。她变得不爱说话,轻微的响动都能让她受到惊吓。

丁小兵很快从阴影里走了出来。不是他想得开,也不是他大度,他是无能为力,况且李楠整天不说一句话,这难免让他心里不大好受。谁都会犯错,谁的心里没个秘密?

丁小兵打了个哈欠,准备中午认真和妻子李楠谈一谈。

丁小兵亲自下厨,炒了三个菜。自己拿罐啤酒,又给李楠倒了杯饮料。

他说:"过去的事情就让它过去吧,谁心里不装着个人呢? 没什么大不了的。"说完干了杯冰啤,那种透心凉一直让他舒服到了脚后跟。他认为自己的这份宽容世上绝无仅有。

李楠没说话,但丁小兵看到她眼神亮了一下。丁小兵以为她放下了束缚她多日的枷锁,他暗自得意,继续说:"有首歌是怎么唱来着——那些为爱所付出的代价,是永远都难忘的啊。所有真心的痴心的话……"

丁小兵被自己的宽容感动了,唱着唱着就动了真情。李楠的眼神更是在歌声中,一点一点亮了起来。一曲唱罢,李楠笑了,她问丁小兵:"你心里装着的那个人是谁呀?"

丁小兵一愣,说:"什么那个人是谁?"

李楠说:"没什么大不了的。你刚才不还说谁心里不装着个人嘛。"

丁小兵说:"我刚才是这样说的?"

李楠说:"别不承认了,老实交代吧,她是谁?"

丁小兵说:"逗你玩的。你还当真了。"

话音没落,一杯饮料突然就砸在了他脸上,他本能地往后一让,没承想用力过猛,一屁股坐在了地上。他抹抹脸,还没等爬起来,李楠一个箭步跳过来骑在他身上,两只手不停拽着他的头发。

丁小兵用力扭了扭腰,想要翻身爬起来,但爬山多年的李楠体格健壮,没给他一丝反抗的余地。丁小兵动弹了几下就不动弹了。李楠嘴上边说着"别跟我装死",边用手扯着他衣领,把他从地上拽了起来。

丁小兵拿了张抽纸,擦了擦脸。一口唾沫又飞奔到他脸颊上。丁小兵一拍桌子站起身，说："你这是到底要闹哪一出？"李楠说："你今天不交代清楚我就跟你没完！"

丁小兵说："你还想不想过日子了？好日子过多了是吧？瞎搅和什么！"

李楠说："从来就没有什么'好日子'。你就是个骗子。说，她是哪里的？"

"她是哪里的？什么她是哪里的？"嗯，她是哪里的才合适呢？距离太近她不会真要去找这个不存在的人吧？为了息事宁人，他不得不开始构思。他琢磨片刻，说："东北的。"

"东北什么地方？"

"什么地方？"丁小兵又琢磨了一会儿，然后挑了个最远的地方，说，"漠河。"

"丁小兵呀丁小兵，你真有本事。"李楠嗓音提高了，"瞧你那小身板。德行！我真是小瞧你了，怎么没冻死你！"

窗外有闷雷滚动的声音，楼下有个女孩在喊："要下雨了，快收衣服。"丁小兵低头坐着，听到密集的手戳脑门的声音。李楠没有理睬，她的呵斥声如同雷声滚过玻璃。他像一片树叶随着水面上下起伏，渐渐进入了无边的梦境。

李楠又给他拿了罐冰啤。丁小兵这才边想边说，说起了这件事。

"其实我心里是有个女人。不过那是很久以前的事了，也好像发生在遥远的未来。她像个孩子，皮肤很白，还带着点微红，灯光下脸颊有层薄薄的霜，整个人站在那里像是被初冬的白露轻轻覆盖着。她是潮湿的。那件蓝色的大衣像是会呼吸,随着她身体柔柔地吐纳,清冽的空气中便有了香甜的气息。

"我最喜欢她的齐刘海,很整齐地遮住了额头,耳朵边上还有一缕长长的碎发,犹如一个在玩捉迷藏的小姑娘,躲了很久,却突然发现小伙伴们都不见了,撇撇嘴想哭还没哭出来时的情形,惹人怜爱。那件白毛衣领口很高,跟花瓶的瓶口很像,袖口却很大,以至于我无法抓住她的手。偶尔她也会捋起袖口,捏着拳头显出一副要揍我的神情。

"每次见面她都背着那款黑色的包,拉链总是拉着。她对包里装着的东西充满探究,她一会儿拿出个青团,一会儿拿出个萨其马,像个魔术师。每次都是她抢着说话,一个片段接着一个片段,仿佛再不说就来不及似的。她也会停下来,咬下嘴唇责怪我话太少。然后她又继续往下说,一直说到深夜的尽头里。

"她喜欢喝茶,而且是白茶。有时我也会越过她去拿茶杯,她笑着说我话这么少还喝那么多水,不会是糖尿病吧。我踢了她一脚,却发现她没穿衣服。黑暗中我用手指轻轻滑过她的后背,很凉。她让了一下,背对着我说,痒。

"黑夜从来都是在不经意间降临,而黎明始终藏在窗帘的后面。梦中的她会发出长长的叹息,夹杂着含混的'哼哼'声,她没有丝毫的戒备,超然世外,又带有野逸之气,全然没有了白天坚硬的那声'哼'。我悄悄掀开被子,能看到她的轮廓,深夜里墙壁的反光使她看上去犹如一幅山水画——柔软、安静,层次分明。

"我捏了捏她的肩头,她醒了,接着按亮手机看了下时间。手机屏点亮的那一刻,她的锁骨清晰可见,宛如浅浅的池塘。她没说话,把脑袋钻进了我的怀里。她的嘴唇也是凉的,河蚌般湿滑。池塘里浅浅的水湾开始荡漾。是风,扰动了窗帘。

"她就是那座清秀的雨山,而我却始终找不到任何一条登山道。她拉着我的手,我却轻轻捏了下她的手就放开了。我看清了道路。与此同时,清晨的第一缕光芒铺满了我们的身体。"

一杯饮料泼在丁小兵脸上。他惊醒过来,看见李楠正拿着把菜刀,刀背不时敲着饭桌,发出沉闷的、类似剁肉的声音。

李楠在哭。她问:"你为什么跟我结婚?"

"你妈逼的。"

"你敢骂我妈?"

"就是你妈逼的。"

"我们非离婚不可,你给我滚出去!"

过了很久,呵斥声才一点点走远。丁小兵从恍惚中坐起身。房间里很安静,菜刀不见了,那个被捏扁的啤酒罐还在桌上。他看看四周,李楠不在,他的衣服也穿得很整齐。他抬起头,房间的半空中似乎有迷蒙的水汽。窗外有风,但就是吹不进房间里,好像自己从来没有进入这个房间一样。

窗外的雨,在雷声的压迫下,这才大滴大滴落下来。丁小兵内心还未停止的涌动,正逐渐形成一个巨大而迷人的旋涡。他诉说的这个女孩是真实存在的吗?如果不是真实的,他为什么能把每个细节都记得那么清楚?如果是真实的,他又为什么从来没见过她?这不免让他感慨岁月的流逝和对一切无法实现的无奈。他没有了年少时的憧憬和年轻时的张扬,也厌倦了繁杂的人情世故,总想安安静静自己多待一会儿,尽管夜里会有失眠的困扰。

"你给我滚出去!"李楠举着菜刀喊道。

夏天的雨并不是说停就停下来,出门快走到雨山脚下,雨突然就停了。泥土和树木混杂的气味扑面而来。两个小家伙在抽陀螺,但陀螺在地面上旋转得并不流畅,碰到丁点大的石子就倒了。丁小兵走上去,说教他们玩,说着捡起陀螺和鞭绳,把脚下一块地方清理了一番,手用力旋转几下,陀螺往跟前抛去,接着用鞭绳不停抽打着陀螺的底部,抽打得越快,陀螺旋转得也就越快。

两个小家伙禁不住拍起巴掌,嘴上还喊道:"下流坏,不打不撒尿。"

丁小兵把鞭绳还给他们,继续朝前走。他得想想回去该如何解释。他要再编造一个谎言来解释先前的谎言。

手机响了。那个研究星座学的朋友打来电话,喊他去山边上的一家小饭店喝两杯。丁小兵疾步赶去,跟他面对面坐着,想跟他探讨一下这几天发生的事。但朋友已经不研究心理学,连星座运势也不研究了。他现在变成了"军火商"。

丁小兵没听明白。朋友从登山包里拿出一把手枪递到他跟前,丁小兵吓了一跳,仔细一看却是一把仿真枪。丁小兵说:"这是明令禁止的,你还是投案去吧。"朋友哈哈一笑,说:"不是钢铁材料的,但手感很逼真。说完又抓了一把橡皮子弹给他。"

丁小兵把玩了一下,把枪别到后腰,一股安全感油然而生。他说:"我老婆今天发疯了。这段时间都发疯了。"

朋友说:"我知道。"

丁小兵说:"你怎么知道的?"

朋友说:"看你那神情,除了你自己外天下人都晓得。说吧,发生什么事了?"

"你刚才说天下人都晓得,那你怎么不晓得?"

"别废话了,说吧。"

丁小兵一五一十把事情从头到尾说了一遍。

朋友听完,沉思片刻,然后一字一顿地说:"以我多年对心理学和星座的研究,你老婆出差那件事是她编的,她这么折腾是爱你的不良表现。但你说的那件事倒是真的。"

"你怎么知道得如此清楚?"

"因为在我身上也有过和你一模一样的经历。"

"天下的事情难道都是重复的?"

"你不常跟我说,太阳底下无新事嘛。"

"这是我说的?"

"我只记得是你说的。"

"那我现在怎么办?"

"麻烦。但麻烦有时需要用武力才能彻底得到解决。我觉得你现在最需要的是一把枪。"

"我回家了。"朋友拍拍他的肩膀,喝完了最后一杯啤酒。

丁小兵无路可走,只能低着头往回走。

雨山是座死火山,后来被建成山体公园,到山顶的路目前有十一条,还不包括已被废弃的那两条登山道。丁小兵站在山脚下,此刻早已不见锻炼的市民,偶尔有一两对情侣亲密走过。或许只有他们是最喜欢黑夜的。

丁小兵仔细打量着雨山,它由三座连绵的山体组成,两头高中间凹,夜色中像是一只被人压扁的枕头。现在,他不知该选择哪条道路抵达山顶。望着黑黢黢的高山和深邃的登山道,他迷茫了片刻。他自己就是死火山,会有再次喷发的可能吗?山体原先的炽热岩浆都到哪里去了?为什么现在变得冷冰冰?难道还要等上几百万年才能死灰复燃?他一时想不明白,李楠也是死火山,可究竟是谁搅动了她身体里沉默的火山?

他决定不从任何一条现有的登山道爬上去,他想起很久以前,他曾和同学在山上迷过路,但最终还是到达山顶的经历。于是他往树林深处走去,他听见有狗吠,不知道是遇到了什么危险还是发现了什么,反正就是断断续续地叫着。等他走近才看见有两条流浪狗在山坡上打架。他走上前想去拉架,没承想两条狗自动分开,掉转目标一齐冲他狂吠不止。丁小兵掉头就跑,一直跑到三号登山道才停下。

丁小兵重新开辟了条道路,吭哧吭哧向上爬。没有走过的路毕竟是艰难的。寂寞的雨山在黑夜里等待着黎明,夜空繁星闪烁,和山体混成一片。夜空又轻又静,月光像个新娘嫁到了雨山上。茂密的树林睁大眼睛平静地看着他。夏夜的风在树丛中盘旋,树叶发出"沙沙"的声响,还有不间断的虫鸣不知从哪个方向传来,仿佛向他倾诉着一个个无法告人的秘密。

越往上,雨山越深不可测。丁小兵脚下一滑,一屁股坐在石头上。

他索性坐下来,看着脚下的城市。远处,一条条路灯光形成起伏不定的曲线。更强的灯光应该是汽车的大灯发出的,它们在一条条街道中穿梭、停下、启动,像一只只机械玩偶。原先山脚下的红砖楼早已被征迁,替代它们的是扑克牌般单薄的高楼,它们一栋栋挨着,更像是排列整齐的多米诺骨牌。高楼上一扇扇小窗户间次亮着,猛一看犹如千疮百孔。

丁小兵没有继续向上爬,他不想极目远眺也不想被一叶障目。他站起身,拍拍屁股上的灰土,把山体上下打量了一遍。夜风拂过,他想起有个锻炼的大爷曾说过:"倒着走,能长寿,尤其是硌脚的鹅卵石小路。"

丁小兵现在非常认同这句话。他这么想着,试图倒着走下山,可没走几步,他就从半山腰滚下来了。

■ 多余关怀

丁小兵躺在床的一侧。

本市高温红色预警已连续第五天发布。阳光像刺一样扎在阳台地砖上，发出凶狠的寒光。一只苍蝇撞到了窗玻璃上，飞走又飞回再撞了一下，可能是热晕了。丁小兵起身摸了摸玻璃窗，有点烫手。两只黑鸟此刻正从窗前迅速滑过，向下俯冲的速度像是楼上有人扔了两个黑色垃圾袋。

妻子李楠快下班了。丁小兵没开空调，他担心舒适的冷气会让他沉沉睡去。他困极了，但不敢合眼，任凭热浪里颤动的灰尘，覆盖住室内的每一件物品。

上午十点多，孙薙给他发了条微信，说是晚上请他喝酒。丁小兵以为他开玩笑，他知道孙薙一直在北京，而且春节前刚刚完婚。正准备回复时，他发现自己已被孙薙拉进了聊天群，丁小兵在群里看了看，除了自己还有余晨。他抓着手机一边在另一个群里看别人吵架，一边观察这个群还会有谁进来。

丁小兵有七个微信群，但那都是工作群。他对工作没啥兴趣，所以把它们全都设置成了消息免打扰，并且实时删除信息。那些铺天盖地的工作信息经常半夜还在被争论着,对此他嗤之以鼻,好像工作就是他们生活的全部所在,对此他又深感忧伤。

半个多小时后,这个群还是只有他们三个人。孙薅刚把群聊名改成了"搞大事",余晨紧跟着就问他要搞什么大事。他说他正和老婆在北京南站等高铁,下午五点就能到达南京南,然后晚上请他俩吃个饭。丁小兵很奇怪,孙薅一直是个飘忽不定的人,平时春节都懒得回来,怎么会选择大夏天往回跑?

孙薅让他俩订个饭店,说是下车后直接去,这样可以节省时间。丁小兵对此难辨真假。余晨说:"你们聊,女儿补课快放学了,我正在做饭。"说完发了几张图就不见了。但没等手机自动锁屏,余晨又发来一条消息——徽州人家202,不见不散。

中午十二点了,晚饭时间还早,但此时李楠还没下班。这段无用的时间他不敢睡觉,他在考虑她到家后,直至晚饭前的这大段时间,该如何消耗。

冷战已经一个星期了。原因很简单,丁小兵半夜在梦中忽然喊出了一个女人的名字,然后就被李楠一巴掌打醒了。借着月光,他看见披头散发的李楠直勾勾地盯着他。丁小兵惊恐地坐起身问刚才是不是地震了。

李楠跳起来摁亮吊灯,光线虽然柔和,但还是让丁小兵很不适应,他用手遮住了眼睛。她一把打掉他的胳膊,说:"那个女人是谁?"丁小兵一头雾水,说:"哪个女人?""就是你刚才喊出来的那个。"丁小兵想了想,感觉自己并没有做梦,就算做梦也不会喊一个女人的名字。他太清楚自己想喊也没人可喊。

你不仅喊了,还大声哭!"李楠说,"那个女人到底叫什么名字? 为什么让你如此伤心?"

丁小兵说:"不可能。我怎么会哭? 你告诉我我喊的是哪个人的名字?"

李楠说:"喊的是谁你最清楚。"

丁小兵迅速把他认识的女同学过了一遍,甚至连女同事的名字也过滤了一遍,可还是想不出自己对谁印象深刻。他挺直腰,说:"明天还要上班,睡觉睡觉。"

"你先睡。"李楠说完进了厨房。丁小兵先是看见厨房灯亮了,随后冰箱灯亮了一下,接着传来砍东西的"砰砰"声,他赶紧爬起来走到厨房门口,李楠正拿着大号菜刀用力斩着一块冻五花肉。可能是肉还冻着,淡淡的白雾中,她奋力在砧板上剁着,刀刀不落空。

那一夜,丁小兵抓着瓶风油精,泪水直流。

下午两点,李楠下班回来了,一进门就打开空调,嘴里骂骂咧咧说着怎么没热死他。丁小兵知道她是在诅咒他,但这天气又让他无力发火。他说晚上朋友回来了,出去吃个饭。

李楠没说话。

丁小兵拉开门,出去,再轻轻推上门。还没等走到电梯口,他就听见大门又开了,随后李楠的滚雷席卷而来:"滚吧,你一辈子都泡在酒里,出门别被车撞死。"

正是一天中最热的时候。

放眼望去,车与人都在热浪里折腾。毒刺般的阳光炙烤着眼前的一切,路边孤零零的两栋高楼薄得像扑克牌,又像是两面镜子,刺得丁小兵睁不开眼。马路两侧的香樟树耷拉着脑袋,有气无力地熬着这难耐的时光,但不时又抬起头,观望着远处的天空能否有片乌云。丁小兵在树荫下跳来跳去,大街上不再像他小时候那般空无一人,空气像水纹一般扭曲着向前延伸,让他看不到尽头。

"徽州人家"就在他前方五十多米,黑瓦白墙很是显眼,门口两个石狮子也在太阳下打起了盹,左边的那个石狮子口中还叼着一个拖把。

掀开"徽州人家"的软门帘,大厅里只有一壶水在"咕嘟咕嘟"冒着热气。丁小兵绕过屏风拾级而上,闭着眼睛都能找到 202 包厢。这家饭店他来的次数太多了,以至于他不用看菜单就能准确报出所有的菜名。当然,他能做到的,余晨也同样能做到。

包厢里空调没开。他没看见服务员,也没找到遥控器,于是坐下来给孙薤发微信。他很好奇孙薤这次回来的真正原因,但始终想不出合理的由头。

越想不明白丁小兵就越燥热,于是他悄悄问孙薤到底是什么原因导致他今天回来。孙薤的回答简洁明快,说是回来办离婚。

丁小兵认为不可能。孙薤分四行回复了四个字——证据确凿。

包厢的墙壁泛着烟焦油的颜色,挂壁式空调也是通体泛黄,一根深蓝色的排水管顺着墙角拖下来,延伸进地面的一个红色塑料桶里。丁小兵走近一看,塑料桶里已有大半桶水,水底下还有几个啤酒瓶盖。他踢了一脚红桶,水荡漾了几下差点泼到他腿上。空调导风板早已不见,排风口看上去像是黑洞洞的口腔,试图吞噬掉坐进包厢里的任何一个人。

快五点时余晨才到，他是跟服务员一起进的包厢。猛然看见丁小兵，余晨吓了一跳，他把酒往桌上一放，招呼服务员赶紧开"强冷"。

余晨带来的两种酒，丁小兵都没见过。一种是红米酒，豉香型白酒，红荔牌，酒精度30；另一种是稠酒，西安饭庄老字号，外包装跟桶装酸奶差不多。

丁小兵说："你从哪弄来这么古怪的酒？"

余晨说："我也没喝过，出处不如聚处。任何东西都要试一试嘛。"

丁小兵说："你知道孙蕹这次回来到底是为啥？"

余晨说："谁知道他发什么神经，估计也没啥大事，越是没事的人越喜欢说自己要搞大事。不过，我倒是发现你今天一副慌里慌张的样子。"

丁小兵正准备说冷战的事，孙蕹到了。

孙蕹背着个登山包，进门二话不说把包一放，连喊："起菜起菜。"丁小兵闻到他身上有股动车车厢的味道。他问："你老婆呢？"

孙蕹回头看了看，说："没跟着我？估计去洗手间了。先起菜。"

余晨一边招呼服务员起菜，一边开酒。他给孙蕹老婆的空杯子里倒了稠酒，再给自己倒满一杯红米酒，然后把酒瓶往转盘上一放一旋，最后扯过几张餐巾纸放在自己跟前。他说："最近女儿成绩下滑，估计是玩手机造成的。整天戴着耳机听音乐还玩游戏，说她几句脾气比我还大。现在的小孩真是不好管，没我们那时单纯了。"

孙蕹说："我还没小孩，搞不清楚现在小家伙的状况。你那时就喜欢跟我们比谁撒尿时尿得远。"

余晨说:"谁尿得远?"

孙薤指指丁小兵,说:"每次都是他。害得我每次都要买五香豆给他吃。"

丁小兵说:"还有这等事? 我怎么不记得了。我只记得有次你翻围墙时摔断了胳膊,脖子上套个绷带吊着胳膊的形象非常威武,一看就是没打赢架的草寇。"

余晨说:"是啊,那时也没觉得学习有多苦,小学初中高中技校直到工作,一路走来没费一点功夫。不过现在孩子学习压力确实大,早上我经常看到送学的家长骑着电瓶车,孩子后面坐着直打盹,还硬捧着英语书在背单词。看着就没趣,有时我也想,考上大学又能怎么样? 但转而一想考不上大学会更麻烦。有句话是怎么说的来着? 不能输在起跑线上。"

丁小兵说:"我们仨也就孙薤考上了医大,学了五年却弃医从文,以为要成为鲁迅式的人物,结果却当了北漂。"

孙薤说:"最近我又换了个单位,给化妆品公司做文案。"

余晨说:"现在收入多少了? 记得那年你说才六七千。"

孙薤说:"现在每月一万二。"

余晨说:"那跟我们这里四千也差不多。要说享福啊,还是我和丁小兵这样的工薪阶层。"

孙薤把酒杯挪到左手边,用手擦了下嘴,然后笑了。

包厢里弥漫着"毛豆腐"的香味。两种从未尝过的酒交替下肚,让他们的眼神逐渐恍惚。丁小兵看见孙薤头顶上的灯光呈漏斗形罩下来,香烟的烟雾沿着光柱盘旋上升。当他在光柱里举起酒杯时,他像是光环笼罩下的一位明星,而当他低头点烟时,又像是即将被神仙收服的一个妖怪。

大厅里传来弹奏古筝的声响,一串串音符倾泻而出,时而温雅时而奔放,但在丁小兵听来充满了悲戚,让他联想到电影《功夫》里的那把古筝。余晨的嘴巴一开一合,像是路边巨型垃圾桶的盖子,他在说什么丁小兵已经听不真切。

大厅里古筝的乐曲延绵不断,只是节奏越来越快,筝锋越发凌厉,两个瞎子高手四手联弹,一把把刀剑带着凶狠的寒光扑面而来。丁小兵有点招架不住,他摁了下桌角站起身,往大厅走去。

大厅空无一人。丁小兵张望了一番,只看见一个白衣女人斜背着古筝,消失在饭店的门前。

他去了趟洗手间,等回到包厢门前,余晨正激动地说着什么,丁小兵索性站在门口,看着他的肩膀上下起伏,像是在抽泣。

"跟丁小兵认识二十多年了,这家伙时不时拿我当垃圾桶。"余晨说,"比如去年,不对,好像是大前年,他闹离婚那次。那年冬天可把我折腾惨了,只要我一躺上床,丁小兵就像闹钟似的准时打我电话。一听他电话里含混不清的腔调,我就晓得他喝高了,但有什么办法呢?都是兄弟,兄弟有难我能咋办?我只好穿衣服骑车跑去陪他喝啤酒。冰天雪地啊,一人抓着两瓶啤酒站在路边喝,他翻过来倒过去重复着他为什么要离婚。那个苦诉得我都想离婚了。"

孙蕥看了看站在门口的丁小兵,说:"我怎么没听他说起过这件事?"

余晨说："那敢情他是看重我了，我不仅是个垃圾桶，还是个痰盂。可是你想过没有，丁小兵当天倾诉完了舒服地走了，我装了一肚子垃圾苦水往哪里倒啊？更恐怖的是头天说完第二天又来了。老孙你帮我分析分析，我究竟还要替他隐藏多少秘密，才能让他安然度过这一生？"

余晨顿了顿，说："说错了，是如何让我安然度过这一生。"

包厢里烟雾缭绕，空调冷气混合着烟雾，熏得丁小兵睁不开眼。孙蕹的目光越过余晨，看了看丁小兵。他说："看来你一定掌握了不少丁小兵的私房事。"

余晨说："他的私房事就像现在藏身于高楼中的私房菜馆，一般人不知道也找不到，但等你有天作为嘉宾迈进神秘之门，抓起筷子一尝——味道很普通，还不如街边大排档。"

丁小兵正准备迈进包厢，有人拍了一下他的肩膀。他扭过头，是同学老樊。平日里他最烦的就是老樊，"徽州人家"的老板不止一次跟他提过老樊，说老樊在这里请客无数挂账无数。丁小兵虽然厌烦老樊，可一旦聊到这事，他总不忘揶揄老板一句："谁让你赊账给他呢？一个巴掌拍不响。"

但此刻他觉得老樊看起来是如此和蔼可亲。丁小兵往走廊上走了几步，问："干吗？"老樊说："几个同学私下聚聚。我做东。"老樊强调了一下。一听老樊做东，丁小兵就打消了进去坐坐的念头。老樊说："走，进去坐坐，都是老同学，你全认识，怕什么？"

丁小兵不怕什么，于是跟着他往前走。包厢里有四个同学，其中一个看见他进来扔给他一瓶冰啤，然后说："我接着说啊。那天是情人节,恰好我下夜班,又冷又困,就去吃拉面,顺便整了点白酒。本来我对情人节毫无概念,也根本记不住这个节。从面馆出来,我慢吞吞地骑着自行车,凑巧的是,一家花店拉开了卷闸门开始做生意。我瞥了一眼,门口竖着一块牌子,写着'爱一次,才知道谁最适合你'。我停下来,灵机一动就买了束玫瑰送给老婆。可是我太困了,她上班地方离花店又太远,我就给老板留了地址和电话,让他安排给我送过去。当然,我耍了个心眼,没有留姓名。

"到家后我倒头就睡,中午醒来后我就开始焦虑了,一直焦虑到傍晚。为啥?你们想啊,如果我老婆不把花带回来,你们说意味着什么?这是其一;其二,如果说是她姐给的咋办?她姐就是开花店的;其三,若她干脆直接装糊涂说没收到又是什么意思?其四,她说自己买回来装饰客厅的,咋办?其五,她若一口承认是人家送的,怎么办?"

"然后呢?"

"然后她下班回来了,手里捧着花。我问她今天情人节有人给她送花了?她说她也不知道谁送的,也没留姓名。本来想扔掉的,想想花挺好看就带回来了,不要白不要。"

丁小兵一口气喝下一大杯冰啤,站起身说:"世上本无事,你却将心照沟渠。"说完朝门口走去。老樊说:"忘告诉你了,李楠在 217 包厢,我不确定,但背影像。"

丁小兵在饭店里绕了一圈才找到 217 包厢,门关着,能听到里面声音嘈杂。他站了一会儿,低头走向 202 包厢。他想起下午出门时李楠的那一串诅咒他的滚雷。他俩已经缺少了信任,他百口莫辩,他甚至怀疑她这样做是不是在给自己找借口。人与人的交往多半是潦草的,因为只有在潦草的基础上,交往才是容易的。一旦试图动了真心想往深处交,彼此都会发现对方是个迷宫。夫妻之间也是这样。

孙薙和余晨已经在喝冰啤。丁小兵坐回原位,忽然想起一件重要的事,他问孙薙:"你老婆呢?"

孙薙眯着眼睛,说:"你出去那段时间在啊,刚才还在这儿。估计出去转悠去了。"

丁小兵看看余晨。余晨说:"好像一直都在。"

孙薙说:"没去北京前,那时我们隔三岔五就聚在一些小饭店喝酒,经常豪爽得人仰马翻。尽管如此,我们还是倚仗着年轻的身体,把路边的小饭店挨个喝了个遍。奇怪的是那些小饭店,往往在我们去了几次后就相继倒闭,或者很快就贴出了'转租'的告示,弄得我们时常扑空,从而不得不疲于奔命,穿梭在市内成群的小饭店之间。"

余晨说:"不仅仅是小饭店,我们也尝试着去了一些中等规模的饭店,可它们居然在我们离开之后也很快露出了倒闭的嘴脸。"

丁小兵倒了杯冰啤,接着说:"我们曾就此展开过热烈的讨论,最后一致认定,它们倒闭的原因与我们的狂喝毫无关系,它们倒闭的原因在我市必将成为千古之谜。"

孙薙说:"我在北京总结了一下,发现我们每次都是去得最早走得最晚。有一次,我们从上午就开始喝,一直喝到第二天的早晨。在这场持久战中,我们一共消灭啤酒一百二十瓶,就是十箱啊,恐怖。"

余晨说:"我还记得结账时老板紧紧握住丁小兵的手,激动得半天也说不出一句话来,通红的眼珠绽放出了光彩。"

丁小兵说:"现在不行了,这样的吃喝都发生在几年前。几年前的我们都还没有结婚,口袋里有足够坚挺的人民币,当然,最重要的是这些人民币都可供自己坚挺地挥霍。但这样幸福无度的岁月并没有持续很长时间,之后我们就纷纷结婚,扎根生活去了。"

孙蕤说:"为有牺牲多壮志,敢叫日月换新天。"

丁小兵干了杯冰啤,说:"直至哀乐响起。"

余晨说:"穷人的特点就是一定要请人吃饭。"

孙蕤说:"不刮穷人的钱,我到哪里挣钱去?"

余晨说:"年轻时我以为钱就是一切,现在我强烈认为确实如此。"

丁小兵说:"虽然我现在依然很穷,但我也要立志做个精致的穷人,过上一种慢生活。现在有没有面向年轻人的养老院?"

孙蕤说:"拉倒吧,混吃等死也是一种精致的慢生活。"

三个人开始抽烟。丁小兵回头看了看,包厢的门虚掩着,偶尔能看见有人从门前走过。走廊上的烟雾比包厢里更重,接空调水的塑料桶就在自己的脚边,水已经涨到了桶沿。丁小兵看着塑料桶,看着桶里的水最终漫了出来,先是在地上洇了一小片,然后弯弯曲曲顺着墙根向前流淌。

丁小兵把烟头摁灭,晃了晃脑袋。他问孙蕤:"你这次回来到底有什么事? 搞那么神秘,我一晚上都在琢磨。"

孙蕤说:"我不都告诉你了嘛,非要在我伤口上撒把盐?"

余晨说:"什么情况?"

丁小兵说:"没什么情况。"

余晨说:"我问的是,你,今天什么情况?"

丁小兵说:"没什么情况,就是觉得自己陷入了绝望,但又没勇气去死,人在绝望时空气都变成了二氧化碳。"

余晨问:"跟李楠又吵架了?"

丁小兵说:"结婚没几年,猜疑、莫须有什么的全来了,实在疑惑那些金婚人士是怎么熬下来的。而且,我越来越发现夫妻之间的关系,就是武松和老虎的关系。赢的是武松,败的那个是老虎。"

孙薤说:"现如今,也许赢的是老虎。"

丁小兵说:"是啊,我以前觉得对遇见的女人都是去爱,可以不顾一切,还以为自己那是勇敢。直到今天中午我才明白,那不是爱,那是假借爱的名义满足自己的虚荣。如果从今天起,有个女人爱上我,或者我爱上某个女人,我要给她真正的爱。"

余晨说:"真正的爱啥样?"

丁小兵停顿片刻,说:"敌人也有可爱之处,亲人也有讨厌之处,怎么说呢? 还是相忘于江湖吧。从古到今,没有任何人能取消爱情,既不能删除这个模式,又不能彻底给它消毒。"

余晨说:"那怎么办?"

丁小兵说:"于是有人想到了一个妙计。"

孙薤说:"啥妙计?"

丁小兵说:"给爱情套上婚姻的枷锁。"

余晨说:"管用吗?"

丁小兵说:"不管用,所以婚姻这种模式就存在很大的问题,你不觉得婚姻中的隐私越来越多吗?"

"又是隐私,其实人活着百分之九十九都是隐私,人与人之间能交流的部分非常少,几乎是独处于黑暗。对了,科学不已证明宇宙百分之九十五都是暗物质和暗能量嘛。”

“我问你个隐私,这次回来到底是什么原因?”

“我在乡下买了条船,就缺兄弟来聚一场,送一程。”

“我觉得你要努力奋斗成为中产阶层,我看好你,以目前局势来看,你就差一张船票了。”

一箱冰啤很快喝光。三个人耷拉着脑袋,好像再扯下去也没有多大意思了。丁小兵的微信响了一下,是李楠,她让他转五百块钱给她埋单。

包厢门推开了,进来的是老樊。他径直坐在丁小兵边上,抬头仔细瞅着孙蕹和余晨,突然惊呼了一下,说孙蕹是他小学同学,余晨是他初中同学。丁小兵看看他们,他们没有否认也没有承认。

老樊给自己倒了杯啤酒,悄声对丁小兵说:“借我五百块钱,支付宝转账也行。都是面子上的事,坐等啊。我先走,别忘了。”

孙蕹摇了摇胳膊,喊服务员埋单。

余晨托住他的胳膊,说:“你好不容易回来一次,怎么能让你请呢?还是让丁小兵请吧。”

丁小兵说:“你说一辆再普通不过的私家车,为什么非要装个兰博基尼的外壳呢?”

丁小兵、孙蕹和余晨,三个人搀扶着站在饭店屋檐下。饭店里的灯瞬间熄灭了,老板走出来,锁好门,往大门玻璃上贴着什么。等老板走远,丁小兵走近一看,一张大白纸上赫然写着——门面出租。

孙薤开始大笑，随后大雨开始落下。

饭店门前挖了个坑，一场大雨之下，坑里面全是积水，还有把锹插在土堆里，路边竖了块牌子，写着"天然气管道施工，注意安全"。孙薤没吭声，突然跳进了坑里，双手翻飞奋力挖坑。丁小兵和余晨站在岸上，说："有本事你一直向下挖，你说如果一直向下挖能挖到哪里？"

"挖到哪里是哪里吧。"

丁小兵说："如果你能活得足够久，我想你能挖到地球岩浆。"

"那算了。"孙薤爬出坑，跺了跺脚。

此刻的雨似乎很慌张地逃离天空，急速下坠，在地面水洼上砸出一个接着一个的气泡。丁小兵不喜欢夏天的雨，他喜欢秋雨，萧瑟之下的细雨更像是一滴一滴地告别天空。每逢秋雨，他总是能想起父亲，一如小时候那些被父亲晾晒在阳光下受潮的火柴。

有个女的走得很慢，低着头。余晨朝她喊了句："喂，你有什么不高兴的吗？"她没搭理他，继续低头向前走。"一切都会过去的。"孙薤又喊了一句。那女人还是没反应，丁小兵又喊了一句："祝你幸福！我说真的。"那个女人似乎听见了，回过头看了看他们，她已经离他们很远了。

他们三人高兴了，几乎对身边经过的每个人都问候起来。

路灯还很遥远，雨后的空气更加湿热，但此时他们安静了下来，像是玩累了。孙薤看了看手机，说："她订好了酒店，我得走了。"

丁小兵和余晨看着孙薤穿过花坛，伸手拦住一辆出租车，钻了进去，迅速消失在黑夜里，就像他从来没有跟他俩见过面一般。当然，谁也没弄明白他突然回来的真正原因，以及"她订好了酒店"这句话里的

"她"是哪个"她","他""她""它"的读音听起来都一样,就像一说到关怀,就会不由自主想到"临终关怀"四个字。

雨很快就停了,从地面蒸腾上来的热气紧紧包裹着他们。

丁小兵和余晨继续站在屋檐下,仿佛在等待另一场雨的降临。他们一时不知置身何地,也不知去往何处,直到夜色越来越重,彼此看不清对方的脸庞。而黑夜这双巨大无形的手,渐渐把他俩收拢,慢慢把他们消融在自己的怀抱里。

此时,一钩新月出现在天际。冷不丁望去,像是有人拿烟头把黑夜烫了个窟窿。

■ 恒温

　　丁小兵是一家烧烤店的老板。每天临近关门前,他总是习惯回看一下当天的监控视频。视频里有回头客,也有陌生人,以及他们吃喝的表情。

　　冬天的生意明显不如夏天,而隔壁火锅店的生意在这个季节毫无悬念地好。此刻,丁小兵的大厅里只有两桌客人,先来的一桌是对面广告公司的两个创业小白领,他们吃得很快,一人一碗牛肉粉丝汤,低着脑袋"哧溜溜"吃完后扫码付款走人。丁小兵知道等他们回去,会有两个主管模样的人随后到来,点两份羊肉粉丝汤,加两份薄饼。最后来的一桌是三个人,他们是常客,通常情况下会喝到夜里十点多才散去。

　　灯光有些耀眼,显得大厅冷飕飕的,空气里仿佛隐藏着极细微的金属丝。丁小兵打开空调,空调启动的瞬间,他能听见热风发出的颤动声,像是有人狠狠地喘了口粗气。

　　店里雇了三个人,都各自忙着手上的活。夏天客人多的时候,丁小兵会帮帮忙,但现在他无事可做。他坐进吧台,扫了眼监控视频,显示器上的画面几乎不动,每张脸都有些单薄,表情平淡,包括逐渐浮现的几个后来者的脸,也是如此。有人掸了掸裤腿,有人悄悄把脚从棉鞋里脱出来透气……视频里这些不宜察觉的细节,就像不经意间从某处抖落的灰尘,不会对这里有任何影响,也不会掩盖什么。这里只是烧烤店,或者说,这里本来什么都没有。

一般来说到了晚上九点,丁小兵就会让店员回家。到了这个点,店里基本就不会再有人来,仅剩的一桌也不会再吃了,顶多把剩余的啤酒喝完了事。现在,那三个人正在划拳,丁小兵听其他客人说过,一个不划拳的酒局是没有灵魂的。现在,他们变换自如的手势里仿佛蕴含着宇宙的奥秘。划拳的间隙,丁小兵听见他们之中有人手机响了。

"喂,什么?现在要枪?你到仓库里拿两把枪出来。"

"对,你看看还剩几把,多的话就拿四把,给老王,他急等着干事。"桌上另外两个人都没吭声,保持着绝对的安静。

"在二楼的仓库,不是三楼,赶紧去,不然马上测温没得用了!"那个人挂掉电话,端起酒杯喝了一大口,说,"真是没用的东西,连枪放在哪里都搞不清!"

冬天的生意的确不如夏天。那三个人喝到十点多终于走了,丁小兵站起来伸了个懒腰,又坐下回放了一遍今天的视频,然后推开了与后院相连的木门。院子不大,丁小兵用彩钢瓦盖了半个顶棚,而隔壁的院子里堆满了火锅店的杂物。

院子里一直没有灯,丁小兵早已习惯了,他闭着眼睛都能摸到那把短锹。

抓到短锹后,他就在院子的角落里继续向下挖那个洞,像那只捷克的小鼹鼠。上个月因为院子里一块水泥地鼓包,踩上去很硌事,他便敲碎了水泥,然后闻到了隐藏在水泥块之下的泥土气息。那一瞬间,他被这迎面而来的气息击中了,他想起了家乡的那条小河,以及儿时的玩伴。那时候,他总觉得日子很漫长。

从那时起他就养成了这个习惯,隔一阵子他都要来挖上几锹,有时两三锹,有时五六锹。他想,这样一直挖下去或许能挖到另一个宇宙。

外面一点都不冷。透过烧烤店的玻璃门,丁小兵能看到外面经过的行人,还有忽快忽慢的车辆,它们的灯光轻微摇晃,层层叠加,就像有人拿着手电筒,在森林里射出的一道道光束。

今晚最早来的是两男两女,中年模样,他们只用了半个多小时,就把几个盘子里的烤肉烤鱼和蔬菜都吃光了。他们说话声音很小,天黑后,人说话的声音也会变小,这是丁小兵总结出来的经验。他们一共喝了三瓶啤酒,然后很清醒地相互道别,各自散去。

丁小兵判断不出他们之间的关系。他们可能也就这一次交集,他们或许素不相识,却彼此相关,这样的交集说不定就藏在某一块落地玻璃窗的反射之中。一如坐公交车,上下车的站点,以及谁先谁后,也是早有定数。

冬天里周末的生意要略好一些,连在隔壁火锅店吃饭的人,也会在他这里点二三十串烤肉带过去。那两男两女走后,店里冷清了片刻,随后又进来三个中年男人。

三个中年男人起初很安静,点了中份的羊蝎子火锅和一些烧烤,匀速说着话。但一瓶白酒均分喝完再开第二瓶时,他们的嗓门提高了,原先桌上排列整齐的空竹签也掉落一地。他们说话的内容丁小兵几乎听不懂,牙缝里蹦出频率较高的是加班、挣钱少、领导不是人之类的抱怨。

丁小兵看见嗓门最大的那个人的一截长烟灰,掉进了火锅,另外两人丝毫没有发现,继续在火锅里捞着残余的豆芽。丁小兵走进厨房,抓了份菠菜和粉丝作为免费烫菜赠送给他们,他们也不客气,直接全倒进了火锅,还顺势用筷子搅动几下。其中一人脱掉了厚棉袄,露出印有"HDK"三个字母的内衣,那三个字母很大,猛一看有点像超人胸前的那个图案。

他们谈论到了国外的枪击案,并一致认为还是我们的社会和谐,否则谁都说不清会不会死得莫名其妙。他们最后一个话题倒是非常现实,商讨着一定要找个兼职挣点外快。他们各自拿出几套方案,经集体研究,最终决定去送外卖最为切实可行:一是成本低,三个人都有电瓶车;二是不费头脑,人人都有手机导航;三是说不定下单的是个寂寞美少妇。

他们哈哈大笑,喝掉最后一滴白酒,埋单走人。起身时"HDK"踩到满地的竹签,差点滑倒。丁小兵看着他胸前的三个字母,暗自琢磨这究竟是啥意思,"HDK,HDK……"原来是"喝得快"的拼音缩写,丁小兵反应过来,也可能是"活得快"?

等他们走出店门,丁小兵招呼服务员赶紧收拾,他看见四个年轻人正朝店里走来。

想想这三个中年人,他为自己能有这样一家烧烤店而庆幸,辛苦归辛苦,但至少不用像他们那样四处奔波。清贫有时也是大多数人的一种美德,每个人都在为吃饭奔波,从来没人放弃,也从来没有什么收获,众生平等,都是从失败中来,再到失败中去。

丁小兵感慨了一番,忽然又觉得这种感慨很矫情,于是拿块抹布,把刚才抹干净的桌子再抹了一遍。湿抹布在桌面上留下几道水渍,仿佛车轮碾过无人的雪地。

这四个年轻人不去肯德基,也不去必胜客,这让丁小兵有点奇怪。他们都挎着一个运动包,头发湿漉漉的,能闻到一股淡淡的香皂味,像是刚打完一场篮球赛。他们各自从立式冰柜里取出自己爱吃的烤串,然后集中到一个不锈钢盘子里,交给丁小兵。

他们先是短暂总结了一下这场比赛的得失,然后开始谈论《王者荣耀》。他们要了大瓶的雪碧,在烧烤端上来之后,他们掏出手机,边吃边打了一局"匹配赛",四个年轻人的脑袋挤在一起,嘴巴嘀咕着。丁小兵看着他们,想起自己迷恋《魂斗罗》时的情景,那是任天堂游戏机,古老的插卡式游戏机,他经常能趁同学父母上班的机会,满头大汗和几个同学玩一下午。

丁小兵倒了杯白开水,迎着灯光转了转杯子,光线沿着杯子透进来,大厅里的四个年轻人呈现出微小的变化,像是有匹小白马躲在杯子之中。

他们一局打完,烧烤也吃完了。付账的时候,他们各自数了数自己跟前的竹签,然后将微信红包发给其中一人汇总,再扫码付钱给丁小兵。丁小兵知道这叫"AB 制",看起来比"AA 制"合理,但似乎也更加冷漠。

　　他们走后,店里还进来一个老头,系着条纹领带,皮鞋锃亮,牵着一条小狗。老头只烤了二十串肉,特意强调其中十串不要放任何调料。他自己吃了十串,把未放调料的肉撸下来喂给小狗,并对小狗说:"你这狗东西,吃得和我一样多。别急。"

　　照例,临近关门之前,丁小兵回看了一下今天的监控视频。他发现最早来的那两男两女中,有一对男女的腿悄悄缠绕在了一起。仅仅十几秒后,两条腿很快又分开了。

　　丁小兵今天没到院子里去,也没继续挖那个洞,关上店门他就回家了。他有时会产生丧气的感觉,就像浴室的花洒,在你关了水之后的那几秒,花洒不会因为水龙头的关闭而立即停下,而是继续滴滴答答,偏要落下几滴才罢休。

　　丁小兵走在路上。不知从何时起,冬天的夜里变得一点都不安静,只有拐进偏僻的小巷,他才能感受到夜的空旷。他踩到了一个东西,是个未打开的啤酒罐,可能是有人无意落下的。他踩了一下差点滑了一跤,便弯腰拾起来,扯掉拉环倒空了啤酒,然后边走边踢这个空罐。有几秒钟,它发出的是音乐般清脆的声响,它偶尔向前滚了几圈,随后停住了。丁小兵来了兴趣,踢的频率开始加快,随后更密集的噪音传来。终于,右侧的居民楼里传来一声怒吼——"神经病!"。丁小兵不知是骂谁,在这寒风凛冽的夜空下。

　　因为冷,丁小兵走得很快。进入楼道,电梯恰好停在一楼。他迈进去,看到象征十楼的那个数字是歪的,丁小兵试图弄正那个歪掉的按键时,电梯恰好停住了。从三楼进来一个女人,纤细的身体套着件宽大的淡粉色睡衣,蓬松的头发绾了个发髻,坠在脑后。女人迈进轿厢,直接站在了丁小兵的身后。丁小兵站直身子,又转了一下那个按键,然后下意识地回头看了她一眼。她睡眼惺忪地看着他,打了个哈欠,伸手捂住了嘴。

电梯从三楼上升到十楼,并没有花多少时间。电梯门开了,丁小兵让她先出去,然后自己才出去。她仍然忍不住打了两个哈欠,同时不忘对他点了点头。

下午的天色变了,天气预报说今天有中雪。丁小兵没有找到去年戴的棉帽,他记不清放在哪里了。他想着先去超市买顶帽子,然后再去店里。

公交车上,他看到一个女人,她的脸洁白如雪,以至于整节车厢里他都看不清还有其他乘客。她五官端正,是那种标准得没有差错的脸,身体四周有那种瀑布飞奔而下产生的雾气,除此之外丁小兵什么都看不见。丁小兵经常能在车上遇到她,但从未主动找她说过话,也不知这样的女人会爱上谁。时间久了,他都有些怀疑这种场景的真实性了。他只记得她白净的脸就像火车驶出长长隧道的那一瞬,让人眼前一片空白。

从超市里出来时飘起了雪花,雪花不大但很密。丁小兵戴上棉帽,听到有人在喊他的名字,他回过头,人群中有好几个女人,正琢磨是谁在喊他时,眼前的人流已经被另一波人流卷走了。他隐约觉得,她应该是他的一个女同学。声音很像,但他真能清晰地记起多年之前的声音吗?如果真能认出来,他愿意再去面对面吗?丁小兵有些恍惚,他压了压头顶上的新棉帽,在漫天雪花中往烧烤店走去。

那条路很长,他也走了很久。数不清的汽车大灯亮起来,拖着闪烁的尾灯,扎入不可探究的黑暗里。这些车并不显得急躁,甚至连喇叭都没人按一下,只能听到车轮在地面驶过的"沙沙"声,像细密的春雨穿过嫩绿的梧桐树叶。

店门口的台阶湿漉漉的,店内靠近冷柜的地砖也洇湿了一大片。已经来了几个客人,火锅的热气盘旋在他们的头顶。

陆陆续续又有客人进来。下雪,让他们进门的表情跟平日有了很大的区别,往常灰暗的脸上也有了颜色,连几个熟客都在谈论新鲜的话题,以前重复的世俗欲望都不知所终。

丁小兵泡了杯茶,坐在吧台里随意地看着他们,就像观看电影里的男女主人公一样。看着他们一次次擦肩而过,看着他们一次次被命运推搡着,彼此靠近又相互疏离。可能他们曾有过遇见的时刻,甚至可能做过同样的梦。但是,那些命运埋下的伏笔,在他们曾经相遇的那一刻,悄然拐了个弯。而他们,并不知晓。

到了晚上七点多,第一拨客人已经散尽,店里清静了片刻。

丁小兵走到院子里,有顶棚的地面黑黝黝的,没有顶棚的地方积满了白雪。他听见隔壁院子里有人在争吵。声音不大,是双方都压着嗓子的那种争吵,声音很闷却显得很有力量。他靠近院墙,听出他们就是开火锅店的那对小夫妻。

男的说:"最近生意不好我有什么办法?"

女的说:"你没办法咋办?"

男的说:"我再想想办法。"

女的说:"想办法想办法,天天就这句话也没见你想出办法。"

男的说:"你光埋怨我管用吗?"

女的说:"你看人家隔壁烧烤店,一个人就撑起一个门面。"

丁小兵摇摇头,笑了。

男的说:"长别人志气干吗? 进去吧,外边太冷。"

女的说:"连自己女人都养不活,要你有屁用。"

男的说:"行了行了……"

女的说:"跟着你真是倒了八辈子霉。"

隔壁院子里没有了声响。丁小兵缩回脑袋,认真想了想,然后从钱夹里掏出一张早已不用的银行卡,在背面写上六个数字,扔进隔壁的院子里,随后又丢过去一个空酒瓶。空酒瓶与水泥院墙撞击后,发出清脆的炸裂声。

先是开门声,接着是咒骂声,然后四周忽然变得很安静,只听见窸窸窣窣的脚步声。显然,那对小夫妻发现了那张银行卡。

男的说:"果真是人无横财不富啊。"

女的说:"是我先发现的。"

男的说:"谁先发现的不是问题。"

女的说:"怎么不是问题?"

男的说:"你啥意思,想一人独吞?"

女的说:"我要是不告诉你,你能知道吗?"

接下来又是很长一段时间的沉默。丁小兵找到那把铁锹,继续挖那个已近两米深的洞,越向下挖越费劲,梆硬的泥土下面有时会挖到更硬的土。但他相信挖通到另一个世界是迟早的事。

大约半小时后,那对小夫妻的说话声再次传来。从他们断断续续的对话中,丁小兵得知那张银行卡被 ATM 机(自动柜员机)吞掉了。寒风把隔壁小夫妻的埋怨,不停地吹过来,他们先是埋怨 ATM 机,接着埋怨银行卡,然后是女的对男的取款操作的埋怨,最后升级为夫妻俩之间多年积怨的全面爆发。

又开始飘雪了。丁小兵杵着铁锹,抬头望着夜空,雪花化作寒冷的大片空白,不断奔向大地。最先落地的雪花一定是脏的,丁小兵这样想着,耳边又传来隔壁小夫妻的争吵声,声音越来越大,语速越来越快。

雪花密集起来,像是 ATM 机里源源不断吐出的钞票,但最终也没能遮掩住这个后院发生的事情,仿佛连它们也不敢轻易靠近这些无法触摸的生命。

丁小兵觉得自己刚才做错了什么,低着头回到店里。

大厅里现在有三桌人,他有点意外。如果没有这三桌新来的人,他倒是庆幸今晚能在下雪天早些回去休息,但来了客人他又有些高兴。多赚点钱谁会不高兴呢?

丁小兵把视频草草回看了一遍,给自己倒了杯热水。这三桌人算是熟客,一桌两男两女,一桌是想挣外快的三个中年男,另一桌是"AB制"的四个年轻人。对于丁小兵来说,任何人来都一样,更多人的谈资是他没见过的女人。仅此而已。除了上烧烤时忙一点,其余时间丁小兵都是等着他们离开。

起初,那三个中年男人很严肃,没有了昨晚探讨送外卖的激情。现在,他们三个犹如内科医生,互相小心地询问着彼此的体检指标。

甘油三酯、前列腺钙化斑、双肾结晶、肺部密度影异常……这些丁小兵听来很陌生的专业词汇，从他们嘴里说出来好像如数家珍。他听到其中有人说空腹血糖已经18.8，有人说脚趾红肿不能挨地，有人说医生打来电话建议立即复诊……他们满面愁容，看着满桌的烧烤各自玩弄着眼前的竹筷。

"啤酒是不能喝了。"其中一人说。

"那就喝点白酒，糖分应该不高。总不能浪费这么多烧烤吧?"

"有点道理。"另一人迅速打开了一瓶白酒，三人倒满。

邻桌的四个年轻人很安静，吃的喝的都像是复制粘贴昨晚的内容，只是他们的表情没有昨晚那么轻松。丁小兵仔细听了听，原来他们中间有两个人在今天上午，刚刚办理了离婚手续。

离丁小兵最远的两男两女也没什么大的动静，很文雅地撸着串，像是一家人聚在一起吃西餐。丁小兵对这样的客人一直很好奇，但始终没发现什么破绽。他们亲密的举动让丁小兵十分怀疑，他见过很多夫妻来吃烧烤，他们只是默默吃完抬腿走人，很少有言语的交流。而现在的这四个人则一直在悄悄说话，小心而诡秘。丁小兵把监控画面单独调出来，就看见台面下的阴影里，那两对男女之间的手，早已紧紧缠绕在了一起，甚至有个男的都把女人的手拽进了自己的裤裆。女人挣扎了几下，依旧表情自然地端坐在桌前。

丁小兵见过很多这种按捺不住的男女，他们的动作都一样，表情也一样，似乎这种调情更能满足他们的欲望。如果偶尔有人从他们身边经过，他们会暂时放开缠绕的手，或腿，但很快就会恢复原样，仿佛突然受到惊吓的小鼹鼠，从洞口伸出脑袋又钻回洞中。

"你马上给老子滚回来,要么陪老子看电影,要么陪老子睡觉,精神肉体你选一样! 再说一遍,半小时内不回来打断你的腿!"

丁小兵吓了一跳,原来是四个年轻人当中,有人的电话按了免提键。

"那天晚上就告诉你了枪在二楼仓库,怎么又来问?"三个中年男中有人对着电话大呼小叫。两杯白酒落肚,他们完全忘掉了自己的体检结果。

"前天我去了趟俄罗斯。"

"去俄罗斯? 今天就回来了? 糊弄谁呢?"

"前天下午出的海关,昨天玩了一天,今天赶回来的。"

"去俄罗斯旅游?"

"主要任务是订购装甲车。"

"装甲车? 你开始做军火生意了?"

"你声音小点! 这么大声说话好吗?"

"哦。老板,给我们拿三瓶啤酒!"那人很大声地喊着丁小兵。丁小兵给他们送去三瓶啤酒和一个啤酒扳。

"嗤",有人打开了啤酒,正准备扔掉瓶盖,忽然发现瓶盖里有个二维码,他拿起酒瓶仔细看了看,说:"扫码有惊喜。"然后拿出手机扫了一下,说,"还真有惊喜,一块八!"说完"噌噌"又连开了两瓶,"一块二、九毛九! 喝喝喝,明天的早饭钱有了。"

最远的那一桌两男两女露出鄙夷的神情,站起身匆匆埋单。雪还在下,他们说着话,穿好外套系紧围巾,消失在谜一样的漫天雪花中。

三个中年男继续喝着啤酒,中途还让丁小兵把烧烤加热了一次。

丁小兵知道他们已经吃不动了,他的大脑里有一个庞大的数据库,比如哪位客人的油豆腐要烤得嫩一点,哪位每次必点两个生蚝,哪位每次都就着烤鸭头喝百威啤酒……他心里都有数。

这三个男人啤酒一瓶接一瓶地喝。但主要是另外两个人在喝,他们完全被那个扫码有惊喜的人控制住了。那个人不怎么喝啤酒,只要他们喝完一瓶,他就要来一瓶扫码后递给他们。丁小兵听见他小声说:"明天早上可以吃份大碗牛肉拉面了。"

那四个年轻人也吃得差不多了。丁小兵看了看大厅,知道不会有客人再来了,于是把厨房里的鸡翅放进了冰柜。

四个年轻人有些沮丧,可能是刚离婚的缘故,也可能是因为天气的原因,他们缩手缩脚,一时还不敢去烧烤店之外的世界。

"我们如何才能在这个世界立足啊?"年轻人叹着气,探讨着这个话题。

"买双好鞋! 哈哈哈。"邻桌的三个中年男发出油乎乎的声音。

"关你啥事?"一个年轻人站了起来。

"哟,汗毛还没长全脾气却不小。瞪什么瞪? 信不信我把你眼珠子抠下来当鱼泡踩?"

其中一个年轻人眉头紧锁,瞪大了双眼,双手使劲握着拳头,怒视着那一桌中年男人。丁小兵一见这情形,连忙从吧台里走出来,说:"大雪天的都不容易,少说两句赶紧回家睡觉。"

"小兔崽子,想打架?"

中年男话音没落,那个年轻人顺势抄起吧台上的一个酒瓶,扔了过去。酒瓶在空中划过一道弧线,砸向了对面那个男人。"啪"的一声闷响,酒瓶应声而裂,说话的中年男人头上顿时就冒出了血。"哎哟!"男人捂住脑袋,呆坐在椅子上。另外两人赶紧穿起外套,拽起他就跑,边跑边喊:"有种都别走,给老子等着!"

四个年轻人都站了起来。丁小兵连忙说:"算了算了。赶紧回家吧。不要逼着我报警。"年轻人呼哧呼哧喘着气,按照"AB 制"付了钱,很快也消失在店门口那片黑暗中。

把大厅收拾干净后,丁小兵来到院子里。那个洞已经很深了,下面黑黢黢的看不清底。他突发奇想跳了下去,洞里面潮湿又温暖,他闻了闻泥土的气息。洞里散发出的淡淡腥味,让他想到了大海,也让他想起小时候骑着一辆儿童三轮自行车,围着刚打出来的水井看来看去的情景。记得当时他绕了一圈又一圈,觉得要是掉下去就能飞到宇宙中去,他既向往又害怕,纠结了一夜,还尿了床。

丁小兵从洞里爬出来。此刻,他内心一片清澈,雪花让令人窒息的烧烤味变得清新。他仿佛又看见那个系着条纹领带、皮鞋锃亮、牵着小狗一起吃烤肉的老头,还有他脸颊上的老年斑。

第二天晚上丁小兵赶到青岛,他既没有去海边,也没有吃海鲜,只是在宾馆里住了一夜。那一夜他啥也没想,只是回忆了自己的过去。只记得自己从小时候至今,在长辈们的压制下,做出了很多不情愿的选择。他想遵从自己的内心,也为此付出了很大的代价,比如没有稳定的工作。其实他内心中并非没有抱负,只是随着时光的推移,他更喜欢现在的生活方式,一个人也很好。他尽管每天都在质疑自己经营这家烧烤店的意义,但觉得自己是走在正确道路上的,觉得有双神奇的手在暗中帮助他。他甚至不需要朋友,人人都很忙,没有谁会有空认真听你说话。

他喜欢做烧烤,更喜欢看着这些来吃烧烤的人,来烧烤店的客人五颜六色,他们的生活也充满荒诞色彩,可惜与他无关。他也不想与自己有关,他发现自己早已没有了与人交流的欲望,也逐渐丧失了对他而言毫无用处的语言功能。

第三天上午,丁小兵随意跳上了一辆青岛市内的公交车,坐到终点再折回,再换乘一辆依旧是坐到终点再返回,毫无目标。令他惊讶的是他又看到了那个女人,有着洁白面孔的女人,她犹如一段他生命里最重要的记忆,演化成了他隐秘的嗜好。就像很多人都有自己从小养成的嗜好一般,有的人喜欢闻摩托车尾气,有的人喜欢看着树杈冥想,还有的人喜欢搜集花花绿绿的糖纸……而在成长的过程中,很多属于个人的嗜好都被放弃,被遗忘了。

当天下午,丁小兵就赶回了本市,傍晚回到属于自己的烧烤店,架炭生火,照常营业,就像他从未离开过一样。而隔壁的火锅店大门紧闭,玻璃门上贴着一张白纸,上面写着"转让"和一个手机号码。那张白纸被寒风吹得卷了角,像无数沉默又顺从的大多数人那样,既没有高潮,也没有结局。

■ 四月十日

丁小兵接到通知,让他后天去南京参加一个培训会。丁小兵并不经常出差,平时与同事之间的聚会也很少参加,偶尔喝多了,他也只是急匆匆跑出包厢,不见了踪影。

人过四十,丁小兵活得很小心,虽然没什么生活经历,但还是会有一些困惑。这也是没办法的事情,有了较为稳定的工作后,他的生活还算平静,这与他人并无区别。只是,在解决了基本生存问题之后,人的内心是否就能真正获得安宁?似乎不是这样,至少在丁小兵看来,总有一种隐痛像虫子一般日夜咬噬着他。这种隐痛怪诞而又微不足道,在别人看来属于无中生有。

丁小兵看了看日历,后天是四月七日,小雨。

坐了两个多小时的高铁,丁小兵抵达南京南站。会议通知上列了三种自行前往的交通线路,他在高铁服务台打听了一下,才知道会议地点不在南京城区,而是在市郊江宁镇一个叫凤凰湖的山庄。

天色还早,他考虑了一下,决定按照会务提供的交通图摸过去,也许到达凤凰湖时还能安顿片刻,然后直接吃晚饭,省事。

丁小兵在路口问了好几个人,都说没有直达凤凰湖的车。他给会务组打电话，被告知如果不愿意多次转车就打车，车费报销。他在路口又站了半小时，才拦了辆出租车。一路过来，他什么车都没有看见。司机告诉他，这个山庄离最近的公交站台少说也有四十分钟的路，而且这一段路根本就不通公交车，要想出去，只有找附近的村民搭农用车，或者提前联系他。说完递给他一张约车卡片。丁小兵想，这不跟坐牢差不多了嘛。好在会期不长，连头带尾就四天多，熬一熬应该不是多大问题。

　　山庄并不是他想的那样都是连排的破败平房，而是一栋高层的豪华建筑，正门对面是人工湖，环湖而建的是一片独立民宿。会务组问他愿意住在哪里，丁小兵想住在临湖的民宿里，一是安静，二是空气好。但转而一想还是决定住在高楼里，一是安全，二是没有潮气，三是住得高视野开阔。

　　安顿好之后离饭点还有一小时。丁小兵靠在床头翻了翻会议日程安排，两天培训，一天实地考察，第四天午饭后返程。没什么实质性的内容，他也明白，这不过是作为会员单位每年走的一个形式。既然来了那就歇歇，难得有几天休息时间。

　　到了晚饭的点，依然陆续有人前来报到。丁小兵在餐厅坐着，服务员说十个人一桌，凑齐十个人就上菜。丁小兵盯着从大门稀稀拉拉进来的人，看着他们走过去又走回来坐在他身边，那些人面部软塌塌的，看不出来有什么表情。他认为自己与他们不同，他们永远是别人。

　　将近五桌人，丁小兵一个都不认识，只好闷头吃饭，然后回到房间。房间里有个人正背对着他在收拾行李，丁小兵推门的瞬间吓了一跳，但很快反应过来，这个人将和他在一起同住几天。

　　丁小兵很热情地打了个招呼,然后告诉他抓紧时间先去吃饭,去晚了估计连剩菜都没有了,丁小兵笑着又告诉他去餐厅的方向。那人面色阴沉,只说了声"谢谢",便继续收拾完行李才走出房间。整个过程那人都没吭声,直到他把门带上发出"砰"的一声之后,丁小兵才点上一支烟。

　　天色已经暗下来,周围很安静。丁小兵下楼转悠,从餐厅经过时,他看见还有几个人在吃饭。他绕湖走了一圈,湖边有微风,能闻到水草淡淡的腥味,偶尔走过来几个散步的人,根本就看不清面孔。仔细听能听见小提琴声和锯木头的声音,还夹杂着狗叫和"倒车请注意"的声音,几种声响混在一起,更显出这个山庄的空旷。

　　回到房间,那个人正在洗澡,有热气从门缝里钻出来。丁小兵咳嗽一声,靠在床头看电视。

　　那人没什么话,跟丁小兵聊了几句后就看手机,后来就先睡了,很快就打起了呼噜。快到十二点时,丁小兵被房间座机的铃声弄醒了,电话那边是个温柔的女声,起初他以为是骚扰电话。后来才反应过来是前台打来的,她问余晨在不在。余晨?丁小兵愣了几秒,然后喊醒了正在打呼噜的人。

　　余晨接过电话,连"嗯"了几声,然后起来穿衣服,带上房卡出了门。丁小兵不知道发生了什么事,翻个身继续睡去。

　　丁小兵睡得很沉。但他清楚记得天快亮时自己做了个梦,梦中他听到隔壁房间里有孩子的哭声。他推开门,在那间没有家具的房间里,他看到一个孩子坐在一张木凳子上,哭得很伤心。对面是两个欺负他的人,一个男人和一个女人,像是在恐吓。丁小兵在梦中觉得这个场景很熟悉,当他打算冲进去和他们理论时,却发现自己消失在梦中灰色的雾气里了。

　　丁小兵醒来时房间里只有他一个人,他无法判断余晨是大清早就出去了还是一夜未归。不过,这对他来说不是什么问题。他躺在床上,觉得困扰自己的大部分问题,其实可以在生活中解决,哪怕暂时不能解决,也能在将来获取的经验中解决。不过,人到中年,都不得不面对体力、精力衰退的问题,年轻时想快点成长,因为那时生活充满着各种可能性,而现在生活像一道深渊,再不会赋予什么可能性,等到从深渊中彻底爬出来,往往发现终点快到了。

　　但丁小兵也会安慰自己,怀念年轻其实也仅仅是怀念混乱本身。只有到了现在的年龄,他才体会到那时看不到希望的日子,其实也很美妙。

　　想到这里,丁小兵下楼去吃早饭。余晨此时正在餐厅吃自助早餐,看见他过来,他挥了挥手。丁小兵也挥挥手,点了份牛肉面,坐在余晨边上。两个人笑笑,几乎同时想打个招呼,然后又笑笑,互相没再说话。

　　培训课程很无趣,无非是按照PPT(幻灯片)宣讲一遍,好在会议管理很松散,想去就去,不想去就四下走走,到点吃饭。到了第二天,大家相互之间熟悉了,气氛逐渐活跃,新建的会议微信群里各类搞笑视频逐步增多,喝酒聚餐的邀请也多了起来。

　　丁小兵和余晨都没参加这类的聚餐,可能是想法差不多,不喜欢热闹,当然,也有可能是酒量都先天不足。至少丁小兵自己就是两瓶啤酒的量。每天两个人吃完饭各自散步,迎面碰上点头笑笑,接着回房间洗澡看电视,各自玩手机,最后睡觉。

到了第二天下午,群里又在召集晚上喝酒,还特意"@"余晨。丁小兵没吭声,余晨说,这个邀酒的人跟他是一个镇子出去的,现在在一家公司当副总,同行。晚上跟他一块去坐坐。

丁小兵"嗯"了一声。

晚上大概有十个人,菜不同于自助餐的品质,一看便知是从外面采购回来让厨房加工的,两箱白酒扔在包间的角落里。他们在打牌,旁边还围了三个人,他俩进去时他们头都没抬,正忙着互相指责对方牌技差。

圆桌转盘上有了五六个热菜之后,他们坐了上来。寒暄客套一番之后,每人倒满一杯白酒。副总站起身,说:"第一杯三口干,能聚在一起也是缘分,第一杯喝干之后大家愿意喝的就继续,不能喝的也随意。不勉强。白酒啤酒管够。"

丁小兵坐在余晨边上,干完第一杯头就晕了。迷迷糊糊中,他在这陌生的地方嗅到了一股熟悉的味道,以及一种熟悉的感觉。

余晨和副总好像知根知底,飙着劲凑在一起喝。他们大概各自喝了七八两白酒,丁小兵要了瓶啤酒,小心地抿着嘴小口喝,像是在喝一杯滚烫的开水。

去洗手间时余晨猛地捶了一下墙面,红着眼睛对丁小兵说:"你发现没? 他瞧不起我,咱俩联手喝死他!"丁小兵连忙说自己不胜酒力,又劝他没必要跟他较劲。

"你要不帮我就拉倒,我还不信喝不过他!"余晨压着嗓子嚷道,

"他凭什么瞧不起我？他有什么牛的？"

"摆谱的人多了去了，这是他们的常态，不一定针对你。"丁小兵镇定地说。他知道自己在说谎，他也看出来那个副总就是针对余晨的，他这样说的目的，只是不想在陌生的地方惹事。毕竟这里人生地不熟，跑都跑不出去。

"老子年少时成天打架，中年时离家出走，所有的想法都实现了。还喝不过他？"丁小兵扶着咋咋呼呼的余晨往包厢走。回到包厢时，副总正站在桌前，端着酒杯大声吆喝着。丁小兵站在门口，和在座的打了一圈招呼，就扶着余晨提前退席了。

一路上余晨都在不停地骂人，唾沫喷溅了丁小兵一脸。丁小兵知道在酒精的作用下，他一定愤怒到了顶点。没料到走到湖边一棵树下时，余晨一把搂住丁小兵的脖子号啕起来，这突然的举动让丁小兵有些手足无措，不过他没推开余晨，两个男人就以这样一种奇怪的姿势在夜幕下站着。余晨的哭声时而沙哑时而尖厉，犹如高速旋转的砂轮片奋力切割着一根钢管。这声音在深夜寂寥的湖边显得格外高远。很快，丁小兵的情绪也被这莫名的哭声点燃，他听到自己的哭声比余晨的哭声更为悲戚。

可能是哭的时间太长，两人不得不分开擦了擦鼻涕，然后默契地坐到了树下的水泥凳子上。他俩没再说话，只呆看着眼前的湖水。丁小兵想起小时候一个人在门前晒太阳的场景，他半眯着眼，倚在板凳上，什么也不想。周围是麻雀叽叽喳喳的叫声，它们在他眼前蹦跳，飞起来又落下去，仿佛在戏弄眼前这个男孩。丁小兵偶尔跺两下脚，它们也不怕。不过要是有大人路过，他就能听到它们呼啦啦飞到墙头上的声响。一到墙头,麻雀们很安静,警觉地左顾右盼,互相对视,不知发生了什么。这时的安静,会让丁小兵有种被这个世界抛弃的感觉。

此刻,远处的村子里射出一束摩托车大灯的灯光,灯光随着路面的高低不平上下起伏。由远而近的马达声,夹杂着狗叫,将丁小兵从刚才的时空拉回到现实。

后来,丁小兵怎么也想不起来自己为何要哭,他只记得,自己再次听见了小提琴和锯木头混杂在一起的声音。再后来,丁小兵看见一只野猫停在他们跟前,安静地观察着他们,然后也哀怨地呜咽了几声,消失在漆黑的夜里。

余晨的确喝多了,丁小兵去前台拿了几张抽纸,返身再去找余晨,他已经不见了。再次找到他时,余晨正蜷缩在电梯角落里,所有的按键都亮着,跟随着电梯上上下下,不知该去哪一层。

那一晚,余晨的鼾声断断续续。他停了十几秒,就会突然坐起来,大口喘气,随后又躺下,他还在睡梦中,可表情十分痛苦。没过一会儿,他又来一次,呼吸困难像是梦魇。丁小兵迅速打开窗,让空气灌进来。观察了一会儿,余晨的恐怖行为才有所平息,痛苦表情也逐渐舒展。但丁小兵无法入睡了,生怕出意外,他仔细地观察余晨的呼吸节奏,一小时后他稳定下来,而丁小兵也撑不住了。

人的崩溃常常是在无声无息中发生的。这种情绪并不会随着年龄的增长而变得平和,它根本就不会轻易消失,也不会因为时间的流逝而消退。丁小兵躺在床上想了一会儿,那是每个人心底的一座活火山,类似填沧海的精卫,徒劳又悲壮。

第三天的会议安排是实地考察。早上醒来,丁小兵头疼得厉害,就在群里请了假。余晨也打了个招呼。群里有人回复要到傍晚才返程,并鼓动没去的人晚上请客喝酒。

他俩睡到接近中午才去餐厅随便吃了点,接着又睡到下午快两点,丁小兵才感觉自己稍微恢复了清爽。

电视里正在播放《大案追踪》,丁小兵没头没尾地看着。他发现余晨也正歪着头在看。可惜破案进度太慢,丁小兵逐渐没了兴趣,他说:"总而言之,再狡猾的狐狸也斗不过好猎手。"余晨没吭声,表情有点不自然,过了一小会儿,他才没头没脑说道:"现在国外无差别杀人案比较多。"

丁小兵问:"无差别杀人?"

余晨说:"所谓无差别,说的是 2008 年日本秋叶原杀人事件,当时 25 岁的加藤智大开着一辆货车冲进了行人专用道,撞倒、碾压多名行人后,下车继续用匕首攻击无辜的路人。这个事件在全球引发了恐慌,日本媒体将之称为'秋叶原无差别杀人事件'。这个概念由此流传下来,它彻底颠覆了我们对杀人的认知。"

丁小兵"哦"了一声。

余晨继续说,在秋叶原杀人事件六年之后,凶手弟弟结束了自己的生命,他在自杀前一周,将六年的日记寄给媒体,里面写道:"加害人的家属,只能在阴暗的角落悄悄生活,不能拥有和一般人一样的幸福。"他的母亲因罪恶感而崩溃住院,父亲长期离职隐居,一家人过着暗无天日的生活,却仍然阻挡不了愤怒民众的恐吓和随时被扔臭鸡蛋的羞辱。"无差别杀人"就是凶手和被杀者之间没有仇怨,凶手也没有明确的动机,而是在现场见谁杀谁,随机选择杀人对象。而且这种杀人具有强烈的报复社会倾向,没有任何人从中受益。

丁小兵有点齿冷,问:"哦,对了,前天晚上服务员找你啥事?迷迷糊糊的我都不晓得你回没回来。"

余晨说:"说来话长,每次出差我都会碰上这事。不过我也习惯了。"

丁小兵说:"什么情况?"

余晨说:"我的名字和一个不知逃了多久的案犯一字不差,生日也是同一天,连长相也很接近。所以每次外出住宿就一定会有当地派出所的民警来核实。"

丁小兵说:"我还是第一次听说。看来能惊动警察的人都不一般。哈。"

"我早就习惯了。每次都要找人来证明,有时是一起出差的同事证明,有时是给公司打电话确认。逢到春节或专项行动,我都得被请去核实,折腾个把小时才放行,像得了斯德哥尔摩综合征。"余晨说,"有时候我都想承认自己就是那个逃犯,哈哈,人干坏事就会产生一种愉悦,说谎不是要骗人,其实自己说出来的东西都不能百分之百地相信,那只不过是一种试探。"

丁小兵说:"我有这种体会,说真话是不容易做到的,所有你当作真话说出来的东西,都只代表你有说真话的意图,而不代表你说出来的就是真话。就好比警察总是误会你,时间长了你自己也会觉得自己也许就是那个逃犯。不过你别介意,我举的这个例子不是很恰当。"

"是啊,谎言只能起到麻醉的作用,谎言和真相互为影子,映射出的是人心本身。唉……"余晨喝了口纯净水,换了个姿势继续看电视。

丁小兵发现余晨从第一天起就只喝纯净水,也没见他泡杯茶。也许是让自己纯净起来,或者想把他自己身体洗刷干净?丁小兵没再继续往下想。

酒只有在喝第一口的时候才能品尝到它的真正味道,同样,余晨给丁小兵的第一印象是凶狠的,当他第一次直视余晨的眼睛时,就觉得他不简单,是个把自己隐藏得很深的人。丁小兵想,断定一个人不可能创造出奇迹很容易,但要保证他不会犯下滔天大罪就难了。从昨晚余晨拼酒时的狠劲和后来的号啕大哭,丁小兵相信余晨应该不是一个坏人,只是很难让人深入地去了解他。

好在明天午后就散伙了,对不了解的人或事,丁小兵习惯于不多话。他相信要不了个把月的时间,他就会忘掉这次短暂的培训,以及余晨这个人。

他俩没再说话。余晨继续看《大案追踪》,丁小兵则翻看着手机里的新闻。

新闻说,今晚九点,黑洞事件合作组织将召开全球六地联合新闻发布会,宣布人类首次利用一个口径如地球大小的虚拟射电望远镜,成功捕获了世界上首张黑洞图像。新闻里强调,这张图像的意义非同一般,它提供了黑洞存在的直接"视觉"证据,该图像的许多特征与爱因斯坦广义相对论的预言完全一致,在强引力极端环境下进一步验证了广义相对论。

丁小兵有点期待。

他预订了返程的车票,然后放下手机。隔着床边的落地透明玻璃,他看见余晨拿着剃须刀,正对着镜子刮胡子。他刮得很仔细,先是用热水打湿脸颊和嘴唇四周,涂上肥皂,再摩挲几遍直到有淡淡的泡沫泛起,才开始缓慢地移动刀柄。每刮一下,他都把刀片放到水龙头下冲洗一次,如此反复了十分钟,直到面部光洁齐整。他把剃须刀放回刀架,又拍了拍脸,松弛一下面部紧绷的皮肤才作罢。

丁小兵望着余晨,感觉今晚他像要去参加什么仪式。

余晨说:"今晚请你喝酒去。"

丁小兵说:"还喝啊?现在闻到酒味就受不了。"

余晨笑了笑,说:"想要保持酒量就必须喝点还魂酒。这样吧,晚上我来组个局,你喝点啤酒吧。再说明天我们就散伙了。"

丁小兵也笑了笑,说:"那行。最后的晚餐。"

随后余晨在群里发了一张图片。那是一张脑部的 CT 片,丁小兵不知是何意,余晨说那是他几年前得脑梗时拍的片子,还特意指明一根血管,郑重地说:"喏,当年就堵在这了,幸亏去医院及时。"

丁小兵很诧异,说:"我居然一点都看不出你得过脑梗。再说了,你这样还能喝酒?"

余晨说:"我几乎不喝酒,也没人敢跟我喝。我的意思不是酒量大,而是熟悉我的人都不敢跟我喝。得脑梗后,有同事逗我多次喊我去喝酒,他们知道我不会去,所以逗我起劲得很。有天我突然去了,结果他们没坐一会儿就纷纷找借口溜了。我独自坐在包厢里,打电话喊人来吃饭,那些人也是纷纷找借口不来。我一个人面对一桌子菜,终于体会出孤单的滋味,也理解了'没有好身体就没有好朋友'这句广告的深刻内涵。不过,我也得到过脑梗带来的好处,有次一个貌美的女人来单位推销理财产品,我眼见着同事一个个喜滋滋地上当。那女人见我无动于衷,便展开了强烈攻势。我只用了一招就轻松化解。"

丁小兵问:"什么招数?"

余晨说:"我把我的脑梗片子给她看了。"

丁小兵想笑,却又没好意思笑出声。

天色正处于明暗之间,接近于黄昏又像是临近黎明。

外出考察的大客车正缓缓停在楼前广场,下车的人陆续散开,像鱼一样游进漆黑的池塘。丁小兵站在窗前看着他们,犹如自己正在池塘边。

余晨拍了拍他的肩膀,招呼他一起下楼去餐厅。

餐厅里还没来几个人,余晨要了个包厢,又拿过菜单跟领班交代了几句。随后,包厢里陆续来了六七个人,包括那个副总和几个会议同行。

一桌人说笑着今天考察途中的趣闻,余晨则张罗着酒菜。

副总坐在余晨和丁小兵中间,等玻璃杯里的酒斟满,他便像自己做东一样,招呼大家第一杯三口喝完然后随意。余晨也不介意,客气地招呼大家吃菜,并说明天一大早就提前告退,大家缘分一场后会有期,随时欢迎大伙有时间去他那里做客。

大家又寒暄一番,然后捉对聊天。丁小兵没说话,偶尔喝口啤酒,听余晨和副总聊天。

丁小兵渐渐听明白了,他俩原来是同乡,只不过余晨高中毕业后直接外出创业,副总上了大学,毕业后选择去了陌生的城市。不同的是,余晨挣了点小钱后就回到农村,盖房晒太阳,等到没钱了出去再就业,直至干上了现在公司的推销员。副总则努力打拼一步步做到了目前的位置。听得出来,余晨和这个副总上学期间闹过不愉快,但这些事在他俩嘴里也仅仅是一带而过,仿佛早就难以启齿,现在反而成了增进友谊的话题。

桌上另外几个人轮流敬余晨酒。丁小兵打着圆场说余晨得过脑梗,根本不能喝酒。余晨却摆摆手,一边说没那回事,一边碰杯喝酒。

很快,除了副总外,另外几个人就找借口溜了。没等副总察觉,余晨又给他倒了满杯啤酒,说干完这一杯就回去睡觉。

副总笑着说:"你小子就是个现世报。前晚喝多了吧?"他话音还未落,随着酒杯和餐具跌碎的声响,余晨突然跳将起来,奋力卡住了副总的脖子,并从口袋里掏出了一把剃须刀。

丁小兵认识这把剃须刀,此刻它散发出暗灰色的光芒,横亘在副总的脖子中间。余晨的声音沉闷沙哑,他说:"你不是酒量大得很吗?来,再喝一杯。"

副总说:"余总,何必呢? 都是兄弟,为杯酒至于吗?"

丁小兵受了惊吓,他跳将起来一个箭步蹿到了包厢门口,还带翻了两把椅子。他回过头劝说两个人保持冷静,不要胡来。

余晨继续卡住副总的脖子,一只脚踩在椅子上,握着剃须刀的手移到副总的后脑勺处,自下而上很认真地剃着他的头发。一刀推下去,一缕头发掉下来,再一刀下去,更多的头发落到了桌上和地上。

副总笑着对丁小兵说:"余总这是看得起我呢。他爹以前就是剃头匠,没想到余总也会剃头呢。"

余晨没说话,逐渐放松了卡住副总脖子的手。而副总也趴直了身子,不时摸摸后脑勺。几刀剃完,副总的半边头发已被余晨剃得干干净净。

丁小兵有些恐惧。副总接着说:"余总看样子手艺不差,肯定偷偷摸摸研究过发型设计。"

余晨说:"小时候你好像给我也剃过这种头型,现在我也给你来一个。其实你剃光头也不错。"

副总说:"现在流行莫西干发型,你研究过吗?"

余晨拿过一个碗扣在副总的头上,说:"应该就是这样操作。"

副总昂着头,继续对丁小兵说:"你看,我说我兄弟什么都会吧?这都是看得起我。"

更深的恐惧向丁小兵袭来,他摆摆手倒退到门口,说:"你们玩,我还有事先走一步。"丁小兵一路狂奔回房间,路上都是阴暗湿冷的夜风。这种寒冷的恐惧就像他在四下无人的角落里,想拼尽全力摆脱恐惧的深渊时,却又寸步难行,脆弱与无力将他彻底吞噬,他觉得生活就像个永远不会醒来的噩梦一样。

他只能感受到自己如同婴儿,看似放肆,实则羸弱。他时刻处于惶然,看似无所顾忌,实则无不恐惧。

听说那晚警察带走了余晨,直至会议结束丁小兵也没再见到他。次日中午,丁小兵收拾好行李,临出房间门,他还回头望了望余晨的床,又折回来,在他被子下留了张纸条。

半个月后,丁小兵在网上看到一条比较轰动的新闻,说的是一名背负命案逃亡了十三年的嫌疑人终于被抓获。丁小兵起初也没在意，他手指在手机屏幕上划拉了一下，准备看下一条新闻，但当他看到新闻里配发的打着马赛克的嫌疑人脸部时，丁小兵一眼就认出此人正是余晨。他不太敢相信，试着"百度"这起案件。结果一下子跳出来十几个条目，内容几乎相同，都描述着警方多年未曾放弃，如何顺着嫌疑人留下的蛛丝马迹才最终找到线索，同时强调 DNA 技术的进步使这起案件得以完美侦破。

丁小兵通过新闻片段，琢磨着余晨犯案方式、受害人等问题，脑子里突然跳出个词——"无差别杀人"。另外，他还发现他所认识的"余晨"，居然是个"曾用名"。

他甚至感觉，现在距那次培训见到余晨已有好几年时间，余晨的长相，也变得很模糊。他又仔细回忆了那次在南京凤凰湖山庄的培训，可培训会上的具体情况他都没啥印象了，只记得培训快结束时他在手机新闻里看到过一张黑洞的照片。

这件事丁小兵记得很清楚，当他看到黑洞发布会视频时，只觉得黑洞以及那张图像不过如此，跟他想象的差别不大。一如他昨晚做了一个梦，但什么也没梦见。

■ 蜜蜂的舞蹈

一

去年冬天，单位分给我一套廉租房。

在这之前我和妻子一直在市场上租房子，租金很高，但我们还是勒紧裤带熬了两年。其间妻子牢骚不断，说她的闺密们哪个不是有房有车，嫁给我算是瞎了眼。我说有房却独守空房有意思吗，妻子白了我一眼，说："个穷鬼，不跟你说了。"

租了两年，又坚持了一年，妻子便与我离婚了。儿子跟我。

刚离婚那会儿，我确实快活了几天，喝了几场庆祝我离婚的大酒后，我便陷入了迷茫。都说离婚是种解脱，但对我来说似乎不是这样。没离婚时总觉得生活无趣，但离婚后也没感到生活有趣到哪里，心里还是有挥之不去的恐慌。失败的经历让我对再婚不再斗志昂扬，只是天一黑，我就不知道该干什么，也不方便天天找朋友喝酒。他们的妻子不允许她们的丈夫天天跟一离婚男人耗在一起。

也就在这段时间里，单位分配给我一套廉租房。当然，这事我没跟前妻说。

　　房子地段很好,在市政广场的东边。一共有五栋,都是新房,但面积有点小,而且是高层。通过摇号,我分到了三栋十八层六号。房子是装潢好的,客厅可容纳六个人吃饭,两个房间就很小了,摆张床再放个衣柜,基本就没地方了。厨房更小,两个人在里面就有点转不开身,好在我目前单身,做饭相对简单,只要儿子吃好吃饱,厨房大与小不是问题。

　　买了一些必需的家具和家电,我和儿子就搬进去了。我递给儿子一把钥匙,对他说:"钥匙要放在书包里,我们的生活即将翻开新篇章。"儿子看看我,说:"我还是去写作业吧。"

　　我说:"最近学习怎么样?"

　　"昨天杨老师说我考得不错,给前十名每人一块巧克力,发到我的时候居然没有了。"

　　"那怎么办?"

　　"他说明天带给我一块更好的。"

　　"今天带来了?"

　　"没有。"

　　"那还不算了?"

　　"不行,为了报复杨老师,大课间时我给他吃了一块过期的'益达'。他没发现。你们大人都差不多,智商都让人着急哦。"

　　说这话时正值初冬的黄昏,一大片晚霞悬在天边,映照着远处山脚下的教堂拱顶。那座教堂我曾经路过,呈瘦高形,拱顶像根未剥开的竹笋,上面一个巨大的十字架,教堂窗户被彩色玻璃镶嵌得色彩斑斓。此刻我听见教堂传来的钟声,清亮悠远,直达天空,一群鸽子在我的窗前滑翔而过,留下一片哨音。

我站在阳台上。往上看,是静止不动的白云;往下看,是还在忙着搬家的住户,像蚂蚁一般大小,他们似乎也是静止的,但没过一会儿,他们就不见了。我有点眩晕。

搬进来的第一天,我整夜没睡踏实。以前我一直住在三层以下,现在总感觉自己悬在半空。风在楼间盘旋呼啸,这是我从未听过的一种声响。后半夜下雨了,雨点大得能用手捉住。我起身关好儿子房间的窗户,然后坐在阳台上抽烟。

楼距很近,对面漆黑一片,除了我正对面的那户。我算了一下,正对面的邻居应该是四栋十八层四号。透过雨幕,我能看见亮灯的地方是客厅,且阳台与卧室均未悬挂窗帘。

可能是还没住进人,或者临走时忘了关灯吧。我这样想着,把目光转向对面卧室,卧室一角有光闪烁,应该是手机发出的荧光,伴随着忽明忽暗荧光的还有红色的光点。我很奇怪那是什么,又盯着看了一会儿,我明白了,那是有人在床上抽烟。

原来如此。我站起身,准备再睡一会儿。也就在此时,我看见床上下来个女人,披肩发。可能是她起身过于突然,吓了我一跳。但好奇让我驻足在阳台上。从身材上看,她是个很瘦的姑娘。我看见那个姑娘脱光内衣,转身进了卫生间,随后她家热水器的显示屏亮了。我关掉灯,拉上窗帘,又悄悄掀开一角,躬身朝对面看去。

大约二十分钟后,她又躺下了。我等了十分钟,对面的房子里除了客厅依旧亮着灯,卧室里不再有任何光线与响动。我站在黑暗中,深夜的窗帘色彩凝重,我依然没有开灯,我害怕光亮。我轻手轻脚走到客厅,贴近防盗门,朝外听了听。

外面没有动静。

二

单位的效益越来越差,但好在是国有企业,我没被裁员但目前放假在家,薪水自然少了一大半。日子眼看着越来越艰难,我不得不琢磨是不是得找个兼职来做。

早上送儿子上学,刚开门,我就看见 1805 号的邻居丁小兵从电梯里出来。我说:"下夜班啊?"他说:"没,今晚夜班。"看他一脸疲惫,我没再说话,急忙和儿子钻进电梯。电梯里人挺多,都赶着上班和上学,几乎逢层就停,有人说:"这么高的楼两部电梯也实在不够用啊!真耽误时间。"站我边上的一个男的说:"电梯多不容易,你想上就上,想下就下,而且不收费。够意思咯。"

有人"哧哧"压抑地笑着。我看着电梯里的数字,觉得我的生活就是这部上上下下运行的电梯,看似平稳其实暗流涌动,我们都是生活的乘客,一旦失去控制,我们注定在劫难逃,没有人会为你按下停止按钮。

把儿子送到学校后,我去菜场转了转,捎了几个菜回来。电梯现在空闲了,一路通畅直接到达十八层。我掏出钥匙开门,却看见 1805 号的防盗门上插着一串钥匙。我把菜放在客厅,然后去敲隔壁的门。

门开了。丁小兵哈欠连天地看着我,我指指钥匙。他连忙拔下钥匙,连声说谢谢,并把我让进了屋内。他家的室内结构跟我家不太一样,但面积差不多大。屋内很凌乱,桌子上摆着还没刷洗的碗筷,以及半瓶白酒。我递给他一支烟,准备坐一会儿就回去。

我说:"你在哪个单位上班?"

他说:"生活服务公司。"

我说:"哦。那倒挺清闲。"

他说:"清闲的地方拿不到钱。穷清闲。"

我说:"你一个人住这儿?"

他说:"女儿今年刚上大学,老婆离了。"

我说:"离了?"

他说:"是啊,结婚前她倒是老实本分,结婚后就成天'嘣嚓嚓嘣嚓嚓'跳交谊舞,最后终于跳走了。"

我说:"你女儿学什么专业?"

他说:"别提了,这个不争气的东西,舞蹈专业。现在我看见跳广场舞的大妈,都想冲上去砍断喇叭的电源。"

我说:"这房子你一个人住倒不显得小。"

他说:"其实十几年前单位就给我分过房子,后来因为打赌机卖了。婚也离了。"

我说:"赌博那玩意儿可千万别沾。你人脑哪能斗得过电脑呢?"

他说:"斗不过就来硬的!"

我说:"你这小身板,实在看不出有那么大威力。"

他说:"可别小瞧我。当年我可是江东菜刀队的副队长。听说过吧?"

我说:"菜刀队我听说过,八十年代在江东商场一带很有名。但你的名号我好像没听说过啊。"

他说："确实,我这个副队长是个文职,也就是到处用粉笔在墙上写一些'某某你等着'之类的标语。"

我说："难怪呢。反正游戏机最好别沾,有钱多花点,没钱少花点,怎么样都能过。"

他说："是啊。这道理我懂。"

又聊了片刻,见丁小兵神色越发凝重,我便起身告辞。我先是在厨房洗菜,接着洗儿子昨晚换下来的校服,然后去阳台晾晒。刚把第一件衣服晒出去,我忽然看见对面姑娘正蹲在阳台一角。起初我并没有注意到她,以为是一团衣服扔在阳台上,她穿着黑色内衣,抱着双膝蹲在阳台上抽烟。我赶紧转身,抱起湿漉漉的衣服快步逃进了客厅。

我把衣服挂在卫生间里沥水,然后轻手轻脚走进厨房准备午饭。但我注意力不集中,时不时想看一眼对面的阳台。我把脑袋向下微倾,眼睛努力向上抬,阳台上已经不见了她的踪影,我只看见她家里所有的窗户都关着,卧室防盗窗在阳光下闪着点点银光。

我抬起头,四下寻找她。她在客厅,上面穿着一件紧身衣,下身是连裤袜,正把两张椅子并排放着。她先是压腿、下腰,接着右手搭在椅背上,右脚尖立于地面,左腿绷直缓慢打开、伸展,左手抬起,呈弧形越过头顶,背对着我保持不动。

这不是标准的芭蕾舞姿吗？这是我没想到的。难道她是芭蕾舞演员？至少说明她喜欢芭蕾！这年头喜欢高雅艺术的人实在不多,就连逼着小孩子学艺术的家长,也很少会选择芭蕾,多半是钢琴,跳舞也是选择拉丁舞。

我点起一支烟,继续看着她。

　　她坐在椅子上，喝了口水，又拿起手机翻看了一番，放在桌上，随后连续跳了一段。她的舞姿与我在电视上看到的没什么不同，只是她的舞姿看上去更优雅、更轻盈，有时会跳出我的视界。

　　我正看得入迷，手机却响了。是前妻打来的，她说今天周末，儿子她接回去，周日晚上再送他回来。

　　放下电话我就不知干什么了，对面姑娘的芭蕾已经结束。我躺在床上，打开电视，翻了一遍频道，没感兴趣的内容，我最喜欢看的节目《新闻联播》还要等到晚上七点。

　　我爬起来站在厨房抽烟。厨房窗户很小，我朝对面看了看。她不在，房间里也不再有任何动静。

　　每到傍晚时分，我都能看到对面姑娘家里亮起的灯，我知道客厅那盏灯从来就没关过，其他房间的灯也从未亮过。她总是在晚上八点左右洗澡，背着包出门，几乎夜夜如此，而她回家的时间都是在零点左右。

　　我已经掌握了她的作息规律，上午练一段芭蕾，然后睡觉，下午不见踪影，天黑后洗澡出门，深夜归来，再次洗澡入睡。她的家里没有电视机，没有窗帘，也没见过她在厨房做过饭。

　　我曾经在一天中午，看见过她家里来过一个中年女人，应该是她妈妈。她妈妈解下围巾，脱掉羽绒服，拿着抹布和拖把在房间里搞卫生，还把衣橱里的衣服整理了一番，临走前把卧室里的垫被晾在了室外的伸缩衣架上。她关上窗户，朝我这边看了看，又把窗户拉开了一条缝。忙完这些，她在床上躺了片刻，掏出手机打了个电话，表情似乎很激动。放下电话，她穿上衣服，又在室内来回走了一圈，然后在客厅墙上按下灯开关,走了。

那床垫被在阳台上挂了两天,这期间还经历了一场短暂的雨夹雪过程。我看着那床垫被孤零零地在衣杆上摆来摆去,不知道那个姑娘晚上是如何睡去的。第三天,垫被不见了,我朝楼下看去,什么也没看到。

对面的姑娘就像一首歌,白天听它的时候感觉稀松平常,每到深夜,当我又听到它时却特别好听。就如每天傍晚,我都能听到远处教堂传来的钟声,时而悦耳时而忧伤。

三

丁小兵第二天就更换了他防盗门的锁芯。

换门锁时我恰好在家。我先是听到手枪钻发出的"嗡嗡"电流声,我并没有开门,眼睛贴在猫眼上往外看,一个锁匠正利索地给丁小兵换上了新锁,反复调试几下就大功告成,前后不过十分钟。

平日里,我很少看到丁小兵,偶尔会在深夜听见他的关门声。我对他的生活毫无兴趣,如果不是有个女人来敲我的门,我甚至对他有点厌恶。敲门的是四十岁模样的女人,她找我来借盐,说是丁小兵让她来的。我看看她,拿出盐罐递给她。她说了声谢谢,顺手帮我带上了门。

很快,她又来敲门,说丁小兵喊我过去吃饭。这是我没想到的。

我从家里拿了瓶白酒带过去。饭菜挺丰盛,两个火锅,一盘腊肠和几个烫菜。丁小兵开酒,斟酒,与我满杯,举杯。我的嘴唇刚碰到白酒,那个女人出来了,她笑嘻嘻地对丁小兵说:"给我也倒点,陪陪你的朋友呀。"

丁小兵连忙起身,拿过白酒给她倒了一个满杯,于是我们再次举杯。我放下杯子时看见她已经把一玻璃杯白酒喝了个底朝天!我连忙说:"喝慢点慢点。"

丁小兵说:"没事的,她比我能喝。"

要我把一玻璃杯白酒一口干掉,我是无论如何都做不到的,我心里顿时就虚了,我一边推辞一边怂恿丁小兵先干,可她不依不饶地说:"那我再倒一杯,陪你俩一块干了吧。"

丁小兵说:"干了干了!"

我知道想赖是不可能的了,只好把这一大杯白酒想象成白开水,咕咚咕咚灌下了肚,紧跟着我就开始干呕,想吐却一时吐不出来。我强压住还在胃里翻腾的酒,抓起筷子夹了一块羊肉,还没塞进嘴里,她又抓起酒瓶分别往她自己、丁小兵和我的杯子里倒满了酒,然后说:"来,再干一个!"话音刚落,她一仰脖酒就消失了。她放下杯子笑眯眯地说:"你们慢慢喝,等你们喝完了这杯我再陪你们吧,我先看会儿电视。"

电视音量挺大。

我悄声问:"她是……"

丁小兵有点不自然,我还以为那个女人是他新近认识的女朋友,后来才知道她是游戏机室的服务员。游戏机室就在我们楼东边偏僻的小路上。

我看着他俩。丁小兵像一个没有脾气的窝囊老妇人,那个女人倒像是一个稳重的老男人。她盘腿坐在椅子上,一只胳膊斜撑着,不断劝说丁小兵不要再去游戏机室。她说那些因为赌博而如丧家犬的人，她见得太多，更有因此而丧命的。她说老板手里都有遥控器，想让你赢你就赢，想让你输你就输，而你丝毫发现不了。

我说："那玩赌机的人不知道这个玄机？"

她说："可能知道吧。"

我说："那为什么还有那么多人去玩呢？"

她说："贪婪。"

我借机劝了丁小兵几句，毕竟不是太熟悉，我也不便多说什么。丁小兵则忙着喝酒与吹牛，都是一些他在玩赌博机时惊心动魄的事。说了半天见我对此没有兴趣，他又吹嘘他结婚后还搞过婚外恋，坐了两天两夜的火车，跑到东北去跟人家见面，差点辞去工作定居东北。我问他为什么后来又跑回南方，他叹了口气说东北太冷。

那个女人问："若是你发现自己的老婆偷情，你咋办？"

丁小兵说："有一次我还真发现我老婆有这个苗头，幸亏我警惕性高。"

我喝了口酒，看着丁小兵，他的表情仿佛在说着别人家的事情。他说："我连夜打车，从城南跑到城北，把那个男的拎出来打了一顿。"

我说："厉害。果然是菜刀队出身。"

女人问："然后呢？"

丁小兵说："然后我和我老婆一直在马路上走，走了两个多小时。"

我说："谈心？"

丁小兵说："对。我们一直在探讨关于背叛的问题，但一直也没谈出个结果。回到家后我们继续谈，谈到天快亮时，我们居然谈出了高潮,然后就上床了。"

女人说:"你们男人没一个好东西。"

半斤白酒下肚,时间,变慢了。面前的女人变成了对面的姑娘,她跟我们一起喝酒,借着酒劲还跳起了芭蕾。她裸露的皮肤水嫩光滑,胳膊上细软的毛发在阳光下随风舞动,我还碰了下她的腿,很冰。我不敢直视她,我知道我的眼神里充满邪恶,我想为她的舞蹈鼓掌,但掌声会不会惊到她? 我甚至觉得掌声对她的舞姿是一种伤害。

"来! 再喝一口!"丁小兵抓着瓶啤酒撞了一下我的酒杯。

我清醒过来,心里第一个念头竟然是 1804 室的姑娘对我来说会不会太年轻了。这一刻,我才绝望地发现自己真老了。

我的杯子里不知何时满上了啤酒,桌上也没见啤酒扳子。我说:"你不用酒杯?"他说:"不用,我就抱着瓶子喝,环保。"我说:"我不习惯,我得倒杯子里喝。对了,你怎么开的啤酒?"他说用牙。说着就示范了一下,伸手又抓起一瓶啤酒用牙咬开了递给我,然后像吐痰一样把瓶盖吐在桌上。

我想他家也许根本就没有开啤酒的扳子。

我摆摆手,说:"不喝了,真喝多了。"我晕晕乎乎走到大门口,回头看见那个女人正系着围裙,和丁小兵坐在沙发上。我结结巴巴地说:"愿天下有情人终成眷属! 谢谢!"

高层走廊上穿堂风很厉害,我刚跨出丁小兵的大门,门就重重地自动被带上了。回到家,我喝了口水,朝对面望了望。没有任何动静。

我一觉醒来,教堂钟声正渐次传来。夜幕正小心翼翼从各个地方钻出来,缓慢覆盖着窗户,再从椅背和衣柜爬上来,涌进房间和光线微弱的卫生间,在大门口等待最后一抹光线,走进它的怀抱。

对面楼很多住户的灯是淡黄色的。他们都在忙碌着,有个少妇正在套新被套,专注的神情仿佛要把她后半生都套进去。再往上,楼上的夫妻俩正在吵架,咒骂声冲出窗户,在楼间回响,他们的儿子在另一个房间玩电脑,头上戴着耳机,摇头晃脑奋力击打着键盘。这些窗户像一个个火柴盒,它们整齐排列在一栋楼里,看不见彼此的生活,能把他们联系在一起的,或许只有上上下下的电梯。

外面很冷,陆陆续续飘起了小雪花,我看着它们从空中飘下来,经过我的窗户,再落下去。我打开窗,伸手想捉住它们中的某一片,但它们丝毫不做停留,连看都不看我一眼。

我正准备关上窗户,对面姑娘在窗前晃了一下。我知道她一出现,天就要黑了。我看见她依旧光着身子走进了卫生间,二十分钟后回到卧室,慢慢穿上衣服,拎着包出门了。

那一刻,我也穿上外套,锁上门,坐电梯到了楼下。我突然很想知道,她每天晚上出门去做什么。

她打着伞,走得很慢。小区樟树下有几个孩子正在玩耍,她走到跟前安静地看着他们,可孩子的父母却跑到跟前,一把拉起孩子的手跑远了。

丁小兵从小区大门走进来,我看见他故意撞了她肩膀一下,接着又吹了声口哨。她紧了紧围巾,继续往前走,走出了小区大门。

我走路从来不会发出声音,不是我走路刻意要放轻脚步的缘故。我仔细想想,很多时候,我是没有声音的,即使有,也只是像天空中一片一片的雪花。

她走在前面,我下意识地摸了摸口袋,她的身影已经引起了我内心的骚动,我在马路另一侧悄悄跟着,犹如一个举枪瞄准猎物的猎手,舍不得扣动扳机一下子将猎物撂翻在地。

路上很黑,只有不停闪过的车灯,以及被灯光照亮的蒙蒙细雪,每一盏车灯的光晕前,就是一片飞舞着的细雪。雪悄无声息落在光秃秃的树干上,还不时飘到我的脸上,凉凉的,很舒服,空气也很新鲜,我深深地吸了几口。

我不紧不慢地跟在她身后,感觉自己非常像电视剧中的侦探,不同的只是他们在忙于跟踪,而我却不知道自己究竟想干什么。二十多岁时,我喜欢跟踪小姑娘,就跟现在一样,不知道为什么要跟着她们。当然,跟到最后的结果,也无非就是目送她们回到家。

我抬头仰望着黑黢黢的天空,感觉自己就如这漫天的细雪,白茫茫一片。走了很远,我居然昏沉沉地开始回忆今晚的行为,这到底应该算作什么呢?毫无疑问,我像城市里的孤魂野鬼,根本不存在方向和目的,只是为了寻求某种东西。就是这种说不清的东西顽强地控制住了我,使我身不由己紧紧跟随着她。

走了大约半小时后,我所能见的依然只是漫天的白与虚空的黑,这种强烈的反差使我越走越快,快走出这个街区时,远远就看见路边一排水果摊上点亮的灯光,这使我感到激动,我疾步向灯光走去。

快要接近她时,我听见一条伏在水果摊下的狗,在黑暗中吠叫,听起来有某种警告的意味。不是那种持续的狂吠,只是朝我叫了几声后,它又耷拉下脑袋,蜷缩在水果摊下,显得慵懒而颓丧。

就在这一刻,姑娘消失了。我自己淡黑色的影子,像一个硕大的拳头深深砸到了墙里。

四

我找到的兼职是送快递。说是兼职,对我来说其实就是全职,因为单位效益一直在滑坡,且没有回暖迹象。

我天天骑着快递公司的三轮电瓶车,穿梭于大街小巷。我相信劳动是最美的,通过送快递,我可能比居委会大妈都了解每个小区的格局。一个月跑下来,累是肯定的,但收入能达到三千元,我和儿子的生活能得到基本保障。

因为一位快递员辞职,公司就把他的投递片区划给了我,这样一来我的业务量就增加了不少,关键是他的片区里包含了我所住的五栋廉租房小区。这让我在相信劳动是最美的同时,也产生了劳动其实有点尴尬的念头。

好在这个片区的投递量很小,认识我的人更少。除了丁小兵。

每次看到丁小兵,他的脸总是阴暗的,一副遭人逼债的神情。那天在他家吃饭的女人,偶尔也会出现在他家里,帮他洗洗衣服,搞搞卫生。我猜想他们可能正处在恋爱的阶段,但我在丁小兵身上又看不出有这种关系,倒像是那个女人一厢情愿。

有时送快递,我会经过楼东边偏僻小路上的游戏机室。如果不是附近居民,我很难发现它是一个规模不大的赌场。它的大门常年紧闭,从外观来看很像是一座小型教堂,靠南边是个院子,院子里有个小门,一排矮冬青从门前穿过,细心的人会发现,院门前的矮冬青有被人经常踩踏的痕迹。

　　我经常看到丁小兵熟悉的那个女人,偶尔站在院门对面嗑瓜子,看上去是在晒太阳。有时看见我,她会叫住我,告诉我丁小兵已经三天三夜没有回家,输了两万多了,叫我赶紧把他劝回去。我本想走,但又犹豫了一下,还是走了进去,里面烟雾呛得我睁不开眼,各种声响闷在屋内,稍有一点动静都会被突然放大。室内有四排游戏机,背靠背放着,丁小兵正坐在两台游戏机面前,神情专注,仿佛一个哲学家正独自面对大海。

　　我没有说话,默默退了出来。

　　一天快递干下来,到了晚上我就不想动,把儿子饭菜做好我就躺床上了。儿子正上小学,课业负担不重,我也少操不少心。有时在深夜醒来,我总是在考虑一个问题:独自带孩子太累了,如果前妻找我复婚,我肯定满口答应。但我也知道,出现这种情况的概率几乎为零。还有一个问题困扰着我:对面姑娘究竟是做什么的? 这个问题离我更近。她总是在天黑出门,就如密纳法的猫头鹰,要等黄昏到来才会起飞。

　　对这两个问题,我设想了多种乐观可能,别无他求造成的生活窘迫,并未使我丧失乐观向上的态度。但事情往往不按我设计的路线行进,我想让自己快乐,可快乐的星星之火刚刚出现,身上的无力感就迅速浇灭了它,那些星星之火倒是显得很不合时宜。

　　我又跟踪了对面姑娘一次,情况依旧,一到有灯光的地方,她就不见了。是不是夜晚的精灵一遇见光就会消失?

　　我沮丧地往回走,路过游戏机室时看见丁小兵正从里面出来。我想掉头已经来不及了,他喜滋滋大声喊着我,我稍稍宽了点心。他告诉我他赢钱了,我问赢了多少,他说有五千块。我说那就回家吧。他说:"今晚带你去消费。"我问去哪里,他说:"跟我走,到了就知道了。"

我们去的地方在城西,一家看上去无比豪华的歌厅。

我俩正准备推门而进的时候,站在门两边的女迎宾员抢先为我们拉开了门,并面带微笑说:"欢迎光临!"丁小兵冲我做了个古怪的笑脸,并不由得挺了挺腰,大踏步走了进去。一踏上红色的地毯,我就强烈地感受到了空调吹出的暖风。两边列队的姑娘有十几个,每经过一对姑娘,她们都会对我们说:"先生晚上好。"

这让我不太自在。我想掉头出去,但又不好意思掉头出去。

"还是这里快活。"丁小兵说。

歌厅里光线暗淡,几步之外就有些看不清对方的脸了,我找了个角落坐了下来。歌厅里人头攒动,一堆一堆的人聚在一起摇摆,蓝色的烟雾弥漫在幽暗的灯光之中。

我坐在那里,眼前一片混沌。一个姑娘在窄小的舞台上跳舞,不远处吧台的高凳上围着几个女人,姿态各异举着酒杯。震耳的舞曲不停轰鸣,强力的重低音使得装了弹簧的地板,跟着连续颤抖,疯狂的节奏把声音重重抛起,再重重砸向人群。

我早已找不着丁小兵了。我根本就看不清一个完整的人,只有一些忽隐忽现的影子。一个女孩在聚光灯的指引下跳上表演的舞台,将衣服差不多脱到了极限,歌厅里的众多影子发出了鬼魅般的喊叫。我在这种扭曲的噪音和人群中大汗淋漓,这种快乐我只在乡村的葬礼上遇到过。

就在我晕头转向时,噪音戛然而止。丁小兵突然出现在我面前,他诡异地对我说:"走,带你去一个好玩的地方。"

"这地方不是挺好玩嘛。"

"这还不够好,还有更好的地方。"

"什么地方?"

"去了就知道了。跟我走。"

出了大厅,往上走,到了歌厅的三楼,这里全是包厢,是另外一番景象。这里非常安静,走廊中间站着两个服务生。每个迷宫般的包厢外墙,都用各色碎玻璃装饰,看上去像教堂的窗户。

我和丁小兵什么话也没说。站在走廊上的一个服务生问:"先生几位?"

丁小兵说:"就两位。"

服务生领着我们打开了一个包厢,揿亮灯一看,里面装修得非常豪华,一张黑皮沙发沿墙摆放着,那上面足以坐十几个人。

"行,就这里了。"丁小兵说着点了一打啤酒。

服务生打开电视和音响,问:"需要什么服务?"

丁小兵说:"看表演。"

等服务生离开,我问:"什么表演?"

丁小兵说:"好看的表演。"

没多大工夫,推门而来的是两个姑娘,她们径直走到点歌台前,然后跟随着音乐很有节奏地扭动起来。她们的舞姿实在难看,我用手盖住自己的鼻子和嘴,眼睛在她们身上滑翔。她们简直不会跳舞,简单地扭胯,机械地甩膀,头甩来甩去,打着响指,鞋跟随意敲击着地板。跳了一会儿,她们脱掉羽绒服,扔在我和丁小兵身上。羽绒服上全是烟味和酒味，闻着很不舒服。

我跟丁小兵说我去趟洗手间。丁小兵说快点回来，精彩时刻马上就到。

从洗手间回来，我看见一个熟悉的背影，走在前面。我一愣神，背影就闪入了一个包厢。我在走廊上来回走了两趟，一模一样的包厢门，一模一样的教堂式外墙，令我晕头转向，找不到那个背影。

我回到包厢，两个姑娘仍然摇摆不停。我抓住其中一个姑娘胳膊，问："那个姑娘叫什么名字？"她看看我，搂住我的腰说："今晚我们去开房呗。"我甩开她，问丁小兵："这里的姑娘你是不是全都认识？"丁小兵说："这怎么可能？"

我拉开包厢门，站在走廊上，等待那个背影。

无数个背影从我身边经过，但我熟悉的那个背影再也没能出现。我走出歌厅，又回头看了看，"天堂鸟"三个字在霓虹灯管的描摹下振翅欲飞。

回到家，我坐在阳台上抽烟。临近子夜，我看到对面姑娘回来了。她放下包，静静站了片刻，然后洗澡、睡下。她的客厅灯还是亮着，这让我放下心来。

我迷迷糊糊靠在床头，虚脱感让我很快进入了梦乡。

我看见了一朵叫不出名字的花，正盛开在一片竹林中。更让我惊奇的是，居然还有几只蜜蜂，在花的周围起舞，似乎在仔细地考量着它。扇动着翅膀的蜜蜂，在空气中闪烁出不定的光芒。

夜，还在沉睡。耳边除了呼啸的风，我听不到任何声响。

五

昨天，儿子放了寒假，前妻打来电话说是接儿子去住几天。

我问儿子："你愿不愿意去?"

儿子说："我当然愿意去咯，外婆对我可好了。"

我说："那我不如你外婆咯?"

他说："那是。不过我要是在那里住长了也会想你的，就像我有时候也会很想妈妈。"

我没再说什么，给他戴上口罩，用送快递的三轮电瓶车把儿子送到外婆楼下，看着他跟我说"老爸，拜拜"。

随后我就去了快递公司取件。那天有件快递起先没引起我注意。每天平均几十件，多的话上百件的快件，让我没时间仔细打量，况且我一般都是把我小区的快件放到最后再送。临近傍晚，我拿起车内最后一件快件，按照快递单上的手机号打了过去。

电话响了好一阵才有人接听。我说："你的快递到了，下楼来取。"对方是个女的，声音慵懒，没睡醒的腔调，她说："你放门岗那里吧。"我说："好的，别忘了取件。"

我骑到门岗，再次拿起快件，它是一个长方形的盒子，很轻，发货地址是北方舞蹈之家商城，收件人那一栏可能是受潮的缘故，名字很模糊，我仔细辨认了一番，还是看不清。我这才注意到收货地址是4栋1804室。我顿时有点紧张。

下班后回到家，我悄悄存下了她的手机号码，顺便朝她家的方向看了几眼。"天堂鸟"歌厅的那个背影再次浮现上来。

我从抽屉里数了一千块钱,装在口袋里。

我到走廊上按了电梯,"叮",丁小兵从电梯里走出来。看见我他直接说:"老哥,最近手头有点紧,你能不能借点钱给我?"

我心里一惊,知道他又输惨了。我说:"我的情况你不是不清楚,我哪里有钱啊?"

丁小兵说:"就借五十块钱。"

我没敢把钱从口袋里全拿出来。我在口袋里摸索半天,结果掏出一张一百的。我说:"借你一百吧,不用还了。"

丁小兵头如捣蒜,眼眶湿润,一个字都没憋出来。

我实在有些担心这个邻居。年底逼债是常事,跳楼、抢劫这些事情年底特别集中,兔子急了都咬人。我很担心他会做出出格的事情来。

下楼后我打车去了"天堂鸟"歌厅,直接上了三楼。服务生问我需要什么服务。我描述出我家对面姑娘的身材和容貌,说想看她跳舞。服务生想了想说:"我们这里姑娘都跟你说的差不多。"

我暗自高兴了一下,但又不死心。我说:"那你多喊几个来我看看。"

服务生说:"你稍等。"

没多久,来了五个姑娘。她们站成一排,有的低着头,有的看着我,其中有一个还是上次丁小兵带我来,给我们跳舞的姑娘。我只在她们身上扫了一遍,就认出了我家对面的姑娘。

等那些姑娘全部退出去后,我招呼她坐下。她打开一瓶啤酒,给我倒上,我递给她一支烟,给她的杯子也倒满。她坐在我身边,手机放在茶几上,她吸着烟,戴着紫色围巾,一袭惯常的黑衣。很冷漠。

她掐灭香烟说:"可以开始了吗?"

我说:"今晚你不用跳舞,钱我照付。"

她没说话,脸上也没有任何表情,是一种带鄙视的漠视,她在向我传达一个信息——你这样的人我见得多了。

我说:"那你还是跳吧。"

她选了一首歌,在地板上停了一会儿,仿佛站在舞台中央,她低着头,然后站起来,似乎有点茫然。她挑了一下贴在嘴唇上的头发,看了一圈四周的墙壁。接着面带微笑,缓慢而又正式地点点头,慢慢转身,脱去羽绒服。

音乐响起。包厢里的音乐薄薄地覆盖在她身体上,她脱掉了所有的衣服,看上去光滑,洁白,像一件瓷器。看得出,她的舞蹈力求完美,跳得很投入,每一个动作都做得到位,没有任何的敷衍,举手投足之间,像是从内心里自然流淌出来的舞姿。音乐停止时,她恰好在沙发前做完最后一个动作——竖叉。而我也在她的舞蹈中拨打了她的手机,屏幕亮起的刹那我就挂断了。

我伸手拉住她的胳膊,想把她扶起。她甩掉我的手,站起身,穿上内衣,套上羽绒服。她的皮肤很凉,接近于冰。她打掉我拉她手的动作,让我很难堪,像是冒犯了她。她喝了口酒,看了看手机上的未接来电。她只是看了一眼就放下了手机。

她说:"还让我跳吗?"

"你会跳芭蕾吗?我喜欢看芭蕾。"我掏出口袋里的钱,递给她,"如果你觉得够就继续跳。"她还是没有表情,嘴角轻微动了一下,让人不易察觉,眼神里透露出的是缺少安全感。

我说:"没事的。"

她并没有把钱放进口袋,而是用酒杯压住。她深吸了口气,接着跳,就像一只神奇的蜜蜂,在冷漠的外表之下,猛然张开了翅膀,她身上隐藏的冷艳力量,在这个舞台上一下子爆发出来。

她进入了忘我的境界,摆脱了身体束缚的她,动作被注入了情感,完全沉浸在自我编织的情绪里。她的身体舒展柔美,表情专注,她仿佛忘掉了一切忧伤,把自己彻底消融在舞蹈之中。舞蹈的最后,她匍匐在地,手臂伸向远方,似乎她的生命最终归于沉寂,去了天堂。

我从未近距离看过这样的舞蹈,我不敢动,觉得连呼吸都是对她的亵渎。她在哭,肩膀轻微抖动。她慢慢站起来,坐到沙发的另一端,捂着脸。我想说点什么,但不知道该说什么。等她情绪平复了,我给她披上羽绒服,蹲在她膝盖前,说:"我在门口等你。"

她抬起头,脸上还是冷漠,只是端起酒杯喝了一大口。

外面雪还在下,雪花飘飘忽忽,用很慢的速度下落。我在歌厅门口站了一会儿,进出的人很少,我想了想,站到了马路对面,整个城市都弥漫着让人感到压抑的气息。

一辆小车缓缓在我身边停下,开车的是个中年男人。我向前看了看,原来他是在等红灯,他的车窗开着,嘴上叼着根烟,左手握着方向盘,右手举着剃须刀正在给自己剃须。他不断用嘴唇调整着叼香烟的角度,很完美地避开了飞速滑动的剃须刀,然后一个加速过了十字路口。

我没等多长时间,就看见她从歌厅走出来。她四下看了看,我迎着她走去。

我们走在空荡的大街上，像是一对晚归的情侣。她撑着一把花伞，刘海被雪花打湿，一缕一缕趴在前额上，她的眼睛不大，透出的还是些许冷漠。当她目光转向我时，我没有躲闪，而是迎了上去。我觉得那不再是目光，而是这漫天明亮轻盈的雪花，一下子就把我包裹在其中，呼吸里也充满了樟树与泥土的芳香。

我看着她，变得有些拘束。她一直往前走，不说话。我把羽绒服帽子戴上，但有点遮蔽视线，我把帽子向后推去，任凭它成为雪花的最终归宿。我知道，我并未失去想要爱一个人的愿望。

在穿过一条又一条街道，经过一株又一株樟树后，我们走进了廉租房小区。我停下来，她望着我，然后很突然地，笑了。她的笑犹如一片不起眼的青苔，默默地萌发出了惊人的绿色。

她说："上去喝口水？"

她家里客厅的灯开着，跟我从对面看到的一样，映射出的光线把我们放大了的影子，模糊地投在一处墙面上。我没走进她的房间，我就在客厅坐着，角落里是快件的外包装，拆口很整齐。

她给我倒了杯水。水是凉的，她不好意思地笑了。我们坐着，有一句没一句地聊天。不知道说了多久，我抬头望了望厨房的窗户，透过窗户，我的家里漆黑一片，没有任何动静。我转过头，眼前的一切突然间就在面前浮动起来，像一叶孤舟漂浮在水面上，不住地晃动着。

我知道，该是回去的时候了。

六

单位来了电话,通知我春节后回去上班。

我跟快递公司也打了招呼,忙完春节的活就不干了。快递公司的老板也很爽快,给了我三百块过节钱。

刚走到小区门口,就看见公告栏前围了一大圈人,议论纷纷。公告栏上贴了一排文件,大意是按政策,廉租住房和公共租赁住房并轨运行。我看了半天总算明白了,廉租房将不存在,取而代之的是公租房,租金和物业费按家庭人均年收入划档。我算了算我的租金,将上涨三倍。

到了晚上,有住户拿着喇叭在楼下喊:"速到车棚开会!不去的后果自负!"

我本打算下楼去开会,跟他们一同抗议涨价,但看到此时楼下已经黑压压一片,就决定不去凑热闹了。我们都是家里狠的人,出门都是小蚂蚁。

到了晚上快十点,我下楼去"天堂鸟"等对面的姑娘。

他们还在开会,人声嘈杂,个个脸憋得通红,好像是人家欠了他们钱似的,一副谁穷谁有理的模样。我挤进去,他们正在一张防盗门大小的纸上联合签名,抬头写的是抗议内容与所有住户的合理要求,我看了看黑重的大字,字写得很丑,也没看出来我们的要求到底是什么,末尾的五个感叹号倒是令人感叹不已。

没戏。我这样想着,向歌厅走去。

这几天我一直在门口等她,她十点半也会准时出现在门口。她让我觉得无比亲近,无比熟悉。可我却并不认识她。我为什么那么关注她? 我开始觉得我爱她,不是为寻找爱情而去爱,就是很简单的爱。

回到她的家,她还是不开房间灯。她站在镜子前,我小心地朝她伸出了手,脸上是渴望和不安,这两种表情纠缠着我,仿佛暗夜里突然出现的汽车大灯,把我照亮让我无法躲藏。她背对着我站在梳妆台前,我走到她身后,碰了一下她,只碰了一下,我只伸出了一根手指,就一根,我碰到了她,我不是摸她,只是碰了一下,只这么轻轻地一下。我什么感觉都没有,但瞬间什么感觉又都有了。我触碰到的身体不再是冰凉的,是温热的。

于是我伸出了手臂,环拥住了这个软软的身体,我闻到了她的发香,镜子里,她一直凝视着我,而我却无法看清她的模样。她的身体由柔软渐渐变得坚硬,然后开始颤抖。这令我感到紧张,我连忙松开手臂。她慢慢转过身,捋了捋额前的刘海,朝我笑了笑。

我顺手抓起一张报纸,想掩饰。

报纸上有则新闻《心机男由牙膏盖发现老婆出轨,怒杀情敌》:雨山街道,27 岁的王某早上下班回家,发现牙膏盖是拧紧的,因为老婆习惯直接套上盖子,由此断定老婆昨晚未归,遂逼老婆叫来 18 岁情敌张某,以菜刀将其砍杀。王某称:"我如此爱老婆,到底值得还是不值?我想不明白。"

她问:"你看什么呢?"

我说:"乱七八糟的新闻。"

她说:"我看看。"

我说:"别看了。"

她说:"好吧。"

我说:"为什么要在歌厅跳舞呢?"

她说:"为了多赚些钱呀。"

我说:"为什么要多赚些钱?"

她说:"因为我为了跳芭蕾把钱都赔了。"

我说:"哦。你是什么时候学跳舞的?"

她说:"高中毕业后吧。没考上大学,父母又离婚了,我很迷茫,又没钱,不知道将来要做什么。那时候,我经常去湖边的小酒吧,就一声不吭地坐着,直到收摊。那时候我有个闺密,她有空就陪着我,安静地听我说话。我总是问这问那,有许多古怪的问题。她从不急着回答,总是停下想一想,然后给出一个简短的回答。她从不显得有侵略性,她很少直视,或者有所要求。后来那个闺密恋爱了,我也就很少去找她了。"

"后来酒吧搬到船上去了。你知道吧?"她问。

"知道,是水泥砌的红船。我和朋友去喝过酒。"我说。

"那就好。我说话你爱听吗?"她问。

"正听着呢。"我说。

"一天我又去了,点了要吃的东西,准备付钱的时候,突然发现钱包不见了。到处找遍了,都找不到钱包。我该怎么办呢,这如何跟老板解释?过了很久,我还是决定回到收银台前,跟老板试图解释我的钱包不见了,我会回家取钱再来付钱的。我边说边把包放在柜台上,说我把东西都留在这里,我会回来付钱的。老板并没有说什么,让我把包带着,还给了我二十块钱,让我可以打车回家去拿。那个小酒吧离我住的地方并不很远。这让我觉得难以置信，老板这样信任我，还给了我钱，让我可以打车回家。所以后来我对那个老板和他的酒吧感觉很好，而他的妹妹正是芭蕾舞老师。

"我觉得，所有人都很相似，我们都需要吃饭，我们都需要睡觉，我们都需要厨房和床，我们所有人都有相同的需要和问题。这些东西很重要，但又不重要，应该是看你需要的是什么吧。跳芭蕾让我觉得快乐，自从有了芭蕾，我就不需要别人给我带来快乐了。"

说完，她的手在我眼前晃了晃，问我："就听我一个人说，你怎么不说话呀？对了，你住哪里呀？"

我说："我住城南，挺远。"

她说："哦，是很远。天都快亮了，你还回去吗？"

我说："你睡吧。天亮我就走。"

她说："那你去宾馆睡吧。"

我说："我倒是想去，但现在的宾馆都极力营造家的感觉，把房间收拾得那么干净整洁，反而不像家。"

她说："你经常去宾馆呀？"

我说："哪有那个钱啊。"

她说："那你住哪儿呢？"

我说："廉租房。"

她说："廉租房？"

我说："是啊，城南的廉租房。"

她说："你一个人吗？"

我说："和儿子。"

她说:"你结过婚呀。"

我说:"你以为呢?"

她说:"我没看出来。"

我说:"你还小。"

说完这话,我们就没再说了。她去卫生间刷牙,我坐着没动,刚才报纸上的新闻令人恐惧。她回到房间睡觉,门虚掩着。我继续坐着。等她睡下,我把椅子搬到了阳台。阳台对面就是我的家,我租住的家。对面没有光亮,窗帘拉得很严实,是我拉的吗?还是我今早忘记把它拉开?记不清了。深夜的漫长对话让我头脑不清醒,想有点举动身体却被牢牢束缚在椅子上。

我很快放弃了再动弹的想法,我坐着一动不动。

已经是凌晨了。阳台窗户上已经露出点点光亮。那些微弱的光亮,像是旷野中某些只在黑暗中绽放的花,悄无声息却又惊天动地。

我依旧坐着,脑袋酸胀不已。我等待与熟悉的人相聚,新的一天来临时,我都会与人相聚,与活着的人,或者与死去的人。不是我不渴望相聚,我只是害怕分手会提前降临。

快六点了,天还没有完全亮,早起的居民已在厨房忙碌。我看到丁小兵刚刚回来,他打开热水瓶,摇了摇,摸了摸瓶口,倒了杯水,脱去羽绒服后一口气把水灌了下去。他坐在椅子上,又拉过来一张椅子,双腿架在上面,好像累得要虚脱。他朝我的方向扫了几眼,我赶紧退回到大门口,贴近防盗门,朝外听了听,外面没有一丝动静。

等丁小兵不再动弹了,我才踅进阳台。

我脱掉棉大衣,用衣叉顶起,靠在阳台窗玻璃上替代窗帘。我躲在大衣后面,悄悄掀开衣角,继续看着丁小兵。他已经睡着。我弄不懂的是,他为什么不睡到床上去。

我的目光偏到丁小兵家的左侧,那是我的家。厚重的窗帘拉得严严实实,我还在仔细回忆我到底有没有拉开窗帘时,我的窗帘突然动了一下。我吓了一跳,难道有贼潜入? 不可能啊,天都快亮了,贼不至于笨到现在还在偷东西。没有这种可能,但窗帘怎么会动?

就在这几秒钟的间隔,窗帘呼啦一下全拉开了。

我的前妻正在开窗。

七

前妻的出现让我一头撞到了玻璃上,我保持住姿态,等她转过身去,才敢把大衣顶在头上离开阳台。她是怎么进到室内的? 我琢磨了片刻,只有一种可能。

我站在客厅的侧墙边,伸出半个脑袋,看着前妻。与每天早晨一样,她在烧开水,灌满两个水瓶后,她走到儿子床边,把被头向下压了压,又把被边朝内卷了卷。忙完了这些,她很轻易地在抽屉里找到了新牙刷,刷牙洗脸梳头,面霜搽得很仔细,双手一遍一遍按摩着脸部。

她开始擦地板,用的是抹布而不是拖把,每擦一块,脸部就几乎碰到地面,像是在寻找什么东西。天这时已经放亮,儿子正眯眯瞪瞪穿着衣服,等儿子收拾好了,前妻牵着他的手出门了。

我站在房门口,姑娘侧身睡着,嘴角留着微笑,睡梦中的她不再冷冰冰。我穿上鞋,带上门,一级一级走下了楼。

我想着回家后,看看前妻是否翻动了我什么东西,刚走到楼下,电话响了。前妻打来的,她说她和儿子在雨山路肯德基吃早饭,要我去接儿子。

我很快就赶到了,坐在他们对面。前妻让儿子去买杯可乐,然后对我说:"混得不错呀,彻夜不归呀。"

我说:"找了份临时工,夜班。"

她说:"你拉倒吧,你这个人我太清楚了,你就装吧,别搞一身病回来。"

我都不清楚我自己,她倒像对我知根知底似的,我想发火,但又发不出来,懒得跟她计较了。我说:"你可有事? 没事我带儿子回去了。"

她说:"事倒没什么事,过几天再说。"

我最恨的就是她这副德行,什么事都是她主导。我拿起可乐对儿子说:"这玩意你不能喝,走吧。"

儿子跟妈妈做了个鬼脸,说:"拉个钩。"

我说:"赶紧走吧。"

路上,我搂着儿子肩膀,把可乐递给他,说:"只能喝一口。"儿子接过去说:"我老妈昨晚在家睡的。"

我说:"哦? 她怎么知道我们住这儿?"

他说:"是我告诉她的呗,我有钥匙。"

我说:"她来可问你什么了?"

他说:"老妈问我天天都吃什么。"

我说:"你怎么回答的?"

他说:"你做的菜实在难吃。"

我拍了下他的脑袋,继续问:"你妈还说什么了?"

他说:"老妈说家里有劣质香水的味道,还说你档次太低。"

我说:"胡说八道,我们家只有花露水,没香水。"

他说:"花露水档次太低吗?"

我说:"你妈不是这个意思。算了,回家吧。"

我刚躺下,前妻电话又来了。她说她在"雨前"茶楼等我,有要事,还说本来是打算过几天再说的,但……

我说:"但什么但,有事明天再说。"

她说:"就耽误你一会儿工夫,我点了壶你最爱喝的猴魁。"

她的语气很舒缓,而且用了商量的口吻,不像平常那样霸道。也许她真想起什么事来了呢。我跟儿子说:"你老爸出去一下,很快就回来。"

"雨前"茶楼是我们结婚前常去的地方,离我这里两站路的距离,我一路猜测她喊我去那里,到底是什么目的。我把能想到的可能都想了,还是没猜出来她的目的。

上午茶楼里根本就没人,除了我和前妻。她给我倒了杯茶,说:"你分房子怎么不告诉我?"

我说:"都离婚了,还告诉你干吗?"

她说:"我不是看上你房子的意思。"

我说:"那你是什么意思?"

她说:"你说话怎么还是穷横穷横的?"

我说:"房子也不是我的,公租房,交房租。"

她说:"公租房有政策的,五年以后就卖给租户,成本价,承租户有第一选择权。"

我说:"你到底什么意思?"

她说:"我没什么意思,你别老以为我要参与分你的房产。我只是告诉你有这方面的信息。"

我说:"到时候再说,还早呢。"

她说:"早上我把家里卫生搞了一遍,你跟儿子住,得干净点。"

我说:"谢谢。我看见了。"

她说:"你看见了?"

我说:"对,刚才回家发现了。"

她说:"你还是一个人?"

我说:"这跟你也有关系?"

她说:"我觉得儿子太小,妈妈不在身边对他成长影响很大,他现在还不太懂事,等懂事了会怨恨我们,我们会愧疚一辈子的。"

我说:"你是怕儿子怨恨你吧? 当初是我提出离婚的吗?"

毕竟在一起生活过,我听出了她话中的意思,她就是某些网站的视频播放器,商家付费给它打广告,而它又让网友付费去除商家的那几十秒广告。什么便宜都让它占尽了。

我不想多说什么,只想睡觉。茶楼里正播放李宗盛的歌,先是《爱的代价》,然后是《山丘》。

一夜没睡让我一时间难以做出判断。虽然我对她有埋怨的地方,但她毕竟是孩子的妈妈,一个我认识了十几年的女人,能容忍我所有缺点的人只有她,如果有陌生人走进我的生活,一切还得互相重新适应重新习惯。

怎么办? 我回到家,坐在儿子窗户前,两难的焦虑让牙突然剧烈疼痛,我照了照镜子,嘴唇的浮肿初现端倪,我晓得等不到天黑,我的半边脸也会跟着肿起来。我对自己的疼痛倒是非常清楚。

我决定先硬撑着,一直撑到第二天黄昏时分,实在撑不住了才去了社区门诊部。我对医生说牙龈肿痛:"喏,脸也肿了,吃药管不住,吊水吧,加阿奇霉素和甲硝唑,两天的量。"医生抬头看了看,埋头开出处方。划价、拿药、针管插进去,护士调好点滴速度,我就一人坐在输液室了。

输液室里就我一个人,护士在手机上看视频。我很害怕吊水,那种冰冷的液体通过管道进入我的血液,总是让我透不上气,眩晕感让我张大嘴巴急促呼吸,每次牙疼我都祈祷脸部不要肿。最近的一次是四年前发生的,那时还没离婚,妻子陪着我,跑上跑下付费拿药。那时我没觉得什么,当我说我有点气透不上来时,她呼啦一下就替我拔掉了针管。

我听到教堂钟声又响起,原来这里也能听到。人只有在生病时才能安静下来,当生命走到某一个节点时,我们都会面临死亡,每当接到朋友死亡消息时,我早已不会变得惊诧。我们迟早都会死。

在输液室坐了一个多小时我才离开,脸部的肿胀还在持续。门诊部小院里的积雪正在融化,水珠从樟树叶上"滴答滴答"滚落,还能听到零星的鞭炮声,几个孩子把鞭炮插进雪堆,点燃后迅速跑开,"啪",一声脆响,留下一地红色碎屑,也传来他们欢快的笑声。我算了算日子,还有十天就是春节了。

手机短促地响了一下,1804 号的姑娘发来一条短信:请问你是谁?才看到未接来电。我没回复,我无法回答我是谁。时间在我们各自的成长过程中,挤进了完全不同的东西,改变了我们原先的模样。尽管我对她有小别重逢的期待,可时间不遗余力地让一切真相袒露。她,是黎明来临前的第一道曙光,而我则是黑暗来临前的最后一抹光线,都可以让人轻轻地吟唱,但它们都太短暂,永远不可能同时出现,也没有交集,最大的可能是期待有流星,像夜空的花,从黄昏到清晨连接起我们,在我们的怀抱飞过,在梦中奔跑,让我们彼此幸福。

那条短信是我接到的她的第一条短信,也是最后一条。

牙龈肿痛导致我整个脸部变形严重,我无法出门,就在家里待了两天,我不停地吃药,不时看着对面的姑娘。到了第三天,脸部的肿块开始减退,我打算明天晚上去"天堂鸟"等她。可诡异的是,当天夜里,她家客厅常亮的灯光熄灭了,我猜测可能是临近春节,她回母亲家住去了吧。

阳光很好,小区路边樟树上挂满了红灯笼,还拉了很多交替闪烁的彩灯,门口的横幅上写着"玉源物业恭祝业主春节快乐",这横幅写得有意思,我们都是租户,偏偏说我们是业主。公租房的租金年后明确要上涨,住户们的抗议没有带来良好效果。

我带着儿子买了很多鞭炮,刚进小区,就看见有个乐队在空地上调试音响,儿子很好奇,非要去看看。我告诉他玩个一小时就回来。

刚打开门,我就听到乐队演奏的乐曲声飘了上来,乐曲很熟悉,我很快就跟着唱了出来:

　　　　让我们敲希望的钟呀,多少祈祷在心中
　　　　让地球忘记了转动呀,四季少了夏秋冬

让贫穷开始去逃亡呀,快乐健康留四方
让世间找不到黑暗,幸福像花开放
……

现在物业点子也多,免费为业主增添喜庆气氛,随后乐队演奏《爱江山更爱美人》,都是老百姓喜闻乐见的歌曲,一首接一首,首首不重样地演奏了近一上午。

儿子很快就回来了,他告诉我,小区里不知哪家死人了。我在他屁股上拍了一下,说:"快过年了,别瞎说。"

八

春节没啥意思,我几乎没出门,天天被鞭炮吵得睡不着。对面姑娘一直不在,灯也一直没亮起过。我猜等春节过完,她就应该回来了。

到了初九,雪又开始下。

再过几天我就要回去上班了,跟前妻也商量好了。

单位又来了电话,让我过了正月十五就回去上班。我刚放下电话,就听到有人敲门,打开门,是两个警察,他们进门后问我认不认识奚晓雪。我说:"不认识这个人,怎么了?"

警察说:"据我们调查,死者生前最后一个短信是发给你的。"

我说:"死者?谁是死者?"

警察说:"奚晓雪,住在四栋,1804 室的。"

我头脑瞬间空白,不停否认曾经认识过这个人,警察又详细询问了我很多问题,做了很多笔录,最后在我房子里走了一圈,又在阳台上仔细看了看。他们把头伸出去,左右看,向前看,然后盯住 1804 室的阳台,指指点点,并在本子上记下了些什么。

我送警察出门时,警察看了看丁小兵的大门,问:"这户住的是谁?"

我说:"上班的。"

警察没再说什么,走了。

我靠墙蹲下,心头堵得慌,我不住地发抖,阴暗的天空仿佛我的心情。生命是如此脆弱,我更为我的软弱后悔。那天晚上我在阳台上坐了一夜,直直看着对面,她家里很黑很黑,我期待着这个爱跳芭蕾的姑娘,再次打开客厅的灯。她的四周住户家家灯火通明,充满着节日的喜庆,他们在喝酒,在打麻将,吵闹声在夜空中久久盘旋。

第二天早上,我疲惫地打开门,偶然看到丁小兵家的那个女人,正急匆匆出门。

我问:"丁小兵呢?"

她说:"被抓起来了!"

我说:"犯什么事了?"

她说:"抢劫杀人。"

我说:"他有那个胆子吗?"

她说:"输急了眼,又被高利贷逼债。"

我说:"然后呢?"

她说:"然后深更半夜去抢对面楼的一个单身姑娘。结果就抢到两百块钱,还把人捅死了。可惜了。"

我不知道她说"可惜了"指的是谁。

我说:"不可能吧。他怎么知道对面就一个姑娘住?"

"丁小兵无意中告诉我的,说他留意那个姑娘很久了。"她说,"当时我还骂他是臭流氓来着,那天天没亮他跑到游戏机室找我。我吓死了,劝他赶快去自首。"

我说:"那你现在去哪里?"

她说:"来收拾我的东西,顺便给他送几件衣服去。以后有机会再见吧。"

我说:"告诉丁小兵,让他给我等着!"

她愣了愣,说:"他出不来了,你没有这个机会了。"说完她就走了。

我有点站不住,靠着墙歇了很久才下楼。

外面大雪纷纷扬扬,天地间只有雪花和雾气,锁住了世间的一切。远处教堂的拱顶上有了积雪,那些积雪像是来自天堂。

我准点来到区民政局门口。在大门口,化了淡妆的前妻问我:"昨晚没睡好?"

我说:"嗯,没睡好。"

她说:"激动的?"

我说:"有什么好激动的。"

她说:"我们离婚多长时间了?"

我说:"去年五月十二号,到现在……"

她捶了我一拳,说:"这扫兴的日子记那么准确干吗?"

我说:"跟汶川大地震同一天,都是灾难啊。"

她说:"个贫嘴。"

我想说我不过是婚姻的幸存者,或者是灾难的幸存者而已。但我终究没说出口,我怕坏了她的兴致,于是连忙快走几步,进了服务大厅。

坐在结婚登记处的椅子上,我抬头看了看,对面墙上挂着"愿天下有情人终成眷属"的鲜红横幅。

工作人员动作娴熟,程序规范。那一刻,我什么都没想。我呆呆地看着工作人员,看着她在结婚证上贴上我们的合影,又看着她在我的脸上狠狠地戳上了钢印。

■ 去江心洲

一

几只麻雀站在香樟树的枝头。丁小兵急匆匆地从树下经过时,米粒般大小的雀粪恰好掉在他头顶上。他气得跟河豚似的,迅速捡起一颗石子,但没等他直起腰,麻雀便扑棱着飞走了。

丁小兵迟到了。等他赶到约定地点,才得知需要采访的好人名单里,只剩一个还没有被分配出去。大会议室里,其余六个采访者正分别与各自的采访对象交流着。丁小兵拿起名单,指着被画上红色波浪线的那一行问:"这个好人来了吗?"

社区负责人端着茶杯走到丁小兵跟前,说:"非常抱歉。孙蘊这位好人上午临时有个急事要去处理,所以刚才急忙打了个电话告知我们。还让我转达歉意,说他在江心洲随时欢迎大记者的到来。"

丁小兵说:"我可不是记者。他住在江心洲?那挺远啊,还得坐轮渡过江。"

负责人给他泡了杯茶,说:"这位老师不急,你可以先看看孙蘊的材料,我觉得他非常值得宣传。"说完就把材料递到了丁小兵跟前。

丁小兵说:"好,我来看看。你先忙你的。"

材料并不长,第一段是孙蕹的简介,接着就是他事迹的简要介绍,文末是对他好人事迹的一个点评:"孙蕹,江心乡的一位普通居民,今年四十岁,临危不惧奋力扑救了一场大火。夜晚的大火总是猝不及防,作为一名外乡人,发现火情的他毫不犹豫地冲进火场展开自救,挽救了他人的生命。熊熊大火包围了他,他多次返回火场,只身背起同样被大火包围的老人大步冲出险境。面对他人的灾难,孙蕹主动伸出援手,给他人以希望。都说水火无情,但他用自己壮实的身躯,演绎出一曲人间自有真情在的赞歌。他用自己的实际行动,谱写出新时代普通大众淳朴、勇敢的新篇章,更是在他人心间留下了似火一般的温暖。"

丁小兵再次看了看他的简介,孙蕹跟自己年龄一样,而且毕业于同一所高中。他喝口茶,仔细梳理了一下自己的高中同学。一个个子不高、皮肤黝黑且不爱说话的男孩形象,浮现在丁小兵的脑海里。

孙蕹?是那个同学孙蕹?丁小兵有点高兴,他掏出手机,按照采访名单上留的手机号拨了过去。但在等待对方接听的过程中,他又突然希望这只是个和孙蕹同名的陌生人,而不是他的同学。丁小兵不太愿意跟别人过多打交道,更多的时候他喜欢宅在家里,偶尔在路上遇见熟人,他都假装没看见,以免出现毫无必要的客套。

电话无人接听。丁小兵挂断电话,又给余晨打了个电话。他问余晨他们是否有个叫孙蕹的同学,余晨停顿片刻,告诉他确实有,而且是高中的同学。但这个人不爱说话,按现在的话来说就是城府很深。余晨最后强调了一下,又问:"打听他干吗?毕业这么多年我一直都没见过他。"

丁小兵说:"没事,我就问问而已。先挂了。"

电话刚挂断,他的手机紧接着又响了,号码不是很陌生。对方问刚才是哪位打他电话的,丁小兵问:"你是孙薤吧?"对方说是的。丁小兵说:"我今天来采访你的,但你临时有事没来。"孙薤马上反应过来,声音也提高了很多,他说:"大记者啊,真的非常抱歉,我临时有个重要的事情要去办,匆匆忙忙的实在不好意思。这样吧,约个时间我去找你,请你吃饭,边吃边聊更自在。"

丁小兵犹豫了一下,说:"还是我去找你吧,这样,本周六上午,也就是后天,我过去,到时候电话联系。你看怎么样?"

孙薤说:"也好,顺便我带你到江心洲转转,风景和空气肯定比市区好。我自己有菜园,还养了鸡鸭,晚上就别走了,我亲自下厨做几个拿手菜,住个几天再走也不迟。"

丁小兵说:"吃饭就不必了,我得抓紧采访还要写稿。这边催得也蛮急。"

孙薤说:"这样吧,先不管那么多,你来了看看情况再定呗。"

丁小兵把孙薤号码存进手机,又给余晨拨了个电话,说如果周六没事跟他去趟江心洲。余晨说周六应该没啥事,他去溜达溜达也好,顺便到他前妻那里转转。丁小兵这才想起来,余晨的前老丈人家就住在江心洲,那年还是丁小兵去洲上帮他接的亲。

丁小兵把材料叠好放进口袋,对负责人说:"孙薤的事迹我来写吧。"负责人说:"那我跟他联系联系,看他什么时候有空过来。"丁小兵说:"不用了,我联系过了,周六我坐轮渡过江去找他。"负责人说:"那太好了,往返交通费用留好票据,到时一并报销。"

二

天气预报说本周为多降水天气,并可能伴有雷雨大风、短时强降水等对流性天气,请市民做好防范。丁小兵不以为然,此刻天上连出现乌云的迹象都没有,再说现在的天气很难琢磨,随便下场雨也不是什么意外的事。

但大雨始终未下,伴随着大风只是落了场小雨。这场小雨把梧桐树落下的毛絮聚拢在路边,远远看去像成群的毛毛虫在跳广场舞。

因为不着急赶时间,丁小兵和余晨周六上午九点才碰面,然后坐公交前往江边码头等轮渡。等待过江的车和人都挺多,等了近一个小时才看见一艘渡轮从对岸驶来。货车、私家车和摩托先上船,上船的速度不快,工作人员用大喇叭催促着,很快第一层就装满了,剩余几辆电瓶车被拦下来等待下一班轮渡。丁小兵和余晨夹杂在人群中随后上了甲板。一驶离岸边,渡轮就左右晃动得厉害,丁小兵便喊余晨登上了二层甲板。从高处看,江面上运沙船只移动的速度很快,市区的喧嚣也正在远离他们的视线。快到江心时,丁小兵看见建设中的长江大桥悬索主塔已浮出江面。余晨说等大桥建好了,若再去江心洲开车便可直达,能省去至少一半时间,而且大桥建好后还能把对岸的县城连成一体,再也不用绕道南京过江了。

大约二十分钟他们就到达了对岸。大片的稻田被一层薄薄的雾气笼罩着,幽幽的水汽后面,远处的村庄隐现在铁匠铺传来的"叮叮当当"声里。狭长的水泥路两边是几间破旧的老屋,在那些彼此相距甚远的房屋中间,只有几条狗安静地趴在门前。

余晨说:"跟我那时候比,现在真的是没以前热闹了。"

丁小兵拨通孙薤的电话,告诉他已经到达江心洲,问他接下来去哪里找他。孙薤告诉他一个地址,然后说他正往回赶,还有半个小时就能到渡口,上午到市区办个事,顺便买了老鳖和一箱好酒。他让丁小兵慢慢溜达过去,他很快就到。

丁小兵对余晨说:"走吧,先陪你去前老丈人家转转。孙薤还没过江。"

余晨说:"还真去啊? 我说着玩的,真去不是找揍嘛。我们去圩埂上走走,空气还是不错的。江心洲我熟悉。"

下小雨了。丁小兵跟着余晨走上圩埂,没走多远余晨就招呼他赶紧掉头。丁小兵没反应过来,余晨说:"没瞧见前面过来的那个老头?"丁小兵确实没注意。余晨说那个打伞的老头就是他前老丈人。

丁小兵说:"都离婚这么多年了你还在乎? 你大大方方迎过去怕啥?"

余晨说:"哪有那么简单? 离婚虽然不是因我而起,但毕竟还是隔着一层,多一事不如少一事。"

等那个老头走远,他俩又上了圩埂。丁小兵问及余晨前妻的近况,余晨说已经快十年没有她的消息了,只知道她学了门手艺,一直在市区打工,然后再婚添了个女儿。其余的就再也不知道了。你说这人的命运吧,都应该差不多,都是一个套路。雷同。

在圩埂上站了一会儿,丁小兵和余晨几乎同时惊叫起来。视线里的那艘渡轮在转弯时似乎重心偏移,在江面上左右摇晃不止,在一片更大的惊叫声中,渡轮挣扎了片刻,右舷首先没入江面,紧接着船体就几乎呈四十五度角斜插在江水中,随后渡轮就底朝天扣在了江面上。

江面上的警笛声、呼救声交杂在周边救援船只的周围。天空是暗灰色的,一缕光线穿透云层闪现了片刻,像是有人在天上推开了扇窗,旋即又关上了。

丁小兵突然想起了孙薙,急忙掏出手机。孙薙说他刚到轮渡口,还没买票就听说上一班渡轮发生了翻船事故。他还说自己正惊魂未定,幸亏在路上买了条烟耽搁了十分钟,否则自己的死活还真说不清楚。现在,警车、救护车和海事局的人已经聚满码头,警戒线已经封锁了渡口的道路。

丁小兵问他何时才能过江,孙薙说暂时还不知道,等有消息了就给他打电话。

江面上风声水声越来越大,两艘冲锋舟在江面事故点周围来回搜索,洲上那个小树林边出现了几艘渔船,正沿着堤岸搜寻,一群举着"江心民兵"旗帜的人,拎着救生衣也沿着长江岸边呼喊搜寻。

余晨问丁小兵:"我们怎么办?"

丁小兵说:"祈祷吧。我们也完蛋了。"

余晨说:"我们?"

丁小兵的电话响了。孙薙告诉他这边码头已经贴出告示,大意是江心码头所有轮渡即刻停航,具体复航日期等待有关部门的通知。

丁小兵问孙薙现在怎么办,孙薙说他现在只能回市区的父母家暂住几日,他也没想到会出现这样的结果。丁小兵又问他自己怎样才能过江回市区,孙薙叹了口气,说除了坐船目前没有第二条路能过江,一且禁航所有船只都不敢轻举妄动，谁也不会冒着被抓的风险去偷偷渡客的。

"你的意思就是我们要被困在江心洲这个孤岛上了?"丁小兵着急起来，"要多久才能恢复轮渡? 以前发生过这样的事情吗?"

"自从我搬到江心洲居住，还是头一次，你们可以在我家里先住着。"孙蘿压低声音说，"备用钥匙就在我院门围墙外的第二棵榆树下边，你搬开那块石头就能看见，双层塑料袋密封着的。对了，我的微信就是手机号，我们加一下。用微信采访也可以，电脑密码和无线网密码一样，都是 lzjxz123。"

"你慢点，我记一下。"丁小兵喊余晨，"帮我记个密码。"

"密码好记，就是'留在江心洲'的拼音第一个字母再加上数字123。"孙蘿说，"老鳖我先养着，烟和酒我也留着，等通航了我再请你。必须的。"

丁小兵把情况跟余晨简单地说了。余晨倒是无所谓，他说给家里和单位打个电话就可以了，摊上这种叫天不应叫地不灵的事，只能算自己运气不好。

一群麻雀在地上不停跳跃，像是被风吹落又吹起，忽然"嗡"的一声全都飞上了天空，仿佛有人朝它们砸了粒小石子。余晨怔怔地看着麻雀飞远。丁小兵拍了拍他肩膀，说:"走吧，不是每一只麻雀都能飞过长江的。"

"只能听天由命了。"余晨说，"先去孙蘿家找钥匙，这轮渡要是十天八天不恢复，没个落脚点不行。我们真得做长远打算。对了，你身上带了多少钱?"

丁小兵说："现金没多少,支付宝里还有点。但我估计不会要太长时间的,一般程序无非先是成立专家组进行事故调查,然后对所有渡轮进行安全检查,等一套程序走完,应该很快就能恢复正常了,否则这洲上的人出不去,外面的人进不来,还不真成孤岛了?"

余晨说："支付宝在这里能派上用场? 这洲上你没看见基本都是老人吗?"

丁小兵说："走一步算一步吧,先去找孙蕹的大门钥匙。"

石板路旁是稀稀拉拉的老房子。余晨记得以前这附近是个很大的集市,后来集市搬迁了,这里便很少有人走动。雨水一滴一滴从屋檐上落下来,青石板路的两侧长满了青苔,走在上面很滑。他俩加快速度,拐上了一条水泥马路。路,余晨基本还是熟悉的,变化不大,但越走余晨觉得离前妻的家越近。

果然,离余晨前妻家相隔仅二十米,就是孙蕹的家。余晨说："没错,她家的房子没变,但似乎刚翻新装修过。"

找到孙蕹的大门钥匙也没费多少工夫,这是一个农村常见的小二楼建筑,略显不同的是孙蕹的院子非常大。绕过木栅栏,前院种着各种果树,爬藤的植物显得特别青翠,努力伸展着。小路尽头便是用篱笆围着的后院,空荡荡的,除了一棵柿子树还有一些野花开放着,像是固执地守护着这个院子。

一层和二层各有个卧室,但能看出来二楼的是主卧,床头挂着孙蕹的结婚照。可能是结婚比较早,从照片上能看出孙蕹年轻时的模样。余晨盯着照片看了半天,说他确定这就是高中同学孙蕹,没想到他老婆长得挺漂亮。

丁小兵愣了会儿神,问余晨:"他老婆现在在哪? 在江心洲还是凑巧也回市区了呢?"

余晨说:"肯定不在江心洲,不然怎么会让我们来找钥匙? 反过来说,如果他老婆在家,我猜孙蕹是不会让我们在这里留宿的。的确不方便。"

"走吧,先到街上吃点东西,顺便转转买点啤酒,还有洗漱用品什么的。"丁小兵说着捏扁了口袋里的香烟盒。

走出去十多分钟,人才渐渐多起来。大街上的小饭店没几家,夹在农具站、邮局和一排破旧门面房之间。丁小兵和余晨吃了碗大肉面,买了几包烟,又在街上转悠了一圈才往回走。丁小兵注意到无论是面馆还是小卖部,服务员和老板对他俩都是既热情又警惕。

中午实在没事,他俩看看电视剧接着睡了一下午。天一黑下来,整个洲上似乎就没有多余的声响了,除了偶尔传来的几声狗叫和一些听不真切的声音,便是呜咽的江风了。

丁小兵抓起电视柜上的手电筒,喊余晨一起出去弄点吃的。夜晚的小路更不好走,他们在街上转了一圈,在另一条岔路口找到了一家亮着灯的小饭馆。

一些蚊虫围着饭馆门前破裂的灯罩,"嗡嗡"地纠缠在一起。它们在灯罩透出的微弱光影里,一次次撞向油乎乎的灯罩,画出泥点一样的图案。随着轻微的撞击声,它们又陆续钻回到灯罩里,继续沿着那个无休止的、封闭的飞行路径不停地盘飞。

小饭馆门前支了口大锅,一个胡子拉碴的人毫无表情地坐着,握着一副超长筷子在锅里不时翻动,煮透的白干混合着锅里的大骨汤,散发出复合的香气。店内老式柜台里坐着个年轻人，眨着昏昏欲睡的眼睛盯着蚊虫愣神。见到有人进来，他喝了口水然后递给丁小兵和余晨一份菜单，说道："这么晚还没吃？"

丁小兵说："这不才七点多吗？你家有啥特色菜？"

"酸菜鱼、大肠臭豆腐、红烧仔鸡什么的都有，喜欢吃什么？"小老板补充道，"要不来份油炸麻雀，这是最正宗的江心洲特产。天然无公害，麻雀油炸过后再用麻油浸泡封瓶，喷香。每次对岸的人过来都会买瓶装的带回去。"

"据说比补肾药管用多了。"小老板"嘿嘿"笑了几声。

余晨摇摇头，让丁小兵看着点一样再加个素菜，又问小老板门前卖白干的是不是也是他家的。小老板说那是他爸，而且他家的高汤白干有三十个年头了，每天都供不应求，尤其是早上，来份白干蘸着水辣椒喝杯茶是标配。

"那就先来两只麻雀尝尝，再油焖个茄子、一份煮白干，拿瓶白酒。"丁小兵说完找了个正对大门的桌子坐了下来。

因为不赶时间，他俩吃得很慢。小老板的父亲把炭炉焖好就先走了，临走提醒他也早点回去睡觉。小老板倒不急，等他走远了就端个茶杯坐在邻桌看电视。丁小兵有点不好意思，还剩半斤酒时就不喝了。油泡麻雀和白干味道都不错，但余晨喝得也没啥劲头，连喊"埋单埋单"。

小老板站起来算完账，说："你俩不是江心洲人吧？看着面生。"

余晨说："对。我们从市区过来，没想到沉船了，这一时也回不去了。"

"嗯,上午的事情我知道,据说有三个人失踪了。惨啊。"

丁小兵说:"那要多久才能解禁?"

"最多三天,不然这洲上的菜农还不急疯了?蔬菜运不出去啊。不过夜间禁航肯定会无限期延长。"

余晨说:"那就好。夜间禁航跟我们关系不大。这没喝完的白酒放你这存着,明天再来。麻雀和煮白干味道确实不错。"

"当然不错。对了,你们是来办事的?"

"采访一个好人。"丁小兵说,"你们这儿的孙蕹,认识吗?"

"孙蕹?那我可太熟悉了。我晓得了,你们是采访去年他救火那件事吧?"

"你知道这件事?"丁小兵兴奋起来,"先侧面了解一下也不错。不过……时间不早了,明天上午我再过来吧。"

"上午?还是下午吧,下午我不忙。"小老板说,"你们住哪?"

余晨说:"我们就住在孙蕹家,他本人上午过江了,然后不是发生沉船事故了嘛,一时也回不来了。"

"你们住他家?"小老板有些惊讶。

"怎么了?我们也是他同学。"

"没什么没什么……"

夜里下起了小雨。余晨在一楼看电视,丁小兵坐在二楼阳台的椅子上抽烟。雨落在院子的果树上,能听见"沙沙"的声响,但又听不真切,像是有人在树下轻声说话。丁小兵琢磨了一下明天的采访提纲,然后站起身把烟头弹了出去。暗红色的火星划出一条弧线,挣扎着落在门前水泥地上时还重重弹了一下,仿佛是个重物掉落了下去。

丁小兵有点恍惚,他猜测或许是雨水折射造成了错觉。他揉揉眼睛,看见院子里只有只小动物飞快地跑出了栅栏。

三

第二天上午,天空依旧阴沉沉的。

丁小兵的微信响了一声,孙薙发来一条消息,问他们昨晚睡得如何。丁小兵说夜里太安静,以至于睡得不太踏实。孙薙回复说可能是不太习惯,又说有最新消息轮渡三天后恢复,但不知真假。丁小兵说等晚上没事时,准备微信采访他,不然交稿时间肯定来不及。孙薙说:"没问题,冰箱里有排骨和饺子,还有啤酒,你们尽可随意。"

余晨正在洗漱,见丁小兵下楼来便吐掉了嘴里的牙膏沫。他说:"昨夜你听到什么动静没?"丁小兵说:"什么动静也没有啊。什么情况?"

余晨说:"可能是不习惯。我总觉得栅栏外有人在走动。"

丁小兵说:"我怎么不知道?哦,也许我在楼上不太能听见吧。"

话音刚落,院门外站着的一个老头朝他们招手:"小余小余,你过来一下。"丁小兵看了看,是余晨的前老丈人。

余晨走上前嘀咕了一阵,回来时脸色有点沉重,说老丈人昨天下午就看见他了,晚上又在门前转悠了半天没等到他。这大清早的偷偷跑来告诉他,千万不能被他以前那个丈母娘发现他住这里,否则她会找上门来会骂个不停。

丁小兵说:"你丈母娘这么厉害?"

"那年你帮我接亲时见过吧?"余晨说,"典型的农村老妇女,嫁个女儿彩礼钱就要了我三万。这还不算,婚宴当晚就把我,也就是男方收的份子钱统统借走了。说是借,可至今没还。"

"真是奇闻。"丁小兵说,"摊上这样的丈母娘估计谁都得离婚。"

"离婚根本不是我的原因。"

"那是谁的原因?"

"现在想想也应了那句话,叫一个巴掌拍不响。有天早上出门时和以前的老婆吵了一架。为什么会吵架呢? 就因为挤牙膏的事情,为这个事我都忍了一年多了。"

"挤牙膏怎么了? 这也能导致离婚?"丁小兵问。

"细节决定成败。我挤牙膏习惯从底部一点点往前把牙膏挤出来,我非常仔细,牙膏用得也很节约,就算挤到头部也还能坚持再用两天。"

"你头被门挤了吧? 犯得着那么节约?"丁小兵说,"然后呢?"

"但我老婆不像我那么节约,随便什么地方都挤,逮哪挤哪。因此在牙膏管上留下很多印记,这让我非常厌恶。那天早晨,我将忍了一年多的话终于说出来了:'你挤牙膏不要到处挤,一管整洁的牙膏让你捏得坑坑洼洼,让我觉得很脏,你应该像我一样从后面开始挤。'当时她披头散发突然大喊一声:'这日子没法过了!'于是我们就不可避免地暴吵了起来。"

"然后就离婚了?"

"当时没有,但很奇怪只要吵架开了头,哪怕是鸡毛蒜皮的屁事也会无休止地吵下去。过了半年就离婚了。"

"唉,这社会一直在进步,尤其是科技发展迅猛,但是人与人之间的爱,我是说男女之间的爱,丝毫没有进步,更别提有什么创新发展了。都是老一套。"

余晨说:"你啥意思?没明白。"

丁小兵说:"比如说我活到这个年龄,对爱情多少应该有一种了解了吧,但我死了以后,我儿子是不可能将我的经验,作为他进入自己情感世界的基础的。他还是要从青春期开始,相恋失恋,直到成熟。当我老了我的儿子以及当他老了他的子女,又开始走我们原来的路。你可以告诉他避免这个避免那个,但一切都避免不了。简单说来,就是都从零开始,而且毫无新意与变化,连所犯的错误也都区别不大。甚至连结局都没有第三种。"

余晨扔给丁小兵一支烟,说:"那咋办?不结婚也许就没那么些重复和烦心的事。"

"所以失恋是常态,也不要害怕离婚。"丁小兵说,"只要还没打棺材板,人就可以用自己独特的方法,摆脱这种生生不息的痛苦。"

余晨突然拍了下丁小兵的肩膀,边往房间里走边说:"我丈母娘来了,别说我在。"

前面走来的那个老妇女眨眼就蹿到了院子,她几步走到丁小兵跟前,满脸的褶子像根腐竹。她问:"小余在里面吧?叫他出来。"

丁小兵说:"哪个小余?没看见。"

老妇女脸色一变,嗓门陡然提高:"装死!你还有脸来江心洲?老娘搬个板凳坐门口等着,有种你永远别出来!"

丁小兵觉得自己像个孩子偶然闯入了大人们吵架的场景,还没等他搞明白什么情况,就被他们吵架的表情吓得大哭起来。他不知该如何处理,便对她说:"我说了他不在,你回去吧。"

"等我回去喊人把你家锅砸掉。"老妇女底气十足,草地上的几只麻雀受到惊吓,迅速飞起,在盘旋了一圈后落在了更远的草地上。

丁小兵说:"这不是我家,我不住这里。你若胡来我就报警了。"

"哎哟,吓死老娘了。我可告诉你,江心洲现在任何人进不来也出不去!今天派出所值班民警是我远房亲戚。"

丁小兵没再理睬她。他走到街上,昨晚那个小饭馆门开着,那个老头正忙着给人盛白干。小老板不在店里,等了一会儿,他还是没回来。丁小兵就掉头往回走,路上顺便买了点卤菜和面条。

走进院门,余晨躺着玩手机,叫骂的丈母娘已不见踪影。丁小兵问他那老妇女为何叫骂,余晨说:"还不是记仇呗,女儿离婚让她在江心洲面子上很难堪而已。其实我都能猜到是我前老丈人告诉她的,就是他故意透露我住这里的。没一个好人!"

丁小兵笑了,他说:"你受苦了,没想到都过去这么多年你还没摆脱情感追杀啊。你赶紧祈祷码头通航逃跑吧。"

余晨说:"事后想想,其实还是当年太年轻,那么早结婚干什么呢?白白浪费了大好时光。门不当户不对真是婚姻的大敌。"

丁小兵说:"算了,事后诸葛亮顶屁用。对了,等中午吃过饭我去那家小饭馆采访。这两天天不黑下来你就别出门了,免得被人家追着屁股骂。"

余晨说:"你还不如直接微信采访孙蘸。"

丁小兵说:"直接采访完了不就没事干了嘛,又走不掉。"

下午小饭馆里很冷清,几个老头挨着墙根在打牌。小老板坐在吧台里玩手机,见他进来一边招呼他坐,一边去泡茶。

丁小兵递给他一支烟。小老板说:"真采访我?就当拉家常吧。孙蕹其实不是我们江心洲人,大概十年前,他才和新婚老婆来到这里的。先是问了好几处的房子,最后才买下了现在的房子,就是你们住的那个。不过只有居住权,房产并不是他的。"

丁小兵说:"哦,难怪毕业这么多年就没见过他呢,原来搬到江心洲住了。"

小老板说:"还是说说他救火那件事。那是去年冬天,很冷。那天天刚擦黑,我都快睡着了,忽然听到有人在喊'失火了、失火了',跟着就有人在跑动,还能听见有人在敲脸盆。虽说一时不晓得是哪家失火了,但江心洲的民风还是好的,哪家有什么困难都愿意帮衬一把。反过来说,有句俗话叫什么来着,对,叫失火带邻居。于是我赶紧穿衣服跑了出去。"

丁小兵说:"你那句话叫'失火带邻居'是吧?我记一下。"

小老板说:"这不能记。我出去以后顺着火光一看,那是王老汉家,离着孙蕹也就二十多米远。当时王老汉家还是木梁结构,也比较旧,眼看着火势越来越大,就在我到处找水桶时,孙蕹拎着个塑料桶直接冲进去了。"

丁小兵说:"王老汉的老太婆是不是嗓门比较大,看上去也比较凶的那个?"

小老板说:"偶尔比较凶吧,也是没办法,以前吃的苦太多了,又没儿子生的全是丫头,在村子里总有点抬不起头的味道。咦,你认识她?"

丁小兵说:"不认识。你继续说,后来呢?"

"后来,我看到孙蕹跑来跑去指挥大家取水,当时场面比较乱,具体情况我也没看清。不过王老汉倒真是被他背出来的,孙蕹脸被火烤得通红。那晚他在现场忙得团团转,衣服也被烧坏了。后来才得知他以前干过消防员,难怪他显得很有救火经验。他一直指挥着大家救火,后来来了两辆消防车才把大火扑灭。"

"事后查明失火原因了吗?"丁小兵问。

"听我爸说王老汉有次闲聊说漏了嘴,说失火可能是因为他夹着支烟睡着了的缘故,但他老太婆一口咬定,是有人故意朝她家院子的柴火堆里扔了烟头,还说扔烟头的可能就是她以前的女婿。"

"有证据吗?"

"谁知道呢?家家有本难念的经。我也没多打听,只是王老汉家损失惨重。"

丁小兵准备再问问一些细节,这时小老板的父亲喊了他儿子一声。丁小兵看见他俩在门口嘀咕了好一阵子。随后,小老板折回来说他等会儿还有点事下次再聊。

丁小兵说他晚上来吃饭,到时再补充点好人故事的细节。他让小老板多准备点麻雀和白干,再整俩菜冰点啤酒。

四

丁小兵回到孙蕹的住处,余晨像个囚徒般望着窗外。

丁小兵说:"你去年来过江心洲?"余晨说:"啥意思?离过婚后我就没来过。来了不是找骂嘛。不过去年秋天好像来过一次,同事喊去钓鱼的。记不太清了。"丁小兵泡了杯茶,说等天黑下来就去小饭馆吃饭,先歇会。

丁小兵理了理思路,盘算着孙薤这个好人故事要从他为什么来到江心洲定居写起,做些铺垫从侧面把人物立起来,再添加些他平时乐于助人的小事烘托一下,重点把火灾的场面写紧张点,突出孙薤救火的具体细节,最后强调他当时的所思所想即可。即便孙薤当时什么都没想,这个也可以稍微虚构一下,谁也不知道他是怎么想的,当然,谁也不能说他当时没那么想。对,三千字的内容这样写出来,应该会比较生动。最关键的是写准孙薤做出这样举动的动机,把这条主线贯穿在文章里,人物形象便会高大起来。但他到底出于什么样的目的呢?丁小兵目前还不知道,这还需要他晚上回来后,认真采访一下当事人孙薤。

天黑下来得很慢。丁小兵坐在院子里的吊椅上,看着余晖一点点落进淡白色月亮的身后。他四下看了看,喊余晨出门去吃饭。

小饭馆亮着灯,小老板的父亲依旧坐在门前小凳上煮白干。那些蚊虫也照旧围着门前破裂的灯罩,它们可能喜欢人的气息,可能更喜欢光。现在,它们密集地挤在灯罩上,朝里窥探,又从缝隙钻进去,围着发黑的灯管扑棱乱舞。

丁小兵让余晨先进去点菜,他和小老板的父亲聊了几句。丁小兵说:"老伯做白干有些年头了吧?"

老头给他搬了个小凳,说:"有年头咯。我这辈子没怎么出过门,就喜欢这门手艺。"

丁小兵满脸狐疑:"这也有技术吗?"

老头说:"隔行如隔山。你别不信,往年这洲上有好几家煮白干的,但我家的味道是最好的,现在也就剩我还坚持着。不过年纪大了,也快干不动了。"

"那些人为啥都不做了?"

"出门打工挣钱呗,都搬到市区去了。不过,不在市区买房,手头上这些钱,还能干啥?再说,江心乡里只有一所小学,孩子长大以后肯定要在市里读书。不买房,就读不到好的学校。等到孩子再大一些,如果学习不咋的,你不买房,怎么谈婚论嫁?现在的农村,男方娶亲的标准早已变成市区有房再加一辆车了。"

"那这江心洲上岂不没啥人了?"

"是啊。平常时候这成片的房子几乎没人居住,只是到了过年他们才回家一趟看望老人,有的干脆几年不回家。我们村紧邻一条河,过去河边曾是最热闹的地方,那时吃中饭和晚饭时都端着碗到这里。现在河边已经荒了,那时候,河边那些草被我们踩得十分光整,没想到这才几年杂草都齐人高了。"

"听说江心洲很快就会开发成旅游休闲胜地了,到那时你们办个农家乐什么的,收入会增加。但江心洲好像要改名,叫什么'渔乐岛'。"

"那就不是我烦的神咯,但任何事都会让人付出代价的,包括休闲娱乐。"

正说着,小老板走到门口喊丁小兵菜齐了。丁小兵喊小老板一起喝点,小老板说他已经吃过了。他坐在隔壁桌子前,捧着茶杯看电视。

丁小兵边吃边看电视,余晨略显紧张地看着门口路过的人。丁小

兵说:"这么晚你丈母娘不会出现的,不放心的话早点吃完就回去,等
会儿我还要采访孙薤。"

"也行,等会儿带几瓶啤酒,再买瓶麻油泡的麻雀回去。"

丁小兵隔着桌子问小老板,孙薤后来说没说过他当初为什么要去
救火。

小老板说:"没听他说过。你不知道吧? 这件事过后又发生了更
大的事。"

余晨问:"什么事?"

小老板说:"孙薤的老婆,就在失火当夜,也许是第二天凌晨吧,从
自家二楼跳下去了。"

"啊? 什么原因?"

"原因不知道,人跳下去后据说当场就摔在水泥地上死了。"

"就是从她自己家二楼跳下去的?"

"没错,你们住着啥感觉也没有吗? 瘆得慌。警察后来也来了,不
过我也没打听最后给出的是个啥结果。孙薤对外说他老婆有抑郁症,
我们又不好多打听。但据我来看,他老婆正常得很,怎么会抑郁呢?"

丁小兵正准备再问下去,小老板的父亲端着份白干递给他们,说
是赠送给他们的。丁小兵看见老汉说话时还朝他儿子丢了个眼色。

丁小兵明白,老汉是担心儿子话多会导致不必要的麻烦,上了岁
数的人总是图个安稳。丁小兵也知道这老汉对他们是保持戒备的,这
点不像他儿子心直口快。

父子俩走到门口,老汉隐在暗处,小老板则面对他俩张望着,不时
点点头。丁小兵猜得出来此刻老汉正在提醒儿子什么。

丁小兵见状朝小老板招招手,示意他埋单。小老板走过来,连声说着"不好意思"。余晨买了个大瓶的油泡麻雀,又捎了四瓶啤酒,两个人便往回走。

时间还早,但路上很黑,余晨塑料袋里的啤酒瓶发出轻微撞击的声响。偶尔还能听到狗吠,时而寥寥几声,时而就连成了一片,仿佛江心洲上所有的狗都叫到了一块。此刻,黑夜的颜色像黑夜一样深不可测,它把白天的面孔遮到了幕后。突然而至的狗吠声,似一把利刃,挑破了这浓浓的夜色。狗吠声汇合起来回荡在江心洲的上空,使得这浓郁的夜变得更深,深得使丁小兵感觉不到夜的边际和尽头。

余晨说,走在这样的夜里,感觉自己被扔进了一个无底洞。丁小兵说:"小时候我有过这种体验,也许正因为有了这些说不清的东西,我才对黑夜充满了无限的新鲜感,也更清醒地认识到自己在大自然面前的渺小。"

站在孙蘼院门前,丁小兵对这院子里的树与花草都产生了惶恐感,包括这幢小二楼,直挺挺地立在暗处,像是一座监狱。就在此时,他的手机响了一下,是孙蘼发来的微信:"你们回来了? 没带钥匙?"

丁小兵吓了一跳,问:"你怎么知道我们在门口?"

"院子里有全视角监控头啊,对角安装的,你们没注意到?"

"没注意。你想监视谁?"

"不是监视你们的,放心吧。我刚才掏手机时顺便看了一下。监控头跟手机连着的,装个小软件就行了,方便得很,无论走到哪里都能看到家里的情况。这个监控还有语音功能,如果有贼进来,我还能大喊几声吓退蟊贼。不信我喊几嗓子你看可能听到?"

丁小兵说:"不用不用。高科技确实能让一切无处躲藏。"

余晨打开院门,把啤酒和瓶装麻雀放到桌上,打开了电视机。丁小兵拿着手机开始采访孙蕹。

丁小兵问:"你怎么想到要搬到江心洲居住呢?"

孙蕹说:"在城市生活久了很无趣,那时我和老婆刚结婚,她也有这种想法,就决定在江心洲找个房子住下来。别小看江心洲,那也是'麻雀虽小五脏俱全'。恋爱时她经常说,等我们老了,去乡下修个小院子,养一群鸡鸭,修一围篱笆,种一园鲜花。"

丁小兵说:"现在很多人都有这种理想,但无奈总是被现实逼得停不下来。"

"是啊。看看书喝喝茶,照顾猫儿狗儿,度过老年的时光,相拥看落花,静坐望云霞。这是我和她都理想的生活状态。我们的目标就是尽量不动脑子地活着。"

"你这是世外桃源的生活,羡慕啊。"

"我们并非为隐而隐,只是想把节奏放慢。乡村生活大部分是宁静无声的,偶尔村里办个红白喜事,才会显得吵闹一些。而城市像一张罗网,编织了很多人的梦,但也把人困在里面出不来。"

"那你们靠什么来养活自己?"

"我们开了个网店,兜售一些江心洲的土特产,比如江鲜、无公害绿色蔬菜、瓜果,尤其是油泡麻雀,有补肾壮阳的功效,简直供不应求。总体来说生意还不错,足够日常基本开支了。"

"羡慕。时间不早了,我们先回到正题。"丁小兵倒了杯啤酒,攥起一只麻雀嚼着,"那晚你是怎么想到冲进火场去救人的?也就是说那一瞬间你是怎么想的?"

"其实我什么都没想,根本没有崇高想法。实话跟你说吧,那晚我和我老婆吵了一架,气得我在外面溜达,哪知刚下楼就看到王老汉家有火光,我就立即冲过去了。俗话说远亲不如近邻,可以说是本能反应吧。没啥值得宣传的。"

"宣扬好人好事是应该的,弘扬正气。"丁小兵说,"最终那场大火用了多久才被扑灭?"

"具体时间记不清了,估摸有两个小时。幸亏消防车来得及时,不然后果不堪设想。"

"哦,那后来呢?"

"后来……不好意思你等一下,我先接个电话。"

五

丁小兵放下手机。

余晨说:"自从知道我们同学孙蕹的老婆跳楼后,我就一直心存恐惧,先不管是什么原因,我觉得其实好人一生不安,凭什么说做好事心情就会好?"

丁小兵说:"看来今晚是没法睡了,一想到这院子里死过人就浑身不舒服。孙蕹嘴巴倒是挺严实。不过也能理解,谁也不会主动说自己的私事。"

余晨说:"事情有点蹊跷,按照你刚才的说法,孙蕹夫妻俩为了美好的愿望来到江心洲,寻求一片清净之地,但为何他老婆会得抑郁症呢? 抑郁症是想得就能得到的?"

丁小兵说："事情肯定不会那么简单，但也逃不出世俗的想象。我发觉孙蕹似乎并不太愿意接受采访，而且一到关键节点就把话题岔到别处去了。当时我没察觉，细细一想就是那样。"

余晨说："反正也睡不着，我们不如在房间里四下转转，也许能发现一些小秘密。"

丁小兵说："这不合适吧，再说还不晓得室内有没有监控呢。"

余晨说："那我们把所有的灯都打开，从找监控开始。闲着也是闲着。"

孙蕹的家还算整洁，物品也不多。他俩从楼下搜寻到楼上，并没有发现隐蔽的摄像头，这让他们稍微舒了口气。二楼卧室有近二十平方米，南边是个阳台，因为灯全开着，丁小兵才注意到这个阳台很大很长，阳台塑钢门窗的栏杆高度与他胸口高度差不多，外侧还有一排刷了绿漆的铁栏杆，窗前摆着一张小圆凳。丁小兵记得昨晚还在这张小圆凳上摆过一个烟灰缸。

阳台上，余晨发现了孙蕹夫妻两人的多处生活痕迹，仔细看还有些污迹，但这并不能说明什么，这个家是两人每天生活的地方，留下他们的痕迹很正常。余晨说，不知他俩有没有孩子，那个小老板好像也没提起过。这几年各地的坠楼事件中，有相当一部分是小夫妻、情侣因为吵架，一方情绪激动想不开而引起的。

丁小兵说："这二楼也不高啊，不至于直接就摔死了吧？"

余晨说："是啊，奇怪。除非是头部先落地，摔巧了。"

丁小兵来了兴趣，他拿来手电筒，像一名刑侦专家对着阳台仔细勘查起来。乍一看，整个现场就像普通的坠楼现场，起初他很容易就相信看到的一切,但他固执地认为,眼见未必为实。事发那一刻,只有死者和丈夫孙薙两人,到底发生了什么,难道真没有第三人知道?

余晨也用手机的电筒功能四下寻找着什么,过了一会儿,他摁灭手机点了支烟。他说:"据我猜测,有两个疑点慢慢浮现出来了。"

丁小兵说:"你难道还真把这件事当案件?"

余晨说:"平时我就喜欢看破案的书和电影,按照我的经验,我问你,假设孙薙老婆是主动跳楼,而且是二楼,一般会呈近乎直线的姿态下落,就是物理学上的自由落体运动,公式为 $h = 1/2gt^2$,简单来说落地点和起始点应该是基本一致的。但这个女人没有落在草地上,饭馆小老板说是落在水泥地上,这样来说她就是呈抛物线坠落的。为什么?这是其一。其二,阳台上的小圆凳上,会不会留有过孙薙老婆的脚印?如果圆凳是她攀爬上去翻越栏杆的证据,那么它应该会作为物证被警方带走,而不是还遗留在这里。"

丁小兵心里也隐约有了个极为恐怖的猜测。但他什么都没说。他相信好人。

余晨亮着手机继续在卧只里勘查,像个警察似的不放过任何可疑之处。丁小兵靠在阳台上,给孙薙发去一条微信:"后来呢?"

孙薙很快就回复了:"什么后来?"

丁小兵很有耐心地说:"我是说你救完火之后的事情。"孙薙等了十分钟才回话,他说救火之后浑身虚脱,再说消防队来了,自己就悄悄回家了。

余晨喊丁小兵过来,说经过进一步勘查,更多疑点显露了出来。余晨说:"你看阳台塑钢窗的框槽,沟槽内非常干净。我认为,有人为用抹布清理擦拭的痕迹。我猜测只有每天清理才能保持如此干净。"

"我回去后还洗了个澡,实在太累,很快就睡着了。"孙蕹又发来一条微信,像是对前面那句的一个补充。

余晨说:"老丁你再仔细看,在塑钢窗窗外侧栏杆上,有一条长长的抓痕,连油漆都被刮掉了。看见没?这是非常奇怪的一条痕迹,出现在这里,不像是日常生活留下的,从抓痕方向和深度来看,倒像是坠楼时试图拼命抓住栏杆留下的。"

丁小兵探出头,看着余晨手机照亮的那根栏杆。由于风吹日晒,栏杆的油漆均已起皮,其他栏杆龟裂的形状很规则,唯独那根栏杆上的那条抓痕比较明显。丁小兵说,这也不能完全证明什么,小猫什么的小动物也会留下这样的抓痕。

余晨说:"是不能证明我的猜测,但我们可以把警察喊来。若想人不知除非己莫为,比如我们虽然看不见指纹,但刑侦技术终将证明一切。"

丁小兵说:"看不出来你还挺固执。"

"再比如,警察也有可能提取到脚印。"余晨说,"所以我们在室内要尽量减少走动,以免破坏了案发现场。"

丁小兵说:"这离案发都过去多长时间了,还脚印?你说得神乎其神,像真的似的。"

余晨说:"要不我们现在就报警,想要真相还不容易?"

丁小兵说:"明天一大早,我去码头看看,如果有通航的消息我们再联系警察也不迟。只是警察要来了我们未必能立即走得掉。"

"这好办。"余晨说,"如果明天轮渡恢复,我们等船靠岸,用公用电话打110。"

丁小兵说："你鬼点子多得很。还有两瓶啤酒,我们喝完就歇着吧,今晚我们都睡一楼,我睡沙发。被你说得有点恐怖啊。"

此刻,院外早已没有了声响,半掩的窗帘外也没有绚烂的灯光。昆虫的低鸣就像在他们房间的某个角落里,而远处的狗叫也是时断时续,不像以前那样连成了一大片。是落单的野狗发出来的吗?也许它嗅出了什么,是一个逃犯正奔向天罗地网?或者一个业余侦探发现了真相?还是江心洲的一个醉鬼正对着江水放声歌唱?

丁小兵给孙薙发去一条微信:"睡着了?"

孙薙很长时间没有回音,就在丁小兵以为他已经睡着了时,孙薙回复道:"还没有。"

丁小兵问:"你还记得你高中有个叫丁小兵的同学吗?"

"这名字有点印象,但已经想不起来了。"

"哦。"

又是一阵长时间的沉默之后,孙薙说:"其实我知道你想打听什么,我和妻子当年为了寻找一方净土,来到了江心洲。虽说平时也会为了一些小事拌嘴,但感情一直不错。那天晚上我救火回到家,两人在房间里因为一些琐事又吵了起来,吵完谁也不理谁,就各自睡觉了。谁知道老婆突然走到阳台,跳了下去……事发后我马上下楼查看,随后就报警了。"

丁小兵说:"事情好像没这么简单吧?"

孙薙说:"当时老婆就是从客厅搬着小圆凳走到阳台的,然后踩上圆凳,纵身跳下,但因为自己当时跟老婆赌气,蒙着被子睡觉,具体过程也没看到。"

"具体过程你没看到你怎么知道她搬了圆凳?"

"我猜的,因为圆凳一直在客厅放着的。"

丁小兵说:"方便视频通话吗?"

孙蕹说:"我父母都睡了,我怕吵醒他们。还是算了吧。"

丁小兵说:"好吧。你再想想你有个高中同学叫余晨吗?"

孙蕹说:"记不清了,自从我到江心洲后,这十年来我跟同学基本就没啥联系了,连同学聚会我都没参加过。不过也没人能找得到我。"

丁小兵说:"警察肯定能找到你。"说完加了个笑脸的表情。

孙蕹再次沉默了很久。他说:"你是警察。"

丁小兵愣了一下,想说自己不是警察,转而想了想,说:"你说呢?"

孙蕹说:"其实我已经猜到你是警察了。你来采访,我第一反应就坚信这是警方的策略,以采访的名义对我实施抓捕。"

"为什么要抓你?"

"我说出来算主动交代吗?"

"如果你能主动投案自首,我想量刑时应该会有所考虑吧。"丁小兵输完这行字,便喊余晨过来,说孙蕹要说出真相了。余晨喝了口啤酒,说:"我来看看。"

孙蕹说他和妻子结婚十多年,也不经常吵架,但每次吵起来都会很伤人。那晚吵架仅仅是因为一根香烟。

丁小兵说:"一根香烟也能吵架?"

孙蕹说:"那晚我在二楼卧室的阳台抽烟,妻子看到后让我不要在房间里抽烟,搞得一屋子烟味。我不以为然,也不是第一次在阳台抽烟了,再说那晚因为救火实在太累了,我觉得只要开着窗户就没事,于是继续抽烟。两人就吵了起来。"

"吵架,夫妻之间就算是打架,也不至于出人命吧?"

"后来她竟然诅咒我怎么不死在救火现场。我突然火就上来了,我架着她胳膊就要往二楼的阳台外推,整个过程中,已经半个身子翻出阳台塑钢窗的她,本能地用手紧紧抓住窗户外的栏杆。如果我冷静一下,这时也许还能挽救。"孙薙说,"当时自己气疯了头,不知怎么想的,用力掰开妻子抓住栏杆的手,我活生生掰开了妻子抓住栏杆的手,往下一推……之后,我下楼查看,见妻子口鼻出血,就赶紧回到楼上,先用抹布擦拭塑钢窗和栏杆上的痕迹,然后找来一张圆凳摆在阳台,造成妻子跟自己吵架后跳楼的假象。想好说辞后,我才打电话报了警。"

丁小兵和余晨互相看了看,没吱声。

孙薙说:"那晚直到天亮我都没睡,一直抱头痛哭。事情发生后,我一直给自己心里暗示,她是自己跳下去的,她是自己跳下去的……自我催眠时间一长,我觉得她真的是自杀,跟自己没关系了。原以为应该是天衣无缝了,没想到那么快,你们就找上门来了。"

丁小兵问余晨:"要不要告诉他我们不是警察?

"告不告诉他已经没意义了。在外人看来那么和谐的夫妻,谁能知晓这背后的荒唐呢?"余晨说着打出一句话给孙薙:"事后你觉得惊讶吗?"

孙薙说:"结婚十多年来,我们的日子远不是外人看来的什么岁月静好,而是光鲜外表下的暗流涌动。"

余晨对丁小兵说:"看到了吧?婚姻的道路远非一条平滑的直线,外表也极具欺骗性。当遇到某种困难谁都无力解决时,要么一起破解要么宣告结束。你不会对和你朝夕相处的人感到惊讶,而是惊讶于自己的处境是多么荒唐与无助。"

丁小兵对孙薤说:"那你们怎么不早点离婚呢?到底是你选择了委曲求全,还是命运弄人安排了你?"

孙薤说:"离婚?只能说是环环相扣。"

"天一亮去投案吧。"

丁小兵放下手机,从瓶子里搛起一只油炸麻雀,又朝余晨晃了晃啤酒瓶,说:"他这事情还真是我们想象的那样?但似乎又不是我们所想象的那样。"

六

"走吧,我们出去转转,在这房间里总觉得阴森。"丁小兵对余晨说,"连泥土散发出来的气味都带着点腥气。你闻到没?"

余晨说:"这是你的心理作用,也许明天我们就能离开这个鬼地方了。"

他们走上了江堤。江面有风,江水狰狞着不断击打着眼前的圩埂,对面市区绚烂的灯光正向不同方向投射,极不稳定,看起来仿佛舞台上一条条的光柱,射进无尽的黑夜很快又被黑夜吞噬。

"你有没有溺水的经历?"余晨问。

"小时候有过。那次放学后为了抄近路想蹚过河,谁知走到河中央时我就漂起来了,可能是下意识,连救命都没来得及喊。嘴一张开河水就蜂拥而来,情急之中咽下的河水更多,一下一下地我仿佛要坠入河底。心脏的压迫感慢慢深入大脑,手脚却一直在扑腾,希望哪怕能借一丁点儿力。我记得很清楚,时间的流逝感一点一点被拉长,知觉被疯狂的河水吞噬,最后像光一样消失。"丁小兵说,"当然咯,后来我被一个放牛的大伯给救起来了。"

余晨说:"你当然没死。我小时候,去奶奶家需要半天时间,虽然就在河的对岸。后来村里在河面上搭木桥,搭了几次断了几次。有天傍晚,天刚黑,看不清人的脸。搭桥的木匠喊了一声'喂',过路的人应了一声。第二天桥就接上了并且再也没断过,据说那个应声的外乡人回去后没几天就死了。这种听我奶奶说的故事无比恐怖啊。你想想,孙蕹的老婆在那一瞬间一定恐惧百倍。"

丁小兵说:"是的,我能想象得出来。你看孙蕹和他老婆,其实不仅是他俩,更多的人总是不可避免地陷入各种困境之中,比如,感情与家庭以及工作与现实的不停纠葛,没有人会主动放弃,死缠烂打之后连自己都不认识自己,却依旧不停手反而乐在其中,认为这才是人活着的唯一价值所在。"

"没错。"余晨说,"真正使你感到疲惫的正是你所追求的东西,而追求带来的幻觉始终是永恒的。我不太了解女人,就拿咱们男人来说,在女人看来,男人就是一种让女人无法理解的动物。"

"动物?"丁小兵说,"好吧,人都是动物,高级动物。"

余晨说:"男人在得到某个女人之前,可以呈现出一种令人难以置信的温顺一面,但是当他得到她以后,便会不自觉地漠视对方的需要与关心。不是说男人这种方式好或者不好,男人似乎本来就是这样一种动物。"

丁小兵说:"有道理,但是男人还有另外一面,当他在热情下降的同时,也会经常琢磨,然后这个男人有可能会从最初的面貌,转为意想不到的另一个人。"

两个人漫无目的地走下江堤,同时回头望了望江对岸。汽车大灯快速移动着,像是无数个小灯笼若隐若现,更像是成群的萤火虫在森林里舞蹈。路过轮渡值班室时,他俩发现室内亮着灯,靠近一看里面有几个人正准备散会。丁小兵进去递了一圈香烟,询问他们复航的具体时间。

余晨站在门口抽烟。丁小兵从值班室出来,挥着手喊他去喝两杯。余晨问:"有消息了?"丁小兵说:"不仅有消息还是确切消息——明早就通航了!"

余晨说:"那太好了,我恨不得现在就通航。"

丁小兵说:"知足吧,停航也才两天而已。"

可能是比较高兴,他俩走路速度快了不少,而且是直奔大街而去。大街上除了昏暗的灯光就是路边凌乱的垃圾,不过,当他们赶到那条巷子时,巷子里是一个人也没有。那家小饭馆人去屋空,硕大而丑陋的"拆"字,连同一个圆圈,红彤彤地刷在大门边的墙面上。

丁小兵退后几步,没错,这就是今晚他们来吃饭的小饭馆,怎么会瞬间就要被拆除呢?连门口老汉的那口大锅也都消失不见了。他问余晨:"晚上我们是来这里吃饭的吧?"

余晨说:"昨晚来的。今晚没来。"

"今晚没来?怎么可能?我们今晚吃的啥?"

"在街上买的卤菜,鸭膀、鸭爪、牛肉、猪蹄、一瓶油泡麻雀还有兰花干。怎么了?另加六瓶啤酒。"

丁小兵奇怪了,但余晨如此具体的回答,让他对自己的记忆产生了怀疑。可是他明明记得今晚是和余晨在这里吃饭的。他相信记忆有时会出现偏差,但今晚的记忆是清晰的,怎么被余晨这么一说,又显得暧昧而模糊,仿佛此刻街角的暗影了呢?

"走吧,都关门了,我们也回去歇歇。"余晨转过身说,"孙蕤的冰箱里还有啤酒和饺子,饺子就酒,越喝越有。走吧。"

快走到孙蕤的小二楼时,丁小兵问余晨:"我们出门时灯关没关?怎么现在是亮着的?"余晨说:"你今晚是典型的神志混乱受刺激了。走的时候根本就没关灯,你不会现在就老年痴呆了吧?"

丁小兵正准备说什么,却发现余晨跟河马似的张着嘴巴。丁小兵仔细一看,那个老妇女,余晨的前丈母娘正站在院门屋檐下。灯光下,她脸上的褶子挤在一起,像一个冰凉的包子,她系着一条大红色围裙,穿件类似乔其纱面料的上衣,猛一看跟开黑店的差不多。

余晨往后退了几步。她向前迫近一步,摇晃着的脑袋像是一个西瓜滚到了桌沿。她指着余晨的鼻子喊:"小余,你以为你能跑得掉?"

丁小兵往右边让了让,正准备劝说几句,却见余晨迎上前去,掸掉她的胳膊,说:"我现在是老余了,这大半夜的你堵在门口有啥事?张狂什么?"

她说:"你这王八蛋毁了我女儿一辈子,偷偷离婚自己倒逍遥快活!"

余晨说:"什么叫我偷偷离婚?离不离婚关你啥事?"

她说:"你鬼点子多,阴险狡诈,骗我女儿离的婚,不要以为我不晓得!"

余晨说:"你自己去问问你女儿,到底是我的原因还是她的原因。"

丁小兵拉过余晨说:"你让她问自己的女儿不是白搭吗?"

余晨点点头,对她说:"你总盯着我不放有意思吗?"

"有意思。"

"有啥意思?"

"你没有赔偿我的损失!还有,我想知道你为什么不要我女儿了?"

"跟你说了不是我的原因。"余晨气呼呼地说,"你的损失?你有什么损失?"

"我把女儿养这么大,你说不要就不要了?"

"你要多少?"

"你现在有多少?"

"八千。"

"现在付清我们两清。"

"在支付宝里取不出来。"

"我有支付宝。"

丁小兵拽了拽余晨的衬衫下摆。余晨说:"好,我现在转给你!"

一分钟不到转账成功。余晨的前丈母娘的笑声响彻夜空,飞越村庄飘过江面,瞬间不知所终。

丁小兵打开院门,对余晨说:"你疯了吧?"

"风吹鸡蛋壳,财去人安乐。"余晨补充道,"破财消灾!"

走进屋内,丁小兵翻了翻装卤菜的塑料袋,还剩了点鸭膀、鸭爪和牛肉。他打开两瓶啤酒,递给余晨一瓶。

余晨嚼着一只麻雀,含混不清地说:"你知道门当户对有多重要吗?唉,其实我过的就是双重生活,也许还是四重或者多重生活。我对自己清楚得很,因为我每天都在经历自己的生活,我估计你也跟我一样,在生活的某个点上,我们都会变得非常固执和任性。比如刚才这件事,其实你心里是支持我这么做的,多一事不如少一事,能用钱摆平的事都不是事。"

"你丈母娘对你念念不忘啊。也许你的丈母娘一看到你,便自动打开了身体里的某个开关,然后在脑子里自动生成将你视作敌人的程序。她就是有准备而来的,但真相我猜不到。"丁小兵说,"不过没关系,人们在熟悉的人面前或者在自己的居住地时,行为举止都还说得过去,但到了陌生的地方很快本性就会暴露无遗。俗话说,人在外地出丑不必顾忌。"

余晨说:"听你说的怎么像是在嘲笑我呢?不过现在的老年人真是搞不懂,越活越年轻似的,倒是我们中年人越活越像老年人。"

丁小兵说:"老年人并不是从以前开始就一直都是老人,况且老人也有各式各样的老人。当然,我们平常认知里的老人,前提和基调都是善良的,是弱者的形象。但我们反过来想想,在监狱里混成老人的人也不会少吧,比如孙薤,如果事情真如我们判断的那样,那么等他出狱也是个老人了。"

余晨说:"我现在就感觉自己是个老人,也越来越感觉到女人不那么要紧了。我一直对自己说,我现在的老婆要是提出离婚我立刻离,但我目前一丁点想要和她离婚的想法都没有。如果不是如此,我干什么都可以,可是干什么都可以了,生活就会变得无趣。"

"对啊。"丁小兵说,"我也是这样想的,比如足球为什么那么多人喜欢? 还不是因为有比赛规则的存在才有趣? 没了规则是不可想象的。"

两个人打着哈欠,喝着啤酒。夜的墨色正在变枯。

酒精带来的兴奋总是很短暂,疲倦才是最后的归宿。今晚发生的事情太多了,再加上天亮就能离开江心洲的满足感,时间就滑到了凌晨。窗帘缝隙间开始泄入一点点不易察觉的灰色微光。

余晨靠在床上睡着了。

丁小兵玩了会儿手机,给孙蕹发去一条微信,告诉他明早就去投案。等了一会儿,孙蕹没有回复。可能早就睡着了吧,丁小兵心想。然后他点了"手机管家",开始清理手机内存和垃圾。很快,他躺在沙发上也睡着了。

七

丁小兵先是听到暗夜里有压抑的说话声,深不可测的巷子里有一群人在奔跑。他和余晨左躲右闪才走出深巷,大街拐角处他俩的影子蜷缩在他们双腿间的前方。他俩朝后退几步,对着那家小饭馆喊:"孙蕹孙蕹! 孙蕹……孙蕹!"

那些声音消失得很快,室内的光线却越来越饱满,乃至充盈于窗帘,笼罩住整个房间。有送牛奶的在楼道中的脚步声、奶瓶碰撞声、鸟鸣和早起之人的咳嗽声、洗漱声、汽车喇叭声……一直到无所不在的喧哗。

丁小兵还没留神，就醒了。他想了想，但什么都没记起来。眼前是院子里的绿，他知道天还会黑下来，这没啥奇怪的，因为这早已成为定局。此时，兴奋、惶恐和期待全都消失了，他觉得世间如此正常又是如此荒诞，可以想象的东西都可以梦见，最离奇的梦境也是一幅美丽的图画，其中隐藏着欲望，或者隐藏着恐惧。欲望与恐惧这二者之间一定有秘密的交流与交叉，欲望里隐藏着恐惧，恐惧又造成对新的欲望的无限憧憬，以至于连梦都找不到了痕迹。

余晨正在刷牙。丁小兵看了看手机，有条孙蘸的微信消息。孙蘸说他得到了最新消息，今天早上轮渡恢复，中午请他到市区吃饭顺便再多聊聊。最后一句是问丁小兵："投案？谁投案？为什么投案？"

丁小兵很奇怪，他对着镜子看了看自己，然后回复道：昨夜你不是承认你老婆是你推下楼摔死的吗？

孙蘸说："怎么可能？警察到我家里来了好几次，现场勘查得出的结论是自杀。我不是告诉你了吗？她有抑郁症。那晚救火之后我浑身虚脱，就悄悄回家了。回去后还洗了个澡，很快就睡着了。没承想她突然走到阳台，跳了下去，我被巨大的声响惊醒了，马上下楼查看，随后就报警了。"

"我马上订个饭店，"孙蘸补充道，"到时我发定位给你。"

丁小兵在房间里走了一圈，余晨对丁小兵说："你昨晚睡觉喊什么喊？一晚上就听你叫唤了。"

"昨晚我们干吗了？"

"啥也没干，吃吃喝喝然后就睡了。又做梦了？"

"梦也未必全是假的。"丁小兵说，"走吧，轮渡今早恢复通航了。"

余晨说："你怎么知道的？不管怎样赶紧离开这鬼地方。"

丁小兵和余晨锁好院门，把钥匙用塑料袋包好，埋在院门围墙外的第二棵榆树下。此刻，摇摇晃晃的阳光下有一层薄薄的水汽。那片水田后面的村庄，正被轻薄的炊烟氤氲着，炊烟由于潮湿而难以上升，只能在地上爬行。村庄就像沉睡在薄雾之中，没有狗吠，十分安静。

码头上人和车很多，值班室的外墙上贴着一张新告示。丁小兵拎着那瓶油泡麻雀，余晨在他身后几步远，他们平静地等待着头一班渡轮的到来。丁小兵抬头望着江面上的天空，虽然雾蒙蒙的，但眼前的景物全都清澈透明，就像一阵劲风吹散了盘旋着的那团乌云。

丁小兵没睡好，昏昏沉沉的，他一直在努力回忆出孙薙高中时的模样，他只记得那是个个子不高、皮肤黝黑且不爱说话的男孩，但长相始终勾勒不出来。后来他对自己产生了怀疑，也放弃了回忆，也许要不了一个小时他就能面对面与孙薙坐着了。

丁小兵感觉江水正在缓慢升高，他注意到一片树叶掉落在眼前的江面上，他想，此刻世界上应该有成千上万片树叶被风吹落。它们都像是一场预告，呈现出一个渐变过程，以及世间万物最终的面目。

很快他就看到了一艘新渡轮。虽然船体簇新，但它已是一艘塞满小货车、摩托、电瓶车和人群的超级大货船。它正从对岸驶来，像一把锋利的菜刀刺开了江面。而江水在它后面又合拢起来，泛起的白沫渐趋减弱、消退，直至恢复其变幻不定的鱼鳞光泽。丁小兵知道有什么即将发生，但它还没有真正发生，他在等待。

一群人敲锣打鼓往码头走来，最前面的人举着一面硕大的锦旗，上面的烫金字一时看不清楚,热闹的程度像是在欢送丁小兵和余晨离开江心洲。地上几只无所事事的麻雀受了惊吓,扑棱着向江面飞去。

余晨从口袋里掏出烟盒,抖了两下,说:"烟不欺人,恰好剩两支。"丁小兵接过烟,对余晨说:"你看那棵榆树下面站着的那个人,就是那个……抓着绳子从那棵大树后正向你走过来的那个老妇女。"

余晨转过头,说:"哪个?"

■　所有事物的尽头

一

　　只要天气正常,丁小兵每天都会与自己的泰迪犬一起,在小区里遛上一个多小时。但今天一直在下雪。入冬以来的第一场雪,总是下得很急,像是从地面往上喷,直奔苍天,让他心慌。直到傍晚,雪花才显露出疲态,有了减缓的趋势。

　　《新闻联播》风雨无阻地开始了,或许是门窗紧闭的缘故,新闻片头旋转的地球令他头晕。那条叫"花生"的泰迪犬趴在垫子上,一动不动,它已经八岁,算是条老狗了,此刻它眼神忧郁,像个哲学家那样陷入了无边的沉思之中。

　　丁小兵用手擦了擦窗户上的雾气,可窗外的路灯光并没有更加清晰,反而因为蜿蜒的雾水变得扭曲。他索性打开窗户,此刻,小区路灯的光晕下,雪花下落速度已经明显变慢,它们懒洋洋地经过一小片光亮,再次坠入黑暗之中。

　　冷风吹进来,"花生"立即站起,兴奋地绕着丁小兵的腿叫了几声。《天气预报》片头已经出现,想必那几个朋友今晚是不会来了。他的这几个朋友成立了个"夕阳红联盟"，年龄都在五十上下，经常在他家里喝酒，而且一喝就喝到凌晨。他们固定的人数是三个，偶尔也会增加一两个人。虽然他们是标准的中年人，也都不再认为自己还具备影响世界的能力了，但他们的言谈之中，依旧时常闪现出破晓的光芒。

丁小兵耐心等到《天气预报》播完，才抓起羽绒服准备出门。"花生"早已按捺不住，抢先冲到门口，呼哧呼哧边喘气边摇着尾巴看着他。

穿上鞋子，套上狗绳，丁小兵与"花生"出了门。

不算太冷，雪不时从樟树枝杈间落下，发出扑簌簌的声响。小区地面的积雪还没被人踩过，显得干净而松软。看看周围没人，快到知天命年纪的他，松开狗绳，像条小狗一样在雪地里来回飞奔。他不时闻闻压断的樟树枝散发出的淡淡香味，又仔细听着自己与积雪摩擦带来的寂静之声。

绕着小区小广场只跑了三圈，丁小兵就跑不动了，"花生"却依旧撒着欢。他走到石凳前，扫去覆盖着的一层薄雪，又从裤兜里拿出一个塑料袋铺上，坐了上去。只抽了一根烟，屁股就凉得不行，他只好站起身，靠在一副双杠上。

他抬起头，看见一架飞机闪着灯，正掠过黑色天空。他很奇怪，这样的天气还有航班在执飞。

正琢磨时，他就看见了那个女人。

女人穿着一条宾馆服务员特有裤型的黑裤子，上半身挺得笔直，穿件暗红色的羽绒服，与消防车的颜色很接近，走起路来颇有林教头风雪山神庙的气势。等女人走到跟前，丁小兵才发现她是隔壁单元的邻居，一条咖啡色的泰迪在她脚边蹦蹦跳跳。虽说是邻居，但他俩从未说过话。

他朝她笑笑，她抬起头，有气无力地看了他一眼，目光又转向她的泰迪犬。她继续向前走，目光深邃幽暗，像一只锦衣夜行的猫，很快就消失在白与黑的缝隙中，只留下清冽的洗发水味道。

丁小兵的电话就在此时响起。电话是"夕阳红联盟"盟主林如海打来的，他告诉丁小兵，鉴于大雪已停，今晚预定的饭局照常进行，他们马上全部过来，三个人。

丁小兵知道他们吃饭从来没有准点，有时上午十点就开喝，早饭午饭晚饭甚至夜宵，统统一并解决。好在这种情况越来越少，以前他和他们三个人是一天接着一天喝，越喝越神清气爽，喝倒了无数的小饭店和不断前来挑战的陌生朋友。现在一星期只能偶尔喝一顿，连续作战已是美好的回忆。

可能还是下雪刺激了他们。丁小兵挂掉电话，牵着"花生"往回走。

二

丁小兵住一楼，有个不太大的院子。他很庆幸自己有这样一个院子，带院子的一楼，目前也只有老小区才有。现在新建小区的一楼基本没有院子，就算有也被美其名曰"入户花园"，而且都被开发商圈进售房面积了。

两年前，丁小兵妻子因病去世，目前儿子大学毕业，正在外地所谓"艰苦创业"。他一直劝儿子回来在本地找个工作，但儿子不愿意，说是为了理想趁年轻要努力创业。丁小兵年轻时也有这种强烈想法,总想出去轰轰烈烈干点什么,现实是他从未离开这座城市。他曾经沉默了很久,才对儿子说了两句话:第一句是人完全可以不必有理想,有理想太累;第二句是工作完全不必努力,能应付过去即可,所谓创业不就是想多挣俩钱吗?

说完这两句,丁小兵又补充了一句:吃亏要趁早,年轻时犯错不一定是件坏事。

补充的这句,丁小兵有着深刻体会。妻子活着时,随着年龄增长,他对她的依赖越来越大,特别是儿子上大学的那四年,他和妻子简直就成了"空巢老人",有时回家见不到她,他总会急着给她打电话。他们也不知吵过多少次架,但每次很快就和好了,就像是用筷子在水面上划过一道。现在,妻子的影像时常异常清晰地浮现,满载着点点滴滴的记忆,就像她早已成为这个房间的一部分。他们曾坐在这里,亲密、争吵,从彼时到此时,直至离别的一刻。

年轻时的丁小兵与现在恰恰相反,整天与一帮朋友混在一起,婚后也没有收敛。他曾在一个大雪之夜喝到天亮,路边雪地里插满了他们的空啤酒瓶。天亮的那一刻,丁小兵虚脱般站起来,一声长叹,无边的苍茫束缚着他。他第一次感受到自己的软弱无力,远方白茫茫一片静止在眼前,毫无细节,一如他已经挥霍过的生活。

从那天早晨起,他决定回家,要努力为妻子和即将降临的孩子做出贡献。成年人的生活状态并不都是无所事事和疲沓的,在进入热爱生活的境界后,是有无奈,但更多的是给自己带来了世俗的快乐,是在面对世事时的精明和练达,也是面对命运时的犹豫不决。这两种情绪交替或同时出现,让丁小兵的年龄越来越大。

妻子去世后,当再听到有同学去世的消息时,丁小兵觉得这个世界似乎也没什么值得忧虑了,旧朋云散尽,余亦等轻尘,反而平添了一份活着的理由。随后他的单位也因去产能的宏观政策,让他主动办理了居家休养。现在他只等着到了年龄去办个退休手续完事。

好在年轻时丁小兵学过厨师,这让他心里没有多少离职休养后的惶恐。他仔细打量过以后的生活,没有什么比做自己想做的事情更重要了。他对"夕阳红联盟"说,一个人在做上自己喜欢做的事情之前,总得做许多自己不喜欢做的事情。从现在起,生活即将让他变得更愉快。

愉快是从装修开始的。他把院子整饬了一番,买来彩钢瓦,搭了间简易的棚子,批发了几十箱白酒和近百箱啤酒,又采购了些调味品和干货。老房子的唯一缺陷就是客厅很小,他把一间卧室清理出来,简单粉刷一遍,摆了张圆饭桌,自己在家开起了饭店。

当然,一张桌子是开不起来饭店的。丁小兵是这样打算的,他称之为"小饭局",每天只接受一桌预订,饭钱三百、五百、八百皆可,上不封顶。说好人数与价格,到饭点就来吃。但酒水不免费提供,丁小兵知道来吃饭的都是熟人,他们吃菜有限,喝酒却无限,加份油炸花生米就能从中午喝到天黑。

丁小兵的手艺不错,几乎天天有朋友来,三五个人付上三百元足够。有时朋友也把他拉上桌,这时他就会免费送两个菜,比如因为今晚大雪而推迟到来的"夕阳红联盟"。

今晚的菜丁小兵早已准备好,蒸笼里蒸着糟鸭和蹄髈,红烧小杂鱼和牛尾巴火锅点个酒精炉子即可,还有一盘凉拌西芹、一碟花生米和油渣青菜。

菜刚端上桌,敲门声伴着泰迪的叫声一同响起。

三个人跺跺脚,各自从肩膀上卸下一箱听装啤酒,又拍拍身上的积雪,歪歪扭扭站在门口,一副风雪夜归人的模样。

感应式走廊灯在门关上的那一刻,恰好熄灭。丁小兵说:"三箱啤酒你们能喝得完?"

林如海说:"你加入,应该差不多。"

袁尚说:"庆祝第一场雪,啤酒说不定还不够呢。"

"不够我去买。这从来不是问题。"李忠说完就"嗖嗖嗖"用钥匙把封箱纸全划开了。

丁小兵对这三个人再熟悉不过,都是二十多年的朋友。林如海九十年代辞去公职,怀揣二十多万资金下海经商,起初风光无限,但好景不长,很快千金散尽,女秘书也弃他而去。他前年租了个小门面,做做字画古玩之类的生意,他相信"千金散尽还复来"这句话。李忠常调侃林如海是一代儒商生错了时代。

菜好酒好,窗外的雪也很应景。四个人先是交换了一下各自近况,结果发现近况都差不多,没什么重大变化。这样一来,大家都很高兴,从慢品改为痛饮。

他们前半小时吃得生猛,后面就吃不动了。后半程主要是抽烟喝酒,偶尔剔剔牙。

丁小兵看着他们,作为掌勺,他有责任让每个客人都吃得高兴,他起身拿了块豆腐,又加了些牛尾巴,倒进火锅。丁小兵继续坐下来,他不知道他们头是不是痛,只瞧见他们各自紧紧握着手中的酒杯。

"不能喝如何能扛得动这又苦又累又长的岁月啊?"林如海叹了口气,把箱子里的每听酒罐都拎起来捏一遍,又叹口气说,"就剩三个了。"

丁小兵抬眼看看窗户,外面黑黢黢的。

李忠说:"我去买。"

三听刚喝完,突然"咣当"一声,一箱听装"三得利"啤酒砸进门来,滑落在地板上。李忠趴在门外,浑身黄泥,下巴搭在箱子上,一手紧扣住纸箱,一手抠着地砖缝,奄奄一息。他说,跑了五公里,总算买到了。一人辛苦三人得利。

"跑那么远就买一箱?是不是没钱了?"袁尚问道。

"不是没钱,是就剩一箱了,就剩一箱了。顾大嫂还拒绝送货。"

"你看见顾大嫂了?"袁尚边急切开酒边问。李忠很兴奋,抖抖棉衣,闷了一罐三得利,说:"刚才是碰见顾大嫂了。"

"她在干吗?"

"她现在发达了。"

"做什么生意?"

"在开小店。"

"哪个顾大嫂?你们都认识?"丁小兵问。

"不认识。"

"不认识你们搞得像很熟的样子。"

"店名字叫'顾家杂货店',所以她是顾大嫂。"李忠说,"半夜不送货,看来她是很顾家。"

　　林如海说："她没劫你道就很给你面子了。"

　　袁尚说："我记得孙二娘是开酒店的。"

　　"孙二娘开的是黑店。"丁小兵说。

　　再往下喝就进入演唱环节。从邓丽君到莫文蔚,从德德玛到张学友,每一个他们知道的歌星都不放过。李忠唱完,搂着箱子睡去了。林如海终于摸着了半截调子,但没等正式开唱,就一头栽到桌上。

　　袁尚嘴角挂着一串白沫,像是螃蟹爬上了岸,他正在"花生"的狗盆里,艰难寻找着残余的骨头。他拎起一块骨头,对着灯光瞅了瞅,嚼了嚼,最终向后倒在椅子上,失去了最后的力量。"花生"从卧室冲出来,冲着他叫了几声。

　　中年男人其实并不可怕,而是很可怜。丁小兵看了看时间,已近凌晨三点了,地面上洒落的啤酒此刻已经结冰,踩上去有冰碴儿碎裂的声响。

　　丁小兵做了个梦。

　　他梦见在一家叫"春天"的咖啡馆里,自己和一个个子比他高的女人见面。灯光柔和,气氛刚好。女人穿着件淡蓝色的大衣,皮肤白皙,说话时喜欢嘟下嘴巴。那时他们毕恭毕敬,她陷在长沙发里,白色的袜筒上有个小动物的图案。后来,他坐在沙发的转角,她拿着又厚又大的菜单翻看。不知何时她换了身衣服,是军装,不是很笔挺的礼服,是迷彩作训服,英姿飒爽且妩媚动人。她一直凝视着他,而他却永远无法看清她的模样。她让他觉得无比亲近,他却并不认识她。他们相隔很远,他还是努力抓住了她,并一把抱住她。她坐在他的身上,他却无法真正坚硬起来,就像他的心。

　　醒来时已是清晨五点多,床头钟泛出的光像血一样鲜红,厚厚的窗帘外是积雪映照的浅白。丁小兵站在房间门口,那三个朋友早已不见,也不知道他们是一起走的,还是各自散去的。满地都是空易拉罐,踩上去"哗哗"直响。他收拾好残局,带着"花生"出了门。

　　天空还是阴沉沉的,小区道路上有车辆碾压过的痕迹,路面上的积雪有部分呈现出黑色的泥状。

　　丁小兵慢腾腾往菜场走去。刚走进菜场,他就听见有人喊他。他看见"夕阳红联盟"的两个人,正在早点店里朝他挥手。

　　李忠和袁尚正在吃馄饨,每个人的碗里都漂着厚厚的一层白胡椒。眉毛、胡子上也都挂着薄薄一层霜,像是脸上没被抹匀的雪花膏。

　　"看来你们的确是喝多了。"丁小兵说,"你们还没回家?林如海呢?"

　　李忠说:"刚从你家出来,吃碗馄饨解解酒。"

　　"照这么个喝法,我们也喝不了几顿了。人生就是喝一顿少一顿。"袁尚说着又拿起胡椒粉瓶,朝馄饨碗里使劲抖了抖。

　　"我问你们林如海呢?"

　　"林如海?哦,哪儿去了?"袁尚问李忠。

　　"林如海掉窨井里了。"

　　"掉窨井里了?"

　　"就是菜场门口那个窨井,插着个竹竿,竹竿上面飘着个红塑料袋。"李忠说,"你刚才路过没看见?"

　　丁小兵想起刚才的确是看到那个缺了块盖子的窨井。他问:"那他人呢?"

袁尚说："我们边吃边等他自己爬上来。我问过了,老林说不用我们帮忙,他自己能爬上来。"

说话间,林如海一身淤泥走了进来。李忠问他怎么搞到现在才爬出来,他回答说他沿着下水道走了一段,顶开了另一个窨井盖爬了出来。

"下水道里有黄金? 怎么没淹死你?"

丁小兵看看林如海,还是那副德行。看来没什么大碍,他陪他们说了会话,正准备起身去买菜,却看见隔壁单元的邻居,那个女人,正朝早点店走过来。

丁小兵再次坐下。

女人的皮肤保养得很好,眼角细密的鱼尾纹更显风情万种。她还是牵着那条咖啡色的泰迪,买了三两锅贴、两袋豆浆,转身走了。

等她走远,林如海说："那个女人我知道,是你们小区的,入选过小区'好人好事'的评选。我印象中,好像看过她的材料介绍,好像是'70后',但没细看。"

丁小兵说："你怎么知道我在看她? 吃你的馄饨吧。买菜去了。"

三

"套马的汉子,你威武雄壮……"小广场上传来音乐声,那是雷打不动的广场舞时间。丁小兵每天早上买完菜,都要听着音乐琢磨一番广场舞在群众文化建设中的地位和作用,并试图阐述一下集体主义归来的重要性。

跳舞的老年人居多,他们已经不能跳舞,只是动动胳膊动动腿,也有为数不多和他年纪相仿的女人。每次从小广场经过,丁小兵都能看到那几个女人被老头们围在中间,有她们在,老头们跳得更认真,动作整齐划一。远远看去,小广场上并不是在翩翩起舞,更像是在进行队列训练。

丁小兵喜欢看着他们。小时候他也喜欢跟着大人们看,人潮涌动,他挤在中间动弹不得,伸长脖子瞅。

"胸脯挺大!"大人们小声说。丁小兵听得似懂非懂。

"小嘴长得还不错!"大人们压低嗓门,"嘿嘿"笑着。他更不懂了。他只觉得她们长得都那么好看,为什么要低着头站在台上?

现在,她们昂起了头,伴随音乐全力扭动腰肢。周围依旧是人群,似乎一切都没什么改变。丁小兵也没改变,他坐在小广场边长廊的石凳上,看着她们。

准确地说,丁小兵每天到这里来,是想看看他移栽到长廊边树丛里的那株兰草。他之所以每天都要来看看,是因为他想知道兰草移栽后到底能不能成活。

兰草是妻子从朋友家要来的。据说她朋友家阳台内遍布花草,阳台外也是一圈花架。妻子喜欢这种生活方式,美其名曰"绿色有氧"生活,于是自家院子里也慢慢变成了花房。丁小兵不反对花花草草,但她经常去朋友家里探讨养花秘诀,她那个朋友据说是个离异多年的男人,丁小兵嘴上不好说什么,心里却有些不痛快。他知道幸福的人更容易出轨。

他的女邻居也在其中跳舞,阳光照在她身上,形成一幅光彩交错的地图。她表情严肃,只是匆匆跳上十分钟就离开。丁小兵看见那几个老头试图向她靠拢,而她异常警觉,像是蹑手蹑脚潜伏在草丛中的蛇,不等他们靠近,她就蜿蜒滑行而去了。

其中有个年纪很大的老头,戴着帽子,总是远远看着她。他不跳舞也不说话,一般人很难察觉他几乎天天跟着她。有时女人会和这个老头说几句话,很短很快。丁小兵听不见他们在说什么,只看见她像是在敷衍。

丁小兵站在长廊上。长廊石柱上的水泥,有很多地方都剥落了,那种不规则的形状像是广场舞老头们脸上的老年斑。他俯身寻找着那株兰草,兰草还在,只是叶片末端微微有些发黄、卷曲。

他不知如何处理,四下看了看,然后牵着"花生"往回走。

快走到楼下时,丁小兵松开绳子。他看见一个中风的老头正歪斜着身子在努力练步,另一个老头穿着棉背心从练步的老头身边慢慢跑过。

"哟,你跑得蛮快嘛。"中风的老头磕磕绊绊地说道。

"我跑得快吗?"

"跑得快,比我跑得快多了。"

"我跑得够慢的了,但肯定比你快,你只能叫学步。"说完,穿背心的老头精神抖擞继续朝前跑去。那个老头仍在坚强向前挪动着脚步。

这两个老头丁小兵都面熟,以前他俩经常在小广场上下象棋,有时相互不服气,能纠缠到天黑。中风的老头喊着,叫门口那个大药房换个曲子,天天搞大回馈也就算了,也不换换曲子,天天《感恩的心》,好像社会上的人都有病似的。

但那个老头没听见,头都没回继续向前慢跑。丁小兵看着他俩,犹如看见了自己的未来。

他也非常讨厌大药房整天循环播放《感恩的心》,偶尔听几遍还行,反复播放确实让人无法忍受。他对那个老头说:"我帮你去跟大药房交涉一下,为民除害。"

走进大药房,丁小兵对服务员说:"你们能不能换个曲子播放? 我就住前面不远,天天免费听,谁也受不了。搞得我们这个小区像没人懂感恩似的。"

"你来得正好,我们早就受不了了。你快找我们店长。"服务员面露喜色。

"店长呢?"

"她不在。"

"那你回头告诉她,再不换曲子,居民就报警了。"

"好的,这话我一定给你带到。"

刚走出药店没多远,音乐戛然而止。丁小兵一愣,猛然间有点不习惯,耳畔依稀还萦绕着《感恩的心》。

他回过神,"花生"正和一条咖啡色的泰迪犬追逐嬉闹,玩到高兴时还在草地上互相撕咬、打滚。他刚喊了声"花生",就看见那个女人站起身向他走来。

丁小兵说:"这是你家的泰迪?"

女人说:"是呀。"

"你家的几岁了?"

"才两岁,疯得很。"

"哦,我家的八岁,老狗了。"

"是吗？那有空一起来玩呀。"

她的口音很重，丁小兵听出她应该是东北人，一张嘴丁小兵就听出来，尤其是最后一句"那有空一起来玩呀"。丁小兵早已习惯了自己跟自己玩，他认为只有自己玩才能玩得高兴。但她还是需要跟别人玩，一起玩。即便如此，他还是听得心潮起伏，搞不清是两条泰迪一起玩，还是他俩一起玩。

丁小兵说："我看你挺面熟。"

女人脸上微微一红："其实我们住一栋楼，而且都是一楼。"

正说着话，丁小兵看见那个戴帽子的老头走了过来。女人拽拽狗绳，说："我先回去了。"

那个老头跟在女人后面，进了同一单元。丁小兵想了想，没想起他是几楼的老头。

中午时分，"夕阳红联盟"副盟主李忠打来电话，说晚上订一桌，按五百元标准弄。丁小兵问："最近手头宽裕了？"李忠说："宽裕个屁，口袋就剩两块五毛钱了。不过你放心，今晚肯定有人埋单。"

"行，那我再去趟菜场，给你们整几个硬菜。"

"硬菜不必，啤酒要多准备点。有白酒吗？"

"有。管够。"

"那就行，晚上再告诉你件事。"

整个下午，丁小兵都在热气腾腾的厨房里。他买了两个老鳖，开水烫去老鳖壳上的膜，洗净切块，葱姜切丝，料酒、生抽、老抽、盐、白糖翻匀，再配上几片火腿和焯水后的冬笋，文火慢炖。鲈鱼洗净，等他们快到时上笼蒸八分钟即可。再红烧个黄鳝，切盘牛肉。羊肉家里一直都有炖好的,加些烫菜配个火锅就行。油炸花生米是现成的,盛上一碟撒把盐完事。这些菜基本也就够了。

"花生"趴在饭桌下,偶尔走动走动。丁小兵扔了块羊肉给它,然后点支烟,静静地看着它。

它的确是老了,不再像小狗那样调皮好动。看着它,丁小兵觉得自己也是活着活着就活进了僵局。就像"花生",世界已经拿它没有办法,不会有人把它偷去,也不会有人把它贩卖,只能把它交给时间去处理了。

门外有人走动的声音,"花生"站起来叫了一声。来的还是三个人——李忠、袁尚和一个染着黄头发的男人。

丁小兵问:"林如海呢?"

袁尚说:"坐下来跟你慢慢讲。"

"你也坐。"李忠指着"黄毛"说,"这是林如海的学生,章南遥。"

"叫啥?"丁小兵听岔了。

"章南遥,立早章,南京的南,遥远的遥。是林老师学生。"章南遥解释道。

"你看上去很像新当选的美国总统啊。"丁小兵笑了,"你自称老林的学生,照这么说,那我就是你师伯。"

"好,那我以后就喊你师伯。"章南遥狡黠之中透出一丝谦虚。

丁小兵连忙摆手:"开玩笑的,都是兄弟。"说着又问李忠林如海跑哪里去了。

"是个坏消息。"李忠说,"那天掉窨井里后,他浑身疼,跑医院里做了个全身检查,结果查出个食道癌。万念俱灰之下直奔漠河,打算自我了断不回来了。"

　　袁尚说:"手机一直关机,打不通。"

　　"漠河? 他家里人晓得吗?"

　　"我们哪敢去问呢? 路见不平,绕道而行。"

　　丁小兵边起菜边说:"你们先喝,还有两个菜马上就好。"走进厨房切牛肉时,他差点切到手指。

　　丁小兵给自己开了瓶啤酒。他们也没再说林如海的事情,只是不停回忆着林如海曾经干过的好事。

　　章南遥正在用指甲钳剪胡子,发出连续的轻微的"叭叭"声响。丁小兵看了他几眼。章南遥手法纯熟,左手轻推下巴,右手的指甲钳及时跟进,一紧一松之际几根胡子就落进了左手。最后左手沿着上嘴唇从左到右摸到下巴,食指一勾,没钳到的胡子瞬间也都被消灭了。

　　丁小兵很奇怪,等回家用剃须刀岂不是更方便吗? 但初次见面,他也没直接问。

　　见菜吃得差不多了,他知道吃的高潮结束,接下来进入喝的高潮。他起身去烧黄鳝,切点蒜苗放锅里翻炒几下,再撒把葱,装碟。章南遥跟进厨房,从口袋里掏出五百块钱递给他,说:"如果不够,明天我登门送来。"丁小兵说:"够了,而且多了。"

　　章南遥说:"多了就算进下次呗。"说着又掏出两盒"中华"烟塞进丁小兵口袋。丁小兵说:"你老师最喜欢抽这种烟。"

　　"嗯。我老师起点总是很高。"

　　"若能联系上你老师,让他给我打个电话。"

　　"行。我还有点事,就先走一步了。"章南遥从包里拿出两盒二十元的香烟,放在饭桌上。丁小兵说:"约了什么人吧? 早点回家。"

"我师伯眼光就是厉害啊,不过我心存大爱,搞不起来事的。先走了。你们慢喝。"

"是障碍的碍吧?"丁小兵笑着。三个人坐下来继续喝。

"老林什么时候收了这样一个学生?"

"你是不知道,林如海就喜欢到处收学生。这个算是他最不满意的。"

他这身打扮太出彩了,粉红色的牛仔裤,墨绿的羊毛衫,外加个迷彩羽绒服。胆子够肥的。"

"是啊,他敢穿我都不敢看。"丁小兵说,"哎,老林真跑漠河去了?"

李忠说:"谁他妈搞得清? 他以为自己是爱斯基摩狗呢。他就不是个东西。"

"花生"在桌下很配合地叫了几声。

"怎么讲?"

"欠了我一百块钱快一年了,到现在还没还。太气人了。"

"一百块钱就算了吧。"袁尚说,"上个礼拜,就上个礼拜趁我不在家,他跑到我老婆跟前痛哭流涕,说是得了绝症,开口就借一万。"

"一万块顶啥用?"

"你老婆借了没?"

"没借我还说道个啥? 她心一软,含泪递给他一沓这么厚的人民币。"袁尚右手拇指和食指张开,又压缩一半比画了一下,"我回家就是一顿臭骂,把老林和老婆都臭骂了一遍。结果我老婆反而说我心中无大爱,没有一颗感恩的心。"

李忠笑了:"你那一万块肯定是闲钱。我那一百块是正要去买菜的钱,他拿走了,我吃屁喝风啊?"

"你的钱是钱,我的钱就不是钱?"袁尚"咕嘟咕嘟"喝了一大杯啤酒,"老林这个人太小气,仗着比我们有点文化,天天骗吃骗喝。"

"狗屁文化,也就会写几首打油诗而已。"

丁小兵说:"这不对。老林打油诗的起点也很高嘛。"

"起点高有什么用? 他也就赢在起跑线上了。"

"没错,起跑快顶屁用? 人生是场马拉松。"

"你们也就别说他坏话了。说不定此刻他正观赏着北极光,一个人使劲说着我们三人的坏话呢。"

酒局一直快到凌晨才结束。

丁小兵听着袁尚和李忠不停说着林如海的坏话,一会儿冷嘲,一会儿热讽,一会儿冷嘲加热讽,对林如海大有盖棺论定之势。迷糊之间,他又听见啤酒结冰后破裂的声音。

他洗了把热水脸,两个人不知何时已经走了,桌上杯盘狼藉,火锅早已上冻,一层厚厚的油脂安静地趴着。

丁小兵想收拾一下,但浑身无力。他坐到床上,这一幕场景似乎就发生在昨天,这一幕场景就是昨天的重复。对他而言,生活已经失去了记忆的必要。

四

明天就是大年三十了。菜场也没了往日的喧闹,一溜早点摊卷闸门紧闭,门上贴着一溜春联。唯一还在营业的是一家小超市,丁小兵抬头看看门面,上面写着"顾家杂货店"。那个中风的老头挂着拐在里面绕来绕去。

"老大,你买不买东西?"顾大嫂边擦柜台边说,"绕得我头晕死了。"

中风老头说:"别急,让老大再想想。"

丁小兵想吃碗拉面,无奈摊主关门歇业回家过年去了。他在杂货店里转了一圈,买了两袋方便面,扭头往回走。几个穿着校服的孩子背着书包,很无助地走在前面。他发现隔壁楼西面的墙上多了个广告牌——"金牌补习"。

看着他们,丁小兵想起自己的儿子还没回来。儿子前几天在微信上告诉他,过年和朋友出去旅游,这个春节不回家了。

看着这几个学生,他想起儿子这般大时,他曾偷看过儿子的日记。但没过几天当他再偷看日记时,发现日记本扉页上赫然写着"一个虚伪的人喜欢偷看我日记",第二行写着"哪里有压迫哪里就有反抗",最后是一个握紧的拳头,用来代替感叹号。

后来有了微信,丁小兵先加老婆微信,她回复:"你谁呀?"答:"孩他爹。"回复:"臭流氓。"从此没了下文。他又主动加儿子微信,没多久他发现自己进了黑名单,于是换个美女头像再加,成功了。后来据说儿子早就知道是他,在微信里给他的昵称是"老猥琐四号"。

丁小兵一直想知道老猥琐一、二、三号是谁,但不得而知。他自我安慰"总算是打入了敌人内部,深埋了革命的火种"。

丁小兵牵着"花生"快到楼下时,带小狗的女邻居在后面喊他。他停下脚步,目光越过她,看见那个戴帽子的老头正快步向前,越过女邻居,进了三单元。

丁小兵把狗绳递给女邻居,说:"你等我一下。"说完也进了三单元。

丁小兵一口气爬到顶楼,没有找见那个老头。他的速度也算快的了,这栋楼也就五层,他慢慢往下走,看哪家的防盗门都像是那个老头刚关上的,除了门把手上插着广告纸的那三家。

他问她:"你见过这个老头吗?"

"哪个老头?"她的表情有些不自然。

"就是刚才进楼里的那个。"

"哦……以后你就知道了。"

他没再深究,只是说:"要当心,没瞧见那些跳广场舞的老头?个个老当益壮。"

"是呀。明天就过年了。你一个人吗?"

"嗯。儿子今年不回来。"

"哦。我……明天再说吧。我先回去了。"

"行。"丁小兵接过狗绳,拽了拽,又说,"我住一单元。"

女人笑了一下,眼角鱼尾纹浮泛开来,虽然没有立即给她的面颊增添光彩,却一点儿一点儿地让他感到妩媚,宛如春风吹皱了一面湖水。丁小兵怔住了,旋即又挺直腰杆,牵着"花生"往回蹓。

回到家,他继续琢磨那个戴帽子的老头。没道理会消失得这么快啊,而且他还清楚地听见了关门声。算了,不想了。他在屋里转了几圈,实在无事,开始搞卫生。

　　第二天,丁小兵又去了趟菜场,只有一个挑担子的老妇蹲在门口。他买了些青菜和挂面。

　　天空灰蒙蒙的,有零星的雪花飘落,天气预报说春节前三天有新一轮雨雪过程。两个小家伙握着一盒摔炮,边走边玩。他们抓出一把用力往地上扔着,发出"噼里啪啦"的声响,接着又踩上几脚,偶尔还能发出"啪"的一声。

　　丁小兵小时候非常怕鞭炮,冷不丁一声巨响让他的心"怦怦"直跳,但他又喜欢看大人放鞭炮,尤其羡慕大人把二踢脚抓在手上,用香烟点燃后伴随着"砰"的巨响,二踢脚直冲云霄,地面上留下一团蓝烟。他喜欢闻火药的味道,很香。

　　有次趁大人不注意,他偷偷在地上拿了个二踢脚,学着大人的模样想过次瘾。可是他没有香烟,也没有打火机,一只手划火柴很费劲,划着后没等凑近就灭了。他想了个办法,一次划着三根火柴,但还没等靠近引线,大伯突然出现了。大伯甩起一脚踢飞了二踢脚,顺手给了他一大耳掴子。

　　大伯早就死了,在他现在这个年龄时。小时候大伯最疼爱他,也经常逗他,让他叉开双腿。等他腿叉好了,大伯就伸出手说:"来,让大伯摸摸小鸡鸡可飞走咯。"起先他总是上当,后来一听要叉开腿,他就先找大伯要糖吃。等把糖要到手,他撒丫子就跑不见了。

　　一片雪花落在脸上,冰凉。丁小兵伸手摸了摸,只摸到一小滴水,像是眼角滑落的泪。

　　天色渐渐暗了,鞭炮声从零星变得稠密,一家挨着一家彼此不间断。丁小兵拿起一盘一千响的电光炮走到屋外,点燃一支烟凑近引线。鞭炮很响,碎屑伴随着烟雾在雪地上跳跃,红白相间,还算是有几分过年的气氛。他站在蓝烟中,深深吸了口气。又是一年过去了,记忆还是一片空白。

回到屋里,他看了看儿子的微信,照片显示儿子在黄山看雪景。朋友圈里都在发送吃团圆饭的场景,还有一些雷同的新年祝福语。他关了微信,给自己下了碗挂面,搁点猪油和青菜,开瓶啤酒。年三十就过完了。

打开电视和电热毯,丁小兵就躺在了床上。春晚还没开始,主持人正在介绍各地过年的风俗。

他拿出纸笔,开始画着玩。他给自己开列了十大缺点:1. 自私;2. 贪婪;3. 虚荣;4. 小气;5. 好色;6. 胆小;7. 对他人不关心;8. 好吃;9. 不会拒绝别人;10. 软弱。这的确是他的不足之处,他拿着笔在纸上勾勾画画,他发现前三条是人类共有的毛病。好色与胆小连在一起,虽然自己有点好色但胆子小,所以基本就是耍耍嘴皮,没真正得逞过,况且年纪大了对女人也没危险了。他把这五条画掉了。

第四条,虽然小气但这很好啊,小气可以让自己不乱花钱。第七条,可以让自己远离家长里短和是非。第八条,正是好吃才使自己学到了精湛厨艺,没好手艺哪个女人愿意跟你过? 第九条,能使自己得个乐于助人的好名声。最后一条也不错,咄咄逼人太强势迟早要吃亏,不得罪人也是处世法则之一。

这十条缺点皆因第六条的存在而不存在了,他又仔细研究了一遍,发现这十条缺点竟然都是自己的优点。他对自己的这个巨大发现兴奋不已,原来一个人的缺点就是一个人的优点。"花生"此时也叫了几声,他有了更伟大的发现,这些变成优点的缺点,放在狗身上也是成立的。

这个年过得非常有意思,连外面吵人的鞭炮声也变得悦耳了。

"花生"又连续叫了几声,并站起来向大门跑去。丁小兵看看它,在鞭炮声的间隙,他听见有人在敲门。

五

站在门外的是三单元的女邻居。

她双手捧着个不锈钢托盘,托盘上是整齐排列的饺子。丁小兵把她让进屋,她把盘子放在桌上,掀掉羽绒服的帽子,朝房间张望了一下,说:"你一个人?"

丁小兵有点不自然。他说:"对。就我一个。"

她说:"吃过了吗?"

"没吃。"他本来想说吃过挂面的,话到嘴边又咽了回去,"你呢?"

"我也没吃。"

"那你坐,我搞个火锅,快得很。"说着丁小兵打开客厅空调,钻进厨房。

尽管是一个人过年,但家里过年的菜还是准备充足的。他从不锈钢桶里舀出早已煮好的清汤羊肉,拿出酒精炉,点上火,等烧开了又切把青蒜撒上,再蒸上狮子头和蛋饺。厨房里顿时热气弥漫。

丁小兵从冰箱里拿出两个西红柿,配了个冷盘。他把菜端上来,看见她正在把脱掉的米黄色羽绒服挂在椅背上。他问:"你可喝酒?"

"那就少喝点白酒吧。天冷。"

丁小兵坐在她对面,打开一瓶白酒。她是一个安静、有风韵的女人,脸上很光洁,绣的眉应该是很早以前的,颜色发蓝,还带有一点青,没笑起来时,鱼尾纹留下的细密褶皱根本就没给她添乱。

"我早就猜到你是一个人了。"女人笑了,笑得不慌不忙。这笑容先是在嘴角边徘徊了片刻,而后温柔地停留在了眼角。丁小兵低头看看桌上的西红柿,西红柿的颜色似乎也变得微微发黄。

"是经常看到我总是一个人遛狗?"丁小兵问。

"差不多吧。"

"你也是一个人?"

"我?两个人,不过我家他是植物人。"

"他是个素食主义者?"丁小兵开玩笑说着,心里"咯噔"了一下。

"他真是个植物人,"她给自己加了点白酒说,"三年前脑部受过伤,就一直没醒过来。"

丁小兵记起林如海说过,说她是什么社区好人,有过事迹介绍之类的话。这么说来林如海嘴里还是有几句真话的。

丁小兵说:"哦,那你能坚持照顾丈夫也是很不容易啊。"

"习惯了呀。"

"家家有本难念的经。"

"大过年的不说这个了。"她举起酒杯,跟丁小兵碰了一下,又给丁小兵的碗里搛了块羊肉。

丁小兵有点不习惯。"花生"叫了几声从房间跑出来,面对大门站着。难道又有人要来?丁小兵很奇怪。果然,有人在敲门。是章南遥。他头发染黑了,发型也很规矩,只是穿着一件花里胡哨的羽绒服,色彩斑斓,猛一看像是一只芦花鸡。

"嫂子好!鸡年大吉!"章南遥说着递给丁小兵两瓶酒和一条烟。

"不是嫂子,是邻居。"丁小兵说,"你不在家过年,买东西跑我这儿干什么?"

"从丈母娘家刚出来,吃过年夜饭打了几圈麻将,把老丈人的钱给赢了,然后我就被赶出来了。"章南遥说着摘下发套,露出了黄毛,"真是不自由,老丈人太古板,害得我一去他家就要戴假发套。"

女邻居笑了,站起身说:"你们聊,我回去了。"

丁小兵说:"不急,吃了饺子再回去。"

饺子很快就煮好了,丁小兵调了一碗蘸料端上来,招呼章南遥也吃。章南遥刚吃了一个,就大喊:"师伯水平差把火,饺子没煮透。"

丁小兵尝了一个,是有点没煮透。这是怎么回事?怎么会犯这么低级的错误?

尽管没煮透,章南遥还是吃了一大盘。他说:"师伯包的饺子味道还是超一流的。"

丁小兵有点不好意思,想解释,但她已经起身在穿羽绒服。章南遥说:"有空来我师伯家吃饭,他在家摆'小饭局',照顾照顾生意。"

"好的。你们聊。"她推开大门的片刻,一阵冷风吹了进来。

丁小兵有些不快。他对章南遥说:"我需要你们照顾什么生意?话真多。你这个人除了优点全是缺点。"

章南遥说:"怎么搞的?吵架了?"

"吵架?吵什么架?和谁吵?"丁小兵说,"我现在是想找个吵架的人都找不到。算了,有你老师的消息没?"

"我给他发过信息,但始终没有回复。"

又有人敲门。章南遥打开门,是李忠。丁小兵说:"今晚真是奇了怪了。大过年的你们一个个不在家待着,全跑我这里干什么?"

李忠给自己倒了杯白酒,说:"告诉你一个消息。"

"什么消息?"

"袁尚跑了。"

"什么意思? 大过年往哪儿跑?"

"大概十天前,袁尚买了几注随机双色球彩票,结果还真给这个倒霉蛋中了——五百万! 开始我还不信,亲自到他家附近彩票站一看,是真的。彩票站门头上挂着横幅:'热烈祝贺本彩票站彩民中双色球一等奖!'"

"真的假的?"章南遥问。

"没你什么事。"李忠说,"据说拿到奖金之后没几天,袁尚就举家连夜跑了。"

"为什么跑? 五百万算很多钱吗?"丁小兵问。

"天文数字,不劳而获啊。"李忠说,"肯定是怕我们找他借钱呗,瞧他那小气样,搞得像是有黑社会追杀他一样。没劲。"

丁小兵说:"要我说的话……他逃跑是正确的。对了,知道他跑哪里去了吗?"

"他给我发过一条信息,然后打他电话就一直关机。他说是去海南不回来了,你说他怎么不去越南啊? 胆子太小。"李忠愤愤不平地干了一大口白酒。

"都回家过年吧,别没事找事。"丁小兵走到窗前,背对着他们,却看见一个戴帽子的黑影从窗边一闪而过。

他转身说："算了，别走了，我再弄俩菜陪我过年吧。"

李忠立即给自己加满了酒，眉头紧锁眼神发直，浑身却散发着热气。丁小兵每说一句，他都应声附和一句。丁小兵见不得生活中脆弱可怜的人，在酒后变得格外热情有力，浑身散发着活力。李忠没再谈论什么，丁小兵也不忍往下看，他知道这些都是假的，一会儿就挥发了。

李忠很快就喝大了，临出门舌头打卷还在说："狗屎运，狗屎运啊。太他妈的气人了。"

章南遥带上门问："他怎么了？"

"发神经了呗，还能咋的？"丁小兵喝了口酒，说，"生活就像旋转木马，起起落落很正常，最担心的就是突然停电了。此刻在最低处的人也许是最安全的，最高处的人可能就下不来了。"

"有道理。"章南遥说，"我现在最担心的就是被……那个女人缠住。"

"不老实啊你。"

"其实也没什么，她就是一根潮湿的木头，怎么点都点不着，还使劲冒烟。"

"那你得学会把绝望伪装成希望。"

"越是高深的话怎么听起来就越像是废话？"

"那你说男人有几种状态？"

"两种。不是在路上，就是在床上。"

丁小兵说："还有一种——在去床上的路上。"说完他自己笑了起来，"我喜欢来日方长的男人和不堪回首的女人，是他们把生活搞得意味深长。"

"是啊。一个人如果经历得太多，想不撒谎都很难。"

"行了。早点回家吧，外面太冷。"

"行。"

丁小兵洗净碗筷，又回到床上看春晚。鞭炮声再次变得零星，他给林如海和袁尚分别打电话，但都关机了，只有"花生"安静地趴在床头打着盹。迷糊中，鞭炮声突然变得急促，他瞅瞅电视，春晚新年的钟声正在倒计时。

他爬下床，拎起五根魔术弹走到门外。

夜空已被点亮，丁小兵看着那些转瞬即逝的烟花，比雪花更冷清。那一簇簇的烟花，舞蹈在天际，随后被裹藏在寂寥的夜空里。他专注地看着那一朵朵让自己无法预想颜色的烟花，瞬间忘却了所有。

"哎，你也在外边呀？"

女邻居在喊他。丁小兵朝她摆摆手。她快步走近他，丁小兵让她抓着根魔术弹，用打火机点燃，短促的"砰砰"声随即响起。她把头别到一边，有点害怕的模样。丁小兵说："握紧，朝上。对，别对着电线杆。"

她又从丁小兵手里拿过一根，拍了下他的肩膀："再给我放一个。"

丁小兵也点了一根。两根魔术弹弹出的烟花交错在一起，眼前的雪花随着散落的星火不时改变着颜色。等最后一根魔术弹放完，雪似乎越下越大了，他俩站在路灯的光晕里，看着不时变幻的烟花，然后一直望着对方。

这一次并没有惊慌错乱的感觉。不仅如此,丁小兵还感到些许愉悦和清朗。他记得今冬下第一场雪见到她时,她躲闪得像一只猫。

此刻,这只锦衣夜行的猫,正穿着件暗红色的羽绒服,看上去有点喜庆,也非常合体。两个人之间一旦同时产生同样的念头,那么接下来的任何事与任何无意的举动,都会成为蛛丝马迹。甚至以前的任何事与任何举动,都会被反复想起并加以揣摩。

丁小兵看看她,那些鱼尾纹很浅,像她眼角绽放的一簇烟花,冷艳、决绝。只是,有一种与年龄不太相符的担心与渴望,很明显地流露在她脸上。

隔在他俩之间的雪花已经形成不了阻碍,那些飞舞的小精灵已经被丁小兵压进心里。欲望洁白,爱情发红。

六

春节过后,李忠到丁小兵"小饭局"的次数明显减少。就算来,李忠多半是喊几个还算熟识的朋友一起来,酒也没以前喝得多,基本喝一点就歇了。他混在酒局中心神不定,想提前走又不太好意思立刻就走。丁小兵也没问他为什么。

女邻居天天来。上午十点来帮丁小兵洗菜打下手。她择菜很宽容,每次都要将择掉的枯梗、烂叶拿起来再看看,觉得还凑合能吃的,又搁进择干净的塑料筐里。她晚上偶尔也来,在没客人的时候。

章南遥隔三岔五就来,有时带朋友有时一个人,每次都不空手。丁小兵乐于接受,但也不让他白来,临走前总是给他捎俩菜带回去。

章南遥说:"我最近碰到了件麻烦事。"

"恐怕又是女人的事。"

"也不完全是。我最近吃饭,包括喝水,总觉得吞咽越来越困难。"

"食道癌。跟你老师一个病。"

"别吓我。"

"抓紧时间去医院检查检查不就得了?"

"我不太敢去。"

"有病早治,没病睡觉。"丁小兵说着,打开手机音乐,放了一首《二泉映月》。

"再牛的阿炳,也拉不出老子的悲伤。"章南遥说。

"你好像真得病了。要不这样,明天我陪你去趟医院。"

第二天一大早,章南遥电话就来了,说他已经在人民医院门诊排队挂号。丁小兵打车赶过去,一项一项检查。快到中午时,医生得出结论,章南遥身体一切正常,仅是咽喉有点红肿。医生唰唰唰开了一些药,就急着下班了。

章南遥仔细看着病历本,连连摇头:"怎么可能?怎么可能!我这么严重的病他居然看不出来?庸医。"

丁小兵说:"没病不好啊?你还盼着自己得不治之症?"

章南遥满脸凄苦:"明天我去省城看。我要找专家。"

丁小兵继续说:"好。送佛送到西,我倒要看看你有没有病。"

省城有点远,坐了三个多小时的车才到。挂上专家号已经中午,两个人就近找了家小饭店先吃饭。

丁小兵基本没动筷子,菜太难吃。章南遥也基本没动筷子,一副闷闷不乐的模样。吃过饭回到医院七楼,他们在等候区坐着等专家叫号。

轮到章南遥时,他看上去很紧张。大约一刻钟后,章南遥出来喊丁小兵,说是医生让病人家属进去一下。

丁小兵猜测这回可能是真出问题了。进去后专家关上门,说:"你是这个……章南遥的家属?"

丁小兵说:"算是吧,远房表哥。"

"哦。你这个远房表弟是怎么回事?根本没病非要纠缠我把病写严重。怎么回事?看错科室了吧?说着拿出一沓钱,嗒,还塞钱。你拿回去吧。"

丁小兵想了想,从那沓钱里抽出三张,说:"要不这样,你把病历写满两页,反正字迹谁也不认识。"

专家把钱推开,指着病历本说:"早就写满两页了。回去吧。"

到家时天已经黑透,路灯的光晕下有零星小雪花飞舞。

丁小兵简单配了个火锅,拿了两瓶啤酒,递给章南遥。章南遥起开瓶盖,递给丁小兵一瓶。啤酒沫堆在杯口,又慢慢消散。

丁小兵问:"怎么回事?"

"我实话实说吧,还请师伯给我开个良方。"

"老实交代。"

"我最近碰到了件麻烦事。"

"继续。"

"大半年前我认识了一个护士。当然,是个女的。"

"有男护士?"

"反正我喜欢护士姐姐。"

"臭不要脸啊你。"

"我们关系挺好,钱基本都混在一起用了。可前阵子她在单位例行体检时,查出个乳腺癌早期。"

"既然你们关系都到这可怕的程度了,那你就抓紧给她治疗啊。保持积极心态。"

"积极个屁啊。怎么积极? 一个星期就花了我一万多,后续治疗费用都不敢想象。这还都是次要的,你想啊,乳腺癌……这也太残忍了。"

"那你非要把自己搞得有病干吗?"

"我不这样说,大难临头怎么各自飞?"

丁小兵总算是听明白了。难怪他要不停地说自己得病了呢,眼前的这个男人想要逃跑,但碍于面子和世俗的约束,他左右为难了。他居然用了这么幼稚的一个办法。

丁小兵喝光杯中的啤酒,望着天花板。他给自己又倒了个满杯,说:"不要在意世人的看法,更不要被道德束缚。道德是强人用来要求弱者的。你直接说分手,不要遮遮掩掩。我相信她能放过你。"

丁小兵说完连自己都不相信的这段话,干了杯啤酒。桌上还有瓶老酒,桌下的老狗也在。

章南遥缓慢而又悠长地舒了口气,像是长长地伸了个懒腰。他说:"师伯一席话让我醍醐灌顶。我马上去找她谈。"

丁小兵说:"等明天吧。"

"我生待明日,万事成蹉跎啊。不过你老丁说了,哦,我听师伯的。"

"别改口，以后就叫我老丁。"

"还有件事。"突然解脱的章南遥激动了，"大概有两年了，我还遇到件事。"

"什么事？"

"也是我遇见的一个女人。"

"你除了女人还有什么新鲜事？"

"她好像也住这一片。这是我遇见的最难忘的一个女人。"

"后来呢？"

"也得病死了。"

丁小兵说："你是丧门星啊。知道叫什么名字吗？"

章南遥说："不晓得。问了她也没告诉我。处得时间不是很长。"

"长啥样记得吗？"

"也不记得，时间长了面孔就模糊了。"

"有什么是你记忆比较深的？"

"我想想……嗯，她喜欢养花，好像特别喜欢兰草。"

丁小兵干了杯啤酒，问："你喜欢养花吗？"

"哦。我一直没告诉你，我家阳台，包括阳台外面全是花，兰草品种最多。师伯要是喜欢明天我给你送一盆来。"

"不用，我对花草没什么兴趣，也养不活。"丁小兵说，"后来呢？"

"什么后来？"

"你和那个女的。"

"后来她得了种什么病，死了。"

"我是说你跟她没发生点什么？"

"她太严肃了,严肃得像个小孩。"

丁小兵悄悄吐了口气:"继续说,那就啥也没发生就是。"

"也不能那么说。反正有那么回事……"

丁小兵像是在听一个艳情故事般步步追问。章南遥饶有兴趣说着每一个他记得的细节。说到高兴处两个人还禁不住哈哈笑几声,丁小兵更是笑泪横流。

"花生"叫了几声,随后就听见有人敲门。

是女邻居。她说:"你俩聊啥玩意儿聊得这么高兴?"

章南遥站起身:"嫂子来了。那我先走了。"

丁小兵说:"家里没菜了。下次给你装点带回去。"

章南遥说:"老丁你跟我甭客气。每次从你这里回去我都不安,总觉得占了你很大便宜。"

她说:"常言道,吃亏是福嘛。"

章南遥吹着口哨关上了门。丁小兵看着他走出去的背影,像是自己亲手扔掉了一个烂掉的花菜。

丁小兵对她说:"今天跑了一天,太累了。我想早点歇着了。"

她说:"那好吧。我也没啥事。那我先回去。"

丁小兵抱歉地说:"不好意思了。你明早来帮我择些蒿子,我们做点蒿子粑粑。"

她说,好的。说完她摸了摸"花生",轻轻带上门。

丁小兵洗了把热水脸,把灯关上,又打开。"花生"趴在垫子上,忧郁地望着他。他将了将它身上的毛,将它抱起,又放下。还是小狗时,它是那么不安分,一点点响动它都会迅速跳将起来,霸气地叫上几声。

现在,它是黑夜的一部分,安静、疲惫。

　　丁小兵有种穷途末路的感觉,仿佛在它的眼中自己就是被妻子赶出家门的可怜人。没什么好抱怨的,他看着妻子的照片自言自语。每件事情都会有尽头,当它降临时你唯有接受,你不接受它也会降临,就如幸福降临人间,总是让人欣喜、迫不及待。还有什么? 还有什么呢?生活在原地画了一个圈,就是孙悟空给他师父画的那个圈。

　　菜场门前卖卤菜的小夫妻俩,此刻正骑着三轮车经过,那只小土狗骄傲地趴在车板上。路灯光照在他们身上,淡淡地游走在他们的车把上。车停在丁小兵对面院子里,小夫妻俩关上院门,那里的世界仿佛充满梦想。

　　上弦月挂在天际,像是古代的一种冷兵器,悬在丁小兵头顶。灯光是多余的。丁小兵揿灭灯,突然的黑暗让他不太适应。楼里有人在唱歌,听不清在唱什么,是那种既不求占有也不求胜利的腔调。他再仔细听,好像是《再回首》。

　　过去的事情无法找寻源头,一味探寻真假毫无意义,反而让事物变得真假难辨。刹那间的眩晕让他莫名就原谅了自己,也原谅了所有的人和事。算了吧。

　　一个黑影从他窗前一闪而过。刚刚从原谅中苏醒过来的他冲向大门。

　　从背影中他认出了那个人,就是那个戴帽子的老头。他一路紧追,但那个老头宛如一条蛇,黑夜里草丛中的蛇,冰冷、滑腻,有"哧哧"的声响但就是找寻不见。

　　经过女邻居家时,丁小兵看见她房间里有隐隐的光,应该是电视机荧屏发出的。他绕到后窗,她的另一个房间没有光,窗帘紧闭,仔细听,有压抑的喘气声,像是一个坦然的人在睡梦中发出轻微的鼾声。

七

李忠来的次数越来越少,到最后几乎就不来了。所有关于李忠的消息,都是章南遥带来的。

章南遥说:"我经常看到李忠晒太阳,就是搬个板凳坐在墙根旁那种。他不像别的老头边晒太阳边打牌吵架,他一言不发,眼神发直,有时我跟他打招呼,他居然没认出我是谁。"

"有这么严重?"

"哪天我们去看看他?"

"不能去,去了岂不是笑话他?"丁小兵说,"五十知天命,他怎么连这个坎都过不去?"

"嗯。我估计主要是身边朋友中了奖导致的,要是与他不相干的人中了五百万,李忠应该不会有这么大动静。"

"谁知道呢,活到这个年纪不能有一点风吹草动。真是如履薄冰。"

"看样子李忠要靠药物维持后半生。"

"这都是命。他曾经是个处处春风得意的人,可是不承想,春天来了冬天还会远吗?"丁小兵指指从他们身边经过的老头,对章南遥说,"你认识他吗?"

章南遥问:"哪个?"

"就是那个戴帽子的老头。"

"哦。不认识。"

"有空帮我打听打听。像个奸细似的。"

章南遥很快带回了消息，说是嫂子的老公公。丁小兵忽然明白了。他眼前出现了一幅画面，他的女邻居日夜照顾着被她称为"植物人"的丈夫，老公公也住在家里帮忙。她的家里充斥着酒精、洗不完的纱布……同一屋檐下没人说话，没有秘密，只有手忙脚乱。

再往下想，丁小兵吓了一跳。是不是因为她经常到自己家里来，才引起了她老公公的注意？她丈夫脑部是怎么受伤的？她没说，他也没深问过。按理丁小兵不应该怀疑，毕竟林如海说过她曾是小区好人，也不知他说的是真是假。

事情没那么简单，但也不必想得过于复杂。丁小兵对自己说。

他比以前更加认真地做菜。她还是那样择菜，每次都要将择掉的枯梗、烂叶拿起来再看看，觉得还凑合能吃的，又搁进择干净的塑料筐里。等进了厨房，她麻利地从橱柜里拿出个盆，哗啦哗啦放满水，把择好的菜倒入，一根一根仔细洗干净。

时间长了，丁小兵也养成了这个习惯。

"小饭局"这几天没什么人来，估计那些人还沉浸在春节的喜庆气氛中。丁小兵也乐得清闲，偶尔做了几个好菜，他也会喊来女邻居。每次她来，他都会觉得自己是真的遇到了一个值得怀念的人。

天刚暖和了没几天，天气预报就说明天有股强冷空气将大举南下，冷空气过后气温将重新跌至冰点以下。

像往常一样，丁小兵从菜场回来，快到家门口时，他看见一辆警车闪着警灯开过来。他首先看到的是那条咖啡色的泰迪，正在努力追赶着警车。车在他面前拐弯时按了几下喇叭，减缓了速度。

他好奇地看了眼警车。

这让他看清了车里的人，她坐在后排，一边一个女警察把她夹在中间。他很想喊她，可警车转弯之后就加速驶离了。他回过头，也不知道她看没看见他。他只能看着她与自己渐行渐远。

自己家楼下围了一大群看热闹的人，章南遥也挤在里面。丁小兵搞不清发生了什么事情，他们叽叽喳喳不停地说着些什么。她老公公站在人群里，看见丁小兵走过来，踮起脚冲他诡秘地笑了一下。

丁小兵把菜放进厨房，点了根烟。他很想去听听究竟发生了什么事，但又不敢去。犹豫之间，章南遥进来了。

丁小兵一句话都没问，章南遥就已经坐下开始说了。

"我听他们说，那个女的，就是经常到你这里来的那个。她丈夫根本就不是摔成植物人的。你猜怎么着？"

"猜不到。"

"听说是被那个女的失手用烟灰缸砸的。"

"为什么？"

"这里面故事多。听说，她丈夫一直有家暴倾向，经常酒喝多了就打她。"章南遥说，"你们住得这么近，你就从来没听见过吵嘴打架的声音？"

"我还真没听见过。"

"她老公公也不管，你说也真是的，三个人挤在一个屋檐下，日子是不好过。听说她丈夫成植物人后，她也害怕了。老公公想报案，她求他别报，而且保证会伺候他一辈子。社区不明就里，还差点把她这种'不离不弃'的好媳妇整成了优秀材料。"

"那警察今天怎么把她带走了?"

"听说是她老公公报的案。"

"你怎么那么清楚?"

"我都是听说的。"

"几年都没报案,今天报案了?"

"听说她老公公发现最近她有了心仪的男人,暗暗跟踪过几次,鬼得很。查实后无非是感到了气愤和危险,索性报了案。对了,据说他还到她上班的宾馆打听过。"

"这哪是报案,这不明摆着是报复嘛。"丁小兵说。他明白了刚才她老公公为什么要冲他诡秘地笑了。

章南遥拍了下脑袋,说:"哎,我想起来了。那个女的喜欢的人不会是你吧?"

"是又怎么样? 你他妈的就喜欢看热闹。这女人也不容易。就算是一只坏掉的钟,一天中它也总有两次显示正确的时间吧?"

章南遥看着他,说了句"你没事吧"就走了。

丁小兵一直坐着没动,"花生"也安静地趴在他跟前。他拉上厚实的窗帘,房间里立刻就充满了黑暗,以及比黑暗还无可救药的恐慌,有时候他甚至都能听见撕咬的声音。

等他抬起头,风已经把窗帘吹开,黄昏不知何时降临,冬天的夜晚总是比白天长,黄昏巨大的暗影使他心静如水。他给"花生"喂了点狗食,继续坐着,一直坐进了深夜里。

八

两场"倒春寒"之后,气温在细密的春雨中缓慢爬升。

春雨淅淅沥沥地下着。丁小兵记得四季的雨中,她是最喜欢春雨的,她说只有春雨最干净,最绵密,像一张网,最能让她体会到与世隔绝的心情。丁小兵想了想,他和她只是短暂的相遇,巧合在其中起了很大作用。但这种巧合比他以往遇到的巧合都重要,重要到这种巧合没有尽头,就像黑夜里的一列火车,呼啸而过。

丁小兵坐在床沿,床有点晃动。他看看床脚,抬起床,把垫床脚的笔记本抽出来。这是很久以前他的一本日记本,他打开翻了翻,时间停在 2002 年,上面记录的都是些鸡毛蒜皮的事,更多的是一些往来账目。他找来一支笔,另起一行接下去写道:"2017 年 2 月 22 日,小雨。一切如昨。"

点了支烟,他把日记本塞回床脚,坐着晃了晃,床变得很稳固。他把打火机抛到厨房台面上,向外走去。

又是一场春雨过后,沉睡了一个冬天的柳树醒了,枝条上泛出一层新绿,柔软的枝条像刚打了个哈欠似的垂下来,垂进和煦的春风中。风从南边吹来,温暖而悠长。那盆移栽的兰草似乎也缓过来劲,越发暧昧起来。

他坐在石凳上。一对老夫妻在两棵樟树间拴绳晒被子,老太太用手拍拍被子,老头子则拍着被子的另一侧,一个小家伙蹦蹦跳跳跑到他们跟前,说:"外公外婆,我肚子饿了。"

小广场上还有人带着孩子在放风筝,随着手中的线一松一紧,风筝越飞越高,最后变成了天空中的一个彩色的点,宛如年三十夜空中的逐渐消失的烟花。

"你是我心中最美的云彩,让我用心把你留下来……"丁小兵望着蛰伏了一个冬天的老头老太们。只有他们还在,他们依旧在跳广场舞。仔细看,丁小兵发觉他们的舞姿越来越漂亮,尤其是那些中年女人,身材曼妙,腰肢柔软,就连腰两侧的赘肉都显得恰到好处。

耳边传来婴儿的啼哭声。丁小兵看见一个年轻的妈妈,推着一个婴儿车坐在不远处,小家伙又哭了起来。丁小兵走过去,婴儿一边哭,一边睁着大大圆圆的眼睛向四周看。看见丁小兵时婴儿停止了哭泣,好奇地看着他。丁小兵逗了逗他,小家伙咧咧嘴,笑了。丁小兵也笑了。

"花生"突然兴奋地叫了起来,并且试图拽着他向前跑。丁小兵朝前望去,远远地,他看见儿子背着个大行囊正朝他走来。

他踩灭烟头,站起身。丁小兵要告诉儿子,人生最可悲的事情,莫过于胸怀大志,却又虚度光阴。当然,这也是最幸福的事,因为一个没有浪费过时间的人,可能终将一事无成。

■ 光阴的眼

　　丁小兵在等她。而她已经迟到十分钟了。

　　他们碰面地点在一家火锅店。此刻是下午五点,火锅店还没到上客高峰,很安静,只有几个服务员在忙着摆餐具,发出昏沉而令人困倦的声响。

　　雨一直在下,路面像是浅浅的池塘,车在路面上缓缓驶来,又缓缓离去,一些树叶被起伏不定的积水推到路边,又在后一波积水的推动下漫过路面,孤零零地躺在人行道上。此刻,雨水的残余气味飘进大厅,像是刚从梦中醒来那样,坐在卡座里的他,陡然感受到一股悲伤的气息。他忍不住咳嗽起来。

　　丁小兵至今不知道她叫什么名字,他一直想问,但错过了询问的最佳时机后,他也就不想再问了。同样,她也从未问过他叫什么名字。

　　丁小兵靠窗坐着,他是来告别的。他的生命已经被预判,对死亡在经历了最初的恐惧之后,他变得坦然。他相信,人与人之间最终还是会在另一个空间里重逢,生命有终点是一种享受,并不是它给你带来无尽的欢乐与痛苦,而是消灭了你对长生不老的渴望。对于他来说,他只希望自己能够死得整洁、干净。

　　丁小兵已经等了她九年,这九年的光阴对他来说,唯一的变化就是最初只有在黑夜才会出现的孤独,转变为从清晨就开始了。

　　每年四月,他都会从小城的另一边来到这里等她,见面地点一直选择在这附近。不同的是,这个地点最初是个小型超市,后来店面不断更迭,从服装店、杂货店、咖啡馆、药店、眼镜店、网吧,直到现在的火锅店。今天,吸引他选择在这家火锅店见面的原因,是店名下面有行字——"距百年老店还有九十九年",门口还立了块广告牌,印着"每座城市都有一家可以讲故事的火锅店"。

　　她还没有来。丁小兵掏出叠得整整齐齐的诊断报告,上面是医生开具的诊断证明,他逐字看了一遍,又仔细叠好,放进口袋,接着把已反复练习的告别理由再练习一遍,直至烂熟于心,达到勇敢的境界。

　　他抬起头,马路斜对面的她正撑着一把花伞,站在人行红灯下。她瘦了很多,远远看去,像是冬天里一棵很细的树。她站在人群的最前面,绿灯亮起,人群跟着她迈开步伐,快速,步调一致穿过了巨大的十字路口。

　　走到火锅店门口,她收起伞,轻轻甩了几下,然后推开了玻璃门。

　　丁小兵朝她挥挥手。

　　丁小兵对她的情感很复杂,不是有感情,也不是没有感情,除了每年在固定时间见面外,他们也无数次在公共场合偶遇,很自然地点头微笑,擦肩而过,最后消失在人海之中。无论是在固定的时间,还是偶尔碰面,他们拥有的都是短暂的光阴,而且彼此都很警惕身边流动的人群。胆小是他们共同的缺憾,当然,这也是彼此的优点。正是胆小,他们获得了比别人更多的隐秘,以及伤感的机会。

丁小兵接过她的雨伞,放在窗台上。

她问:"是你给我发短信要和我见面?"

丁小兵愣了一下,说:"是啊,怎么了?"

服务员拿着菜单走过来。这是一位年龄在五十多岁的女服务员,穿着浅绿色的工装,口袋插着一支圆珠笔,腰间系着一条短围裙,紧绷绷地贴在腹部。丁小兵接过来看了看,递给坐在对面的她,说:"你想吃什么就点什么吧。"她看了看,只点了份草鱼片。丁小兵又看了看,加了份黑鱼片。他知道她喜欢吃鱼。

服务员问:"要鸳鸯锅底吗?"丁小兵说:"可以。起菜吧。对了,拿两瓶啤酒。"服务员说:"你可以扫一下桌角的微信号,加关注后啤酒可以打六折,还能抽奖。"丁小兵说:"我不会。"服务员笑了,说:"其实我也不会。"

丁小兵把椅子朝前拉了拉。

她捋了捋额前的头发,说:"你是谁? 找我有事吗?"

丁小兵说:"你说我是谁。尽装糊涂。"

她笑了,说:"我当然知道你是谁。今天为什么要请我吃饭呀?"

丁小兵说:"明知故问。每年这个时候我们不都是见次面的吗?"

她想了一下,说:"是吗?"

她此刻的态度引起了丁小兵的不快,他甚至有点怀疑,她今天是不是想在他之前说分别。

"今天空气不错,一直在下雨,天气也会越来越暖和。春天总是让人感到希望。"她说。

"也不一定。春季里,比如,四月份柳絮会四处飘飞,落在人的身上和头发上,就是一件很令人不快的事。"他说。

"柳絮飞舞,我觉得很漂亮呀。"她说。

"漂亮归漂亮。但柳絮落满家里的纱窗后,纱窗若不及时刷洗,就会透气不畅,也就起不到纱窗的作用了。"他说。

"没那么严重呀,反正我喜欢春天。"她说。

"是啊,春天气温起伏大,不知道今年夏天会不会出现极端天气。"他说。

"不会的,再过些日子就快到梅雨期了。"她说。

"嗯,梅雨一过就是初夏。"他说。

"每一年都有四季更迭,每个季节我都喜欢。"她说。

喜欢每个季节的人类似对每个人都好的人,应该是最孤独的吧。他心里想着,打开了一瓶啤酒,给自己倒了一杯,然后伸过去想给她也倒上,刚倒过杯底,她就拦住了,她说她不喝酒,这么多就行了。他记得她是喜欢喝酒的,有时喝到兴致上还挺疯。

今天为何不喝酒了呢? 丁小兵觉得有些异样,心里的疑问变得强烈。

"这牌子的啤酒挺好喝。"丁小兵说。

"那是你觉得好喝,我怎么一点也没觉得好喝呢?"

"也许每个人感觉不一样吧。"

"那它到底好喝还是不好喝呢?"她说。

"也许这瓶酒就是这样。"丁小兵握住酒瓶比画着,"上半部的好喝,下半部的不好喝。"

"你真逗,能想出这样的解释。"

"我也是刚刚才想出来这种解释。"丁小兵干咳了几声,"还算合理吧。"

"你感冒了?"

"没有。只是嗓子有点痒而已。"

"哦,那就好。"

"咳嗽是人控制不了的,也掩饰不了的。人的一生中有三件事掩饰不了。"

"哦? 我还是第一次听说。哪三件呀? 咳嗽算吗?"

"算一件。"

"另外两件呢?"

"你自己想。"

"我想不出来。我问你,你怎么会有我的电话?"

"很奇怪吗? 难道你手机号换了不成?"丁小兵问。

"没换号,一直用的就是这个。"她说。

"那你不是明知故问吗?"

"其实从出门的那一刻起,我就一直努力在想你是谁,我又是谁,还有就是——你为什么要请我吃饭。"

"一年没见你,说话变得很哲学嘛。啥时变的?"丁小兵说。

她撮起一块鱼片,说:"没觉得呀,不过我确实一直在想这个问题。"

"那你慢慢想吧。"丁小兵看着窗外。路对面站着一个男人,左手举着伞,右手握着手机上下摇了一下,又摇了一下。丁小兵嘴里不禁配合他"嚓、嚓"了两声。

那个男人穿过马路,来到火锅店的落地窗前,朝里面张望了一番,又拿起手机摇了一摇,再次张望着,目光停留在丁小兵的桌子上,同时嘴角露出一丝不易察觉的笑。把手机放进口袋后,他向前走,穿过店门,绕到丁小兵跟前,径直坐在了丁小兵对面。

男人坐下后,朝丁小兵笑了笑,喊服务员倒了杯水,抿了一小口,又从口袋里掏出个药瓶,拧开瓶盖,倒出几粒白色药丸,递到她手里。她看看药丸,接过来,很听话地放进嘴里,就着水咽了下去。接着她往洗手间走去。

男人说:"我是她丈夫。"

丁小兵想站起身。男人做了个向下压的手势,说:"她去年冬天出了车祸,脑部受伤,在医院住了两个多月,醒来后就出现了间歇性失忆的症状。很多事情她都记不住了。"

这是丁小兵没想到的,他说:"那她记得你吗?"

"有时记得,有时又记不得。唉,这一切来得太快,从来没有像现在这般触手可及。"

丁小兵想起一部电影,女主角患上了阿尔茨海默病,记忆力日渐衰退,每天早上醒来,她都不认识身边的男人,而每晚睡前,她都会爱上这个陌生人。

"本来她是要跟我离婚的,我也同意了。事情就是这么巧。"她丈夫说,"这就是我,也是她乱糟糟的家庭生活。"

"离婚?"丁小兵怔了怔。

她回到座位上。丁小兵看着他俩,他和她坐在一起,他像是一根已经腐烂的拐杖。没人说话。只坐了一会儿,他就走了。

他并没有走远。丁小兵看着他打着伞穿过马路,站在报亭的屋檐下,翻着一张报纸,手不时敲打着报亭边的垃圾桶,像是在打鼓。他偶尔朝这边张望一下,面露忧伤。

丁小兵想起小时候妈妈总是打着一把黄色布伞,远远地站在学校路口的报亭下,接他回家时的情形。

天色渐暗,雨依旧不紧不慢地下着。雨变得细小,斜斜地落在火锅店的玻璃窗上,一些水珠弯弯曲曲连接起来,像一张哭泣的脸。

她在吃鱼片,丁小兵把椅子朝后推了推,想好的告别话语早已忘得精光。他看着她,只有身体是真实的,他眯上眼睛想象她的身体,四十年的时间积累在她身体上,许多温暖的谷物、水果、肉类和水,融合进她的身体,组成一条河,一条经过她身体的河在她衣服里面流淌。而她,却像一件怎么也不肯开封的礼物。

她放下筷子,拿起餐巾纸擦了擦嘴。丁小兵忽然觉得自己就是那张餐巾纸。

他说:"等会你去哪?"

她说:"回家呀。"

他说:"每年这个时候,我都会从雨山湖公园那座桥上穿过,来到这里和你见面。彩虹桥,你记得吧?"

她说:"你是说连接南湖与北湖的那座桥?"

丁小兵有点欣喜。他说:"是啊,就是那座桥,红白相间的水泥桥,两侧走人中间是个心形图案。"

她说:"想起来了。有一年你好像在桥上摔了一跤。"

他说:"我怎么不记得了?"

她说:"后来我们去宾馆开了间房,我还买了碘伏之类的药替你清创呢。"

他说:"这样一说我记起来了。"

她说:"但我听说那座桥后来被拆除了,桥面换成了木质的,踩上去'咯吱'响。"

他说:"桥拆除了吗? 我下午刚从那里经过啊。"

她说:"我还没老,有些事我还是记得的。"

他说:"好吧,另外,我想告诉你一件事。"

她说:"好像挺神秘呀。"

他说:"我生病了。"

她说:"哦? 上个月我还梦见一个与你长相相似的人,精神抖擞,一副能活一万年的模样。"

他笑了笑,说:"一万年太久,我现在只争朝夕。"

"到底咋啦?"

"没什么。"

"我真的梦见你身体很棒呢。"

"梦是反的。我今天来是来跟你告别的。"

"为什么呀?"

丁小兵想了想,说:"准备移民,去美国。"

"什么时候再回来?"

"不回来了。"

丁小兵把啤酒杯往前推了推,两个人不再继续往下说。

她拿起一张餐巾纸擦了擦眼角,然后仔细叠好,放在桌角。丁小兵看着那张餐巾纸,泪水洇了纸上极小的一片,犹如一滴蜡滴落在了餐巾纸上。只是,这张餐巾纸必然会被扔掉,会不会回收再利用谁也不知道。

丁小兵看着窗外,那个打着伞的男人此时已不在报亭的屋檐下。

丁小兵说:"你需要我吗?"

她说:"我为什么需要你?"

他说:"那……关于过去,关于我们的过去,你真的一点都记不起来了吗?"

她说:"我们有过过去吗?"

他明白了。于是问道:"我是谁?"

她说:"我的脑海里确实清晰存在过你的影像,但这个影像总是飘忽不定,我一直在努力想起你是谁,你一定认识我,而且一定很关心我。你不说我也能感觉到。可是,你始终飘在空中,很远,让我看不清。有时候我还觉得我有好几个'我',很烦人。"

丁小兵放松下来,他给自己倒了杯啤酒,看着啤酒泡沫沿着杯沿慢慢消失。对面坐着的不再是他等了九年的女人,而是一个陌生人,很快,她也会忘掉今天发生的事情。现在,他唯一可以做的,就是令自己现在不要忘记。对他来说,回忆无论从哪一段开始,最终还是会传递到终点,就像一个人舞动了一下手里的长绳,回忆就会沿着绳子以"S"形传递到末端。最后消失。

"我已经四十多岁了。"丁小兵像是对她说,更像是自言自语,"直到现在,我还演不好自己的角色,还没有确切地找到属于自己的生活。一切都还像二十多岁时,时间都是用来大把浪费的,那时有年轻作为资本,浪费得起。但时间太快了,我不可能活到五十岁了,年龄越大见过的世面越多,就越找不到能够让自己奋不顾身的女人。"

她给他搛了块鱼片,说:"别光顾着说,你也吃呀。"

丁小兵喝了口啤酒。他不想说了。

邻桌来了四个年轻人,两男两女,从穿着来看挺规矩。他们点了大份羊蝎子火锅,三十串羊肉串,四个烤羊小腿以及两盘烫菜。

丁小兵听着他们点的菜,想起自己二十岁出头时,一个人基本就能把这些装进肚子。现在大不如从前了,无论多么丰盛的一桌菜,动上几筷子他就撑着了。

在等待上菜的过程中,他们四个人各自掏出手机,在屏幕上指指点点,其中一个男孩在玩游戏,其余的好像在发微信或听歌。等菜全部上齐,他们纷纷拍照,然后低下头忙碌地吃起来。两个女孩吃了一阵就停下筷子,表示吃饱了,其中一个男孩吃的速度挺快,两只手各抓着一串羊肉串,左右交替横着撸,一个女孩不时递给他餐巾纸让擦一下嘴。他们都没喝酒,只是纯粹地吃。他们带来的饮料孤零零杵在桌边。

在他们的感染下,丁小兵也不由得把筷子伸进火锅。可仅仅绕着锅边游走了半圈,他便再次放下了筷子。

他们中至少有一对,应该是互相爱慕的男女小青年,或者是潜在的夫妻。丁小兵想,爱会是他们生活的动力,经过相处,他们可能会结婚,然后建立家庭生儿育女,爱情很快就变得具体,抽象的爱变得实在,这个时候或者再往后,爱就有可能会成为潜在的危险了。说到底,爱就是掩饰自己自私的一个借口。

此时,他们四个人正在商量吃完后去哪里,但意见不一致,最后的结果是其中一对去看电影,另两人各自回家。

他们在喊服务员。那个五十多岁的服务员走过来,问:"还需要加什么?"

"不加了吃饱了,"一个男孩说,"可以用 Apple pay(苹果支付)吗?"

服务员说:"什么? 别说外语,我不懂。"

"可以用苹果支付吗?"

"你咋不用猕猴桃支付呢?"

四个年轻人付了现金后离开,丁小兵看到他们实行的是 AB 制,两个男孩各付一百元,女孩各付五十元。服务员收拾桌子的速度惊人,桌面瞬间光亮,就像刚才没人在这张桌子上就餐一般。

丁小兵边咳边笑,起身去洗手间。

走到洗手间门口,恰好有个清扫卫生的大妈正在里面拖地。她让丁小兵在门口先等一会儿。他抽了支烟,大妈还没出来。越过几张桌子,他瞥见刚才那个男人,她的丈夫正坐在角落里吃面,面条被他拎得很高,筷子顿了顿,面条又落回碗里,然后他把面条又拎了拎,吸进嘴里,接着双手端起碗喝了几口面汤,整张脸都被大碗遮住。

又等了一会儿,丁小兵还没看到大妈出来,就敲敲洗手间门,没动静。丁小兵走进去,大妈不在,不知她去了什么地方。

应该是羊肉面。丁小兵边猜测边按下冲洗按钮,蹲便器里有个烟头,跟随强劲水流旋转几圈后,顽强停留在那汪存水上。墙面上有张宣传帖,写着"禁止在洗手间内从事如厕以外的一切违法行为"的字样。他默读了几遍,越读越觉得是在对自己的一种暗示。

如厕从来不洗手的丁小兵,破例用洗手液仔细洗了下手。他站在洗手间门前,朝大厅里逡巡片刻。她丈夫已经不在座位上,不知他去了什么地方。

丁小兵走到她背后,替她整理了一下挂在椅背上的外套,在衣领处闻了闻。她扭过头问:"你干吗?"这是他俩在一起时她经常问的话,这句问话经常让他产生冲动。

"不干吗。"丁小兵回答道。每次他都会这样回答她。他想突然在她脸上亲一下。但是,他看到她丈夫站在报亭边的樟树下,撑着伞。

在丁小兵的眼里,她是一道美丽的风景,但她本人可能还没意识到,只是把本真的一面自然展现在他面前。这跟一个游客,来到一个尚未开发的景区前产生欣喜,是同一个道理。

他坐回椅子上,口袋里的手机响了一声。他掏出来看。

这是每个月他都会收到的对账单:"尊敬的丁小彬女士:您好!2016年3月账单已产生,记录了您2016年2月16日—2016年3月15日账户变动信息,现为您诚意奉上,仅供参考,详细内容您可登录信用卡服务或在线客服进行查询。敬启!"

丁小兵看了看,需还款金额是十五万元,最后还款日是6月30日。他把手机递给她,说:"每个月我都会收到这样的错发信息。"

她接过来翻看,然后说:"你叫丁小彬?"

"是丁小兵,后鼻音,士兵的兵。短信上的那个是个女的,丁小彬女士。看见了吗?"

"你叫丁小兵?"

丁小兵愣住了。这是他第一次在她面前说出自己的名字。他甚至怀疑自己是故意说出来的。

"丁小兵。原来你叫丁小兵呀,这名字简单好记。"

"你能记住吗?"

"肯定能记住。哎,又来了条新信息,让我先看……原来你是健身教练呀。"

丁小兵接过手机,短信内容是"《健体无忧》丁教练你好,你上周收到会员的三封投诉,会员反映的主要问题为:女会员要求与你发生性关系而你拒绝了。今后请注意改善,以免影响评星和补贴,谢谢!回复 TD 退订"。

"我不是教练,更不是健体教练,又是一条发错的短信。"他说,"为什么我总是收到如此搞笑的信息呢?"

她说:"是不是你本身就很搞笑呢?这个世界一直很卡通呀。"

他说:"这是一个卡通世界?"

她说:"如果你真是短信上的那个教练……你会拒绝吗?"

他说:"这个假设不存在,我没法回答。但据我所知,她们中的大多数都是已婚者,也是有钱有闲的女人。她们中的大多数是天生的有钱人,天生就会为了所谓的房子、存款、轿车而去选择一个婚恋对象乃至一桩婚姻。不用别人教就会。"

她说:"你难道对钱没兴趣吗?"

他说："反过来说,这也就证明她们的选择是多么不值钱。当然,这也没什么,谁不想不劳而获呢? 但是她们身上还有另外一种人在骚动,这个人,更确切地说,是她们身体里的另外一种女人,始终幻想着让一种强大的力量层层剥光。"

她撇撇嘴,说："别光说女人呀,作为男人,你们身体里的另一种男人是不是都想把女人剥光?"

他把脑袋往前伸,然后小声说："我只曾经想过要把你剥光。"

她往后一仰,说："瞎说什么呀? 你真是满嘴跑火车,胡说八道。"

丁小兵就喜欢看她此时的神态,嗔怒中带着害羞,特别是嘴角微微上翘时,像是雨山湖上那座彩虹桥。他是曾梦想把她剥光,从他俩认识到现在,已经九年了,但九年他始终都没那样做。时间太短,九年里她只给了他九天的时间。

他说："说个我看到的事件。你想不想听?"

她说："只要不扯到我,我就听。"

"好吧。有一年我出差,凌晨,在陌生的路上闲逛,路过一个美容院,看见一个姑娘从店里出来,像是下班的样子,她男朋友就在对面等着。凌晨的马路空空荡荡,他们牵着手走在昏黄的路灯下。我在后面慢慢跟着,看着他们亲密地走到一家小烧烤摊前,坐下。男的点了瓶啤酒,给女朋友也倒了一杯,还拂弄了下她额头的碎发。你猜那一刻我感受到的是什么?"

"是什么? 感动?"

"是惆怅。其实这个世界很魔幻。"

"你别吓到人家,还以为你要抢劫呢。"

"抢劫？钱这玩意儿真的那么可靠？"丁小兵说完看看她，又朝窗外看看。她丈夫在樟树下。丁小兵有点恍惚，一时不知道三个人谁是多余的。

这时，大厅门口传来几声狗吠。丁小兵看到一个年轻服务员，正在劝阻一个三十多岁女人，可能是不允许带宠物进入店内，火锅店领班也站在一旁使劲解释着什么。最后，经理模样的人出面交代一番，勉强允许她带小狗进入了大厅。

那个女人径直走到了丁小兵的邻桌，一边拉开椅子一边说："我家宝贝从不咬人，也不随地大小便，真是的，制度不都是人定的嘛。"说着又拉开一把椅子，让那条玩具体的泰迪犬坐了上去。

从穿着来看，这个女人的某一个身份应当是健体会员，也有可能是那个丁教练的会员。丁小兵想。

她点了小份的酸菜氽白肉，她吃一块就给小狗吃一块，小狗吃完舔舔嘴，又眼巴巴看着她。

丁小兵转过脸。

过了一会儿，这个女人让服务员加汤，而服务员正忙着在前面记菜单。

女人说："喂，那个谁，赶紧来，快来给我加点汤，烧干了怎么吃啊？"

服务员走过来看了眼，说："锅里还有汤呀。"说完这句，服务员给另一桌上了锅底，随后才拎着汤壶回来给她加汤。

因为慢了点，加汤的时候那个女人很不高兴，她说："你怎么这么慢，服务态度这么差？把你经理叫过来，我要投诉你！"说着狠狠瞪了眼服务员。

服务员也很恼火,说:"不要用你的这种傲慢指点我的工作。"

服务员并没有把经理叫过来。丁小兵以为这时候应该没事了。

然而没过多久,火锅店经理就找上了服务员,说刚才本店有人投诉还上了微博。服务员一听顿时恼火。于是找到那个女人说:"为什么你投诉到了微博上? 我有什么做得不对的地方,你说一下我改正,能不能把微博删掉?"

但无论服务员怎么说,女人就是不删微博,一边还冷嘲热讽道:"你他妈的是谁啊! 叫你加汤,加那么慢,服务态度那么差,投诉的就是你!"

"请你把微博删掉,有事我们私下说。"

"你他妈是谁? 删不删微博是我的事。"

眼看着矛盾要升级,丁小兵很担心服务员会不会像前不久发生的那样,拎壶热汤浇在客人身上。他悄悄起身,走到电器开关箱前,趁人不注意掀开蓝色塑料罩,"啪",拉下了总闸。伴随黑暗的有几声尖叫和埋怨,以及拖拉椅子的声响。店经理大声安慰大家不要动,大家可以打开手机电筒功能,他马上检查立即恢复供电。大家不要动! 他特意强调。

丁小兵借着手机亮光回到自己桌前,然后握住了她的手。

"你干吗?"

"不干吗。"

大约五分钟不到,照明恢复。她一下抽回了手。

邻桌的女人不见了,只有那条小泰迪嘴里叼着块小骨头,眼神忧郁站在地上。它还在等待着它的主人。

　　她指指那条泰迪犬,说:"那个女人呢?"

　　他说:"估计已经踏上了亡命天涯路。"

　　她说:"至于吗?满嘴跑火车。"

　　丁小兵说:"刚才是我拉的电闸。"

　　她问:"咦,你为什么那么做呀?"

　　他说:"眼前一黑,什么都会被遗忘啊。"

　　她说:"那不一定。刚才我终于想起你是谁了。"

　　"哦?我是谁?"

　　"你叫丁小兵。"

　　雨变得琐碎,火锅店玻璃窗上的水珠越来越密,有风吹过来,连接在一起的水珠像是记忆留下的痕迹。

　　丁小兵想到自己过去干的事情是多么愚蠢,总想要抓住稍纵即逝的东西,还试图为虚幻的事物找寻可靠的证明,结果差点连仅有的东西也失去了。

　　火锅店已经关掉了主灯,大厅里缓缓播放着李宗盛演唱的《漂洋过海来看你》。火锅店快到下班时间了,不太明亮的光线,他和她以及服务员收拾桌面时碗筷偶尔发出的脆响,这一切都暗示着结束,这才是最终属于他的生活。他以为还有很多时间去做出各种选择,他再一次地发现自己错了。他早已做出了选择,前半生,准确地说他的一生即将过去了。

　　从店内看不清雨是不是还在下。《漂洋过海来看你》一曲终了，丁小兵忽然看到她泪流满面，她笑了笑，站起身，握住他的手，异常温柔地说："老丁，我该回去了。以后你也别再来看我了。"

　　"为什么？"

　　"因为，我已经没有更漂亮的衣服穿给你看了。"

　　她的脸庞依旧白皙，他对她的记忆力不再抱有幻想，也许这就是最好的结局，至少此时的分别，能够及时封存住过去九年的光阴，哪怕只有一丁点。他知道这段漫长而短暂的关系已经结束了，但人世间所有的别离，终究是为了下一次的重逢。

　　丁小兵看着她走出店门，起身走到吧台埋单。服务员告诉他，一个多小时前已经有人替他埋过单了。

　　丁小兵有点失落，他走到街上。雨已经停了，路灯昏暗的光摇曳不定，还有飘忽不定的影子，它们或静止或运动，不断拉长或倾斜。丁小兵喜欢看着自己的影子，他觉得那个影子会穿过他内心的隐秘，想问他很多为什么。可往往他还没来得及回答，影子就消失在了光亮处。

　　丁小兵走到对面樟树下，她丈夫正要走，丁小兵喊住他，果断把自己的诊断书塞到她丈夫手里。借着路灯光，他打开看了看，似乎看懂了。

　　丁小兵知道他看懂了，因为这个男人的眼神里没有了担心，有泪，流得很缓慢的泪。丁小兵看着他，或许是生活中强忍不哭的时候多了，突然的释放让心里的泪水忽然一起找到了入海口，泪水正慢慢越过他脸颊的每一道皱纹，不知道是缓冲了哀伤还是想尽力挽留住哀伤。

丁小兵对他说了声"再见",然后转身重新上路。男人却拉住了他,丁小兵看到他眼里的泪水突然滂沱,混合着雨水,汹涌地扑向他以及路面。水势上涨得太快,瞬间就淹没了临街的店面,所有的火锅都漂浮在水面上。

丁小兵也浸泡在深水里,他的双脚离开了地面,身体也失去了重量,他挣扎着凫出水面,看到所有的人都站在岸上,悲伤地望着他。

那张诊断书就在前方上下起伏。他深吸了口气,努力朝它游去并一把抓住了它。诊断书上医生开具的诊断证明消失得无影无踪,清晰可辨的只有四句话:譬如钻木,两木相因,火出木尽,灰飞烟灭。

水,迅速消退。火锅店门脸露了出来,店名下那行"距百年老店还有九十九年"的字样还在。丁小兵走了进去。

他在等她。他们碰面地点就在这家火锅店。此刻火锅店还没到上客高峰,只有几个服务员慵懒地摆着餐具,发出的昏沉而令人困倦的声响,让他无比清醒。雨一直在下,路面像是一口浅浅的池塘,车在路面上缓缓驶近,又缓缓驶离,一些树叶被起伏有致的积水推到路边,又在后一波积水的推动下漫过路面,紧紧贴在行道砖上。

雨水夹带的残余气味飘进大厅,像酒劲上来那样,坐在卡座里的他,陡然感受到一股夹杂着虚无的悲伤,他忍不住咳嗽起来。他至今不知道她叫什么名字,他一直想问,但始终没有勇气去问,随着光阴流逝,他也就不想再问了。不知她是否也想过问问他的名字。

他只知道,他是来告别的。他已经等了她九年,而她已经迟到十分钟了。

■ 跳来跳去

丁小兵不是一个人从雨山山顶下来的。

从雨山下来时,夜空中正飘着雨。雨不大,是那种润如酥的小雨。到了春天的夜晚,山脚下的喷泉广场上全是跳舞的人。跳舞的队伍分两拨,先是广场舞,接下来是交谊舞。到了晚八点两支队伍自动交接,雅俗共赏的音乐互不干扰,轮番飘荡在五十米开外的教堂顶上。

雨山是座死火山,地质专家说它绝无再喷发的可能。夜幕降临,柔和的绿色灯光像是一块巨大的谜面,笼罩着深不可测的山体。

从山上下来时,丁小兵很恼火,后颈处的皮癣随即火辣辣地疼起来。蛰伏了一个冬天的皮癣总是在四月按时发作,甚至提前,但都要持续到深秋才自动结束,完成一个循环。

李楠就像那块皮癣,平日与他相安无事,但发作起来疼、痒,还不能用手抓。丁小兵曾尝试用力抓过一次,但抓过之后只是一时痛快,留下的却是血淋淋一片。这种欲罢不能的错觉让丁小兵很伤感,也让他有些后悔轻易承诺了这个比他小七岁的女人。

他们认识之前都刚刚离婚。突然摆脱了婚姻的束缚,起初让他们得意忘形,但丁小兵很快意识到,虽然没有了婚姻的束缚,但生活依然像一张待捕的网,随时可以收拢。他不过是一只贪吃米粒的麻雀而已。

刚才,丁小兵正在与他的朋友程语喝酒闲聊。程语比他大十岁,是个高中物理老师,跟丁小兵也是多年的朋友。程语常以优秀的学生为荣,桃李满天下的成就感让他在酒桌上变得啰里啰唆。而那些不成器的学生他只字不提,仿佛花名册上他们的名字只是个名字而已。

酒意正浓时,李楠的电话来了。她说买了许多烤串,准备去山顶四角亭吃,还买了啤酒,让他立即过来。丁小兵不乐意但也没明说,只是请她到程语家里来,大家一起吃。

"二十分钟内你若不赶到,我保证你以后看不到我。"这是李楠挂电话前的最后一句话。

程语拍拍他肩膀,说:"好汉不吃眼前亏。赶紧去,何况有酒有肉有佳人。"

丁小兵下楼打车,跑步上山。等他到达四角亭时,李楠并不在。他打开手机电筒,石凳前的草丛里有很多烤串的竹签。他给李楠打电话,她说过时不候,回家睡觉去了。

下山时,一只猫始终跟着他。他不知道那只猫是什么时候跟着他的,直到它蹭到了他的裤脚。丁小兵吓了一跳,抬了抬脚。

那是只白猫,丁小兵发现流浪的污渍并没有影响它通体的白。它像是雨夜的点缀。也许它习惯了黑暗,习惯了在雨山流浪,但一场缓慢落下的春雨,让它猝不及防,它惊慌失措,就这样与黑夜里的小雨对峙着。

它叫了几声。丁小兵停住,白猫仰起脑袋,竖起耳朵,抖了抖身上的雨珠,迷惑地看着他。他转过身踩了几下脚,那只猫便迅疾地钻入树林不见了,只听见树林里有一片"沙沙"的声响远去。

因为一场漫不经心的春雨,喷泉广场上跳交谊舞的人越来越多。丁小兵坐在长椅上给李楠打电话,电话始终无法接通,他又翻微信,三分钟前李楠刚在朋友圈点了个赞,于是再打电话,还是占线。

跳交谊舞的秩序忽然乱了,两个老头正在相互拉扯叫骂,一个皮肤很白的中年妇女夹在中间拉架。丁小兵站起身,摇摇头,往回走。下到最后一级台阶,在那块黑漆漆的广告牌后面,丁小兵看见搂抱在一起的一对男女突然分开。昏暗的灯光下他们脸上铺满了紧张,两人满头的银发湿漉漉的,在灯光下散发出透明的光泽,像是正在融化的雪。

丁小兵有些歉疚地朝他们笑笑,低下头匆匆离开。身后传来他们简短的对话——

"没事的。"

"我们还是早点回去吧。"

梧桐树遮蔽的街道很荒凉,偶尔有一两个人从他身边经过。平时人头攒动的超市也没了气息,只剩下几片孤零零的灯光在随风摆动。在走过半山花园路口时,他抬头看了看社区花园里那个巨大的座钟,座钟显示的时间是一点二十二分。丁小兵忽然想起这个座钟已经停止转动很长时间了,如果没有人修的话,那么它一辈子都只能停留在这个时间了。可是,这个一点二十二分究竟是哪一天的呢?

丁小兵又给李楠打了个电话,还是占线。他明白过来,要么自己已被拉黑,要么她切换到了"飞行模式"。

他抬起头,小雨已经停歇,一只白猫正在教堂顶上游荡。

又过了一周,丁小兵依然没有打通李楠的电话。

他去过她住的地方,始终没人应答。正在丁小兵心灰意冷时,程语给他打了个电话。

接他电话前,丁小兵刚用酒精把手机屏擦了一遍。可能是酒精弄多了,也可能是手机摔过多次,电话响时他怎么也按不准接听键。他不断戳着触摸屏,但屏幕始终不停闪回。十秒左右后,丁小兵终于戳准了跳动的接听键,像是点了程语的死穴。

程语说明天恰逢周末,他的一个学生从南非回来了,要请他这个物理老师吃顿饭。但这个学生滴酒不沾只喝咖啡,所以邀丁小兵去陪他喝俩杯,以免浪费了一桌好酒菜。

盛情之下不便推辞。

去年国庆节期间,丁小兵见过他那个学生,他还送给丁小兵一个手工制作的烟斗,说是在上海参加"慢烟国际大赛"的奖品。但是,只有烟斗没有烟丝,说明年回来送他几盒上等的古巴烟丝。就冲这个,丁小兵便答应了程语。

那天,丁小兵下了个早班,回家取上烟斗,便朝程语预订的饭店走去。

饭店不远,出小区左转穿过一条马路就是。此刻还没到傍晚,小区里三三两两的人在闲逛,一个四十岁左右的女人带着个小姑娘在玩"跳房子"游戏。

程语催促了丁小兵两遍,说自己五点钟就到了,要他别磨蹭,马上就过来。丁小兵走得很慢,边走边想一件事:那个"跳房子"的女人他看着面熟,应该是在哪里见过。

直到走进饭店大厅,丁小兵才终于想起那个女人是谁。其实上小学时他们就在一个年级,中学也在同一所学校,都在山脚下。记得那时的她放学后,就喜欢玩跳皮筋、丢沙包、"跳房子"这类游戏。每次从她跟前过,他总是让得远远的。大概是高中毕业后吧,丁小兵就再也没见过她。

这也很正常,很多人在你生活里就是一闪而过。对于像丁小兵这样从未参加过同学聚会,至今也没加入任何一个聊天群的人来说,日子总是显得迅疾又漫长。

他轻轻推开包厢门。程语正背对着他望着窗外,像是在解一道高中物理难题。听见响动,程语招呼他坐下。丁小兵问他的学生怎么还没来,他说刚才联系了,学生刚下飞机,可能要迟到一会儿,让他们先点菜。

丁小兵说:"那赶紧点菜。"

程语说:"不太合适吧。"

丁小兵说:"跟学生有什么客气的?'一日为师终身为父'不是你的口头禅吗?"

程语说:"那不一样。人家现在是海归人士,有身份有地位。"

丁小兵看看他,才发现他今天西装革履系着领带,猛一看还以为要出国讲学,跟平日他俩坐小饭店胡吃海喝判若两人。

丁小兵紧紧裤带,说:"那就再等会儿?"

程语喊来服务员倒茶,服务员问他现在是否点菜,等会儿到上菜高峰时起菜会比较慢。程语摆摆手,说不急。

服务员认真瞅了程语几秒,然后出去了。

程语喝口茶,说:"下午来的时候气死我了。"

丁小兵说:"你都快退休了还能被气到?"

程语说下午坐公交车来的路上,因为人多没挤上座位,本来也就几站路,心想站站也无所谓,但车刚启动,旁边一个伙子就主动从座位上站起来,要给他让座。他当时就生气了,硬把那个小伙子摁在座位上没让起身。

丁小兵说:"没懂你什么意思。"

"没懂? 我生气了。"

"人家给你让座不是品德高尚的表现吗?"

"我就生这气。你觉得我有那么老吗?"

丁小兵说:"难道你还没老到需要让座的地步? 你若不让他人为难,或者让自己为难,你就该低调行事,比如步行。"

程语说:"你这个损友我二十年前就该拒绝你了。"

丁小兵说:"那为什么一直没绝交?"

程语说:"问天。"

丁小兵说:"你今晚就不该答应学生的宴请。好那个面子干什么呢?"

程语说:"我这不都是临时起意的吗? 你知道我从来不提前决定什么,一旦提前决定到时做不到会招人埋怨。"

丁小兵说:"我晓得,你一般都灵机一动,但有时灵机一动的时间太长了。比如十年前你喜欢那个女人。"

程语说："改天我做了皇帝,第一个就把你灭了。"

丁小兵说："你这不是英雄怕见老街坊吗? 哎,那个女人现在怎么样了?"

程语说："我就一直没再见过她。"

丁小兵说："你怎么知道我问的是哪个女人? 英雄的鞋子合不合脚,也只有穿了才知道。从这点来看,英雄无异于街坊。"

程语连声说："点菜点菜。"

菜的确起得慢,半天才上一个菜,还是冷盘。等菜全都上齐,一个小时过去了。丁小兵对他说："给你学生打个电话,就是坐牛车也该到了。"

程语松开领带,抓起手机拨号。过了一会儿,他把手机扔到丁小兵跟前,说："无人接听。"

丁小兵说："我已经不饿了。下楼转转去。"

一楼大厅正在举行婚礼,嘈杂的声音飘进包厢,能听见婚礼主持人不停地吼叫着什么,像是正在上演一场精彩的马戏。

大厅里充斥着蓝色的烟雾,丁小兵找了个空座坐下来。一片酒气和客套声中,他发现这桌人彼此都不认识,但都装作很熟悉的模样,还很费劲地交流着,甚至用上了手势。

《婚礼进行曲》声中,新郎新娘在摇曳的灯光中登场了。新娘光彩照人,看上去很高大,背对着丁小兵的她看上去像李楠,这让他吃惊不小。他起身转到走台的边缘,昂起头。新娘就是李楠。但化了妆的她又不太像是她,就像盯着一个汉字看久了,它突然变得很陌生一样。

化了妆的隔离感突然让丁小兵冲动不已。在接下来的互动环节里,他一次次冲上舞台抢牙膏、抢气球、抢玩具熊,忙得眼泪直流,直到李楠瞪了他一眼才作罢。

走出大厅,丁小兵看见往二楼方向的拐角,立着一面很大的镜子。镜子上有"正衣冠"三个字,他走上前,押了押外套。他发现镜子里的那个人,并不是自己。镜子里的人很陌生,是自己的壳,而那个真正的自己,刚才已经完全暴露于瞬间的一言一行之中。镜中人冲他笑笑,他也笑笑。

丁小兵扭头疾步回到大厅。新郎新娘正在挨桌敬酒。他快步走到新娘跟前,一把握住她的胳膊,使劲往一边拽。新郎立即发现了,扔掉酒杯反手抓住了丁小兵的胳膊。丁小兵喊了声"让开",左手便掸掉了新郎的手。

周围有人站了起来。灯光师迅速调低了光线,大厅里只能看见一个个影子像地鼠一般,从洞口探出了脑袋。李楠低吼了一声:"再这样今晚你死定了。"

她的眼神充满了松香的气味,犹如一把滚烫的电烙铁,触碰到松香后,没等青烟散尽,旋即把他牢牢焊死。

丁小兵一愣,松开手,沿着昏暗朝二楼跑去。后颈处的皮癣炸裂般发作,奇痒难耐。他听见外面有大雨落地的声响,窗外千百根柳条向上扬起,在大风的裹挟下把雨水朝天上甩去。

推开包厢门,程语神情凝重,还是一个人在那坐着,手指不停地拨弄着转盘。丁小兵有些恍惚,那些菜肴在程语的拨动下,转速越来越快,眼看着它们在离心力的作用下,接二连三被甩离了桌子,砸到墙面。汤汁顺着洁白的墙面缓缓滑落,与窗玻璃上的雨珠扭曲在一起。

窗外雨声潺潺。丁小兵坐下来,感觉自己像是住在小溪边。程语问:"你刚才干吗去了?"

丁小兵说:"劫法场去了。哎,你学生还没来?"

程语说:"没有。"

丁小兵说:"先吃吧。别浪费了一桌好菜。"

程语抓起筷子,又放下,抽出一张餐巾纸擦嘴。

丁小兵看着他满脸疲惫的神情,也放下筷子。他说:"程老师,我有一个问题要问。这个问题纠缠了我很多年。"

程语说:"什么问题?只要不是人生问题,我都可以解答。"

丁小兵说:"两个铁球为何能同时落地呢?"

程语说:"你是亚里士多德吗?这很简单的道理,忽略空气及其他外阻力,如果距离相等,重力加速度相等,那么两个铁球落地的时间就相等。"

丁小兵说:"这个问题从小学一直困扰我到现在,始终没搞懂。"

程语说:"铁球在下落的过程中处于失重状态,引力只是引起了物体速度的改变,而这个改变量只取决于加速度的大小,所以它们会同时落地。"

丁小兵说:"可是这有违生活常识,重的物体比轻的物体下落得要快,如玻璃弹子就比羽毛落得快。"

程语说:"你的物理都是自学的吧?"

丁小兵说:"这个故事很可能是没有根据的。我认为,当时没有理想的计时工具,如果做这个实验,很难做到让两个球同时抛出,即使做到了同时抛出,落地时间也无法准确判断。其次,在伽利略本人留下的记录中,没有任何地方提到过比萨斜塔实验。"

程语说:"小学老师讲的是在没有外力作用下的自由落体运动,两个球当然同时落地。上中学了,你的思想复杂了,所以你要考虑空气阻力。高中让你计算就是要考虑更多的因素,让你更严谨。大学……算了,你没上过大学。"

丁小兵说:"那这两个铁球到底哪个先落地?"

程语说:"咱俩就是那两个铁球,你说谁先落地? 不要再纠结了,再纠结下去就是虚无。应该关注微观世界,关注暗物质,没有薛定谔的猫,你的手机就不会有微信。"

服务员走过来问他们是不是需要主食。程语明白过来服务员这是在催他们滚蛋,丁小兵说再等一会儿就走,别催,再催今晚不走了。

服务员重重地带上门,出去了。丁小兵说:"你的学生看来是不会来了。吃吧,吃完你把单埋了。"程语说:"我根本就没带钱,兜里只有一百多。"

丁小兵说:"那我先走,你掩护。"

说话间,包厢门被推开了。丁小兵吓了一跳,以为又是服务员。进来的是个女人,就是下午来之前丁小兵看到的"跳房子"的女人,四十岁左右。

女人说:"是程老师吧?"

丁小兵看看程语,发现他突然很害羞,是那种慌张带来的害羞。他又看看女人,她的神情自然,她说是程老师学生的妻子,他让她过来埋单,因为要紧急洽谈一个合作项目,今晚很抱歉他不能来见老师了,并邀请程老师下个月去好望角旅游。

"所有费用全免。"女人最后说。

程语恢复了常态,摆摆手说:"南非就不去了。"

丁小兵说:"别说南非了,南京这么近他都懒得去。"

女人说:"时间也不早了,你们还需要什么主食吗?"

程语说:"什么都不要了。"

女人欠欠身站起来,说:"那我去埋单。"

女人关上门的瞬间,丁小兵就凑近程语,问:"你和她什么关系?"

程语说:"我拒绝回答。"

丁小兵说:"你不说我也知道,她就是十年前你的那个女人吧?"

程语说:"你也别问了。喜欢打听别人隐私的人都是蠢驴。"

女人很快就回来了。她说:"好奇怪,账单已经有人买过了。"

丁小兵说:"买过了? 怎么可能? 我去看看。你俩先坐一会儿。"

丁小兵往吧台走去。大堂经理告诉他,单的确有人买过了,就是本店的服务员,也就是他们包厢的服务员。丁小兵问为什么要埋单。经理告诉他:"这个服务员是今晚你们中一个老师的学生。"

丁小兵想了想,试图回忆出那个服务员的模样,但最终还是印象全无。他问大堂经理今天的婚宴结束了没有。经理诧异地看着他,说:"今晚没有新人在本店举行婚宴啊。"

"任何一对新人都没有。"大堂经理强调道。

丁小兵使劲敲了下吧台,说:"不可能。"说完朝包厢走去。他推开包厢门,灯光还在,外面的夜色也在,甚至连潺潺的雨声都在。可是,程语和那个"跳房子"的女人不见了。

雨,已经停了。丁小兵决定沿着雨山走回去。

一辆120急救车闪着蓝色的警灯,"呜啦呜啦"地在山下马路上急速驶过。在雨山散步的人已经很少了。他前面有一对老夫妻正沿着山道不紧不慢地走着,平行走着,朝着同一个方向,但互相不搭理,横向隔着很大距离。丁小兵想:这得有多少年的厮磨,才能练就这样的若即若离呢?

他掏出手机看了看。手机顶端的那个绿色提示灯正在闪烁。点亮屏幕后,他发现是条微信语音消息,来自李楠。

李楠的声音很低沉,她说:"我养的那只小猫死了,我正在窗外挖个小坑,我想把它埋了。"

丁小兵吓了一跳,她带着点压抑的声音令他恐惧。他停下,思忖再三,发去一条消息:"今晚你干吗去了?"

大约过了二十分钟,李楠说:"我刚把小猫埋了。这些天我一直在照顾它,可它还是死了。我不想让它死。"

丁小兵说:"人死不能复生,更何况小动物呢?"

李楠说:"你这是人话吗?"

丁小兵紧张了。他反应过来自己说的这句实话很不合时宜。李楠就是这样的脾气,上一句还晴空万里,下一句立即就能大雨倾盆,让他防不胜防。

沉默了许久,李楠发过来一行字:"我想结婚。"

这四个字在屏幕里跳来跳去,丁小兵只能看清"我想"这两个字,他重启了下手机,再进微信看,那几个字却不见了。

丁小兵想让她重发一遍,犹豫半天问了句:"你在干吗呢?"

李楠很快就回复了他,就五个字:"算了。我困了。"

丁小兵再发消息过去,可那些微信消息就如飘浮在空气之中,没有了下落。他仔细想了想,却始终想不出李楠到底想干什么。

山体公园的灯光早已熄灭。山边的环形道黑黢黢的,人影杳杳,柏油铺就的山道显得格外空荡。春风沉醉的夜晚,不同品种的树木搔首弄姿,连"沙沙"的声响都带着几分暧昧。夜空灰蒙蒙的,街道上空交织的光映衬在半山腰处,使整座山体看上去像是城市设定的一个谜,谜面繁复让人捉摸不定,一旦深入其内部则宛若进入了迷宫,任你选择哪条登山道,都将是死路一条。

岔路边的石头上坐着个人,猛一看跟一个雕塑差不多。丁小兵放慢脚步,走到跟前发现是个真人。那人喊了他一声,他这才看清是程语,程语手中的香烟正忽明忽灭地燃烧着。

程语站起身,说:"走,找个地方再去喝几杯。"

丁小兵说:"也好。今晚就像做梦一样,而且还做得乱七八糟。"

路边一溜儿小饭店都开着门,他俩找了家老板正在打瞌睡的小饭店。

两个人像仇人似的相互看了眼对方。丁小兵问程语有什么情况。程语长叹一口气,说刚才包厢里的那个女人就是他曾爱过的那位,没想到她会成为他学生的妻子,这种惊讶让他一度处于慌张的状态。这些年他们始终没见过面,没想到她不仅突然出现了,还带来了一个女孩。她说是她独自抚养了他的女儿,她现在要把女儿归还给他。程语说着从口袋里掏出张照片,递给丁小兵。

丁小兵接过照片，一眼认出这就是下午他从小区经过时看见的那个小女孩，和妈妈一起"跳房子"的小女孩。

丁小兵把照片递还给他，然后抬起头。大厅扣板上的吊灯正摇摇欲坠，随时都有可能掉落在程语的头顶上。丁小兵挪了挪椅子，觉得自己与李楠之间的事情，相对于程语这事来说，简直就不是个事情。

他问程语打算怎么办。程语沉默了许久，只说了句"我们回不去了"，然后很关心地问他和李楠怎么办。

丁小兵说："我对她是全心投入的，从来没有哪个女人值得我这样做。我是自私，可我心里总是感觉不踏实。"

程语说："那你一个人过下去好了。不去爱一个人或许能避免孤单。"

丁小兵说："最初我是害怕孤单，为了避免孤单我可能掉进更大的孤单里去了。"

程语说："现在呢？"

丁小兵说："现在我落单了。说一千道一万，我就是这命，任你做出怎样努力，上天一个小手指就让你命中注定。其实我们每个人的本质就是孤单。我不敢说自己孤独，我怕我配不上那么高贵的词。"

程语说："爱情总是让人那么麻烦。"

丁小兵说："我和她就像两只蚂蚁，小心翼翼地用触角相互试探，再试探，殊不知人类一个小小的举动，就能让它们在未接近前彻底毁灭。我是悲观的，但我愿意等待，她值得我等，可她太调皮了，情绪波动很大。你知道的。"

程语说："我不知道。我怎么会知道？不过我现在知道了。"

丁小兵说:"你知道什么了?"

程语说:"我知道我的去处了。给你说个真事。上大学时在宿舍,一个室友好像谈恋爱了,整天霸着免费的座机给女朋友打电话,一聊就是到半夜,那种压低嗓门的腔调吵得我们久久不能入睡。后来我把电话线剪掉,并伪装好。谁知当夜他还是抱着座机聊天,一聊到半夜。那夜我久久不能入睡。"

丁小兵说:"你啥意思?"

程语说:"那个室友的举动对我刺激很大,我也不知该怎么办,只是觉得世事皆可原谅。"

接下来两个人都没再说话,大厅里有风吹进来,破旧的吊灯在他们的头顶上方随风摇曳。丁小兵低下头,隔着啤酒杯看着程语。那是一个变形的男人,更像是一只蚂蚁,在对面坐着一动不动。

丁小兵做了个梦,梦中他第一次走进了山脚下那座教堂,视觉立刻受到强烈的冲击。那恢宏的气势、耀眼的穹顶、辉煌的墙壁,以及庄严的祭坛,令他震惊不已。他在教堂里四下走动,不经意间发现了几间小屋,很是神秘。门与墙壁看上去是一体的,如果不开门很难发现。他发现不时会有人进出这小屋,有男有女,有老有少,有黑头发的有黄头发的,他们的眼神与表情都是一样的,都在虔诚地忏悔,尽情倾诉自己不端的所思所为和所悔。

他有些害怕这场景,便悄悄走出了教堂。天总是灰蒙蒙的,一架飞机正从他头顶低速飞过。他又看看教堂的尖顶,此刻有一只白猫正倏忽而过。

醒来时,程语已经不见了。丁小兵想去问问老板,连老板也不见了。他走到马路上,仔细回想了一番他俩刚才的对话,结果一句也没想起来。那些刚刚说过的话就像吹在他身上的风,转眼消失了。

他给李楠打电话。这次电话很顺利接通了,李楠似乎已经睡着,她迷迷糊糊地说:"我想要一枚钻戒。"

丁小兵说:"钻戒我有。明早我们去领结婚证吧。"

第二天早上醒来,丁小兵并没有忘记昨夜他对李楠说的话。除了有点头疼,一切如昨。他洗了把脸,让自己显得像个新人。

他打车来到区民政局,远远地,就看见李楠站在门口。车刚停稳,她就一把把他拽了出来。

民政局刚上班,来领结婚证的人却排起了长队。

一束光柱透过窗户照进来,李楠面部的毛孔一张一合,细密得像是在急促呼吸。丁小兵看见有只飞虫在她脸上盘旋,那只飞虫像架庞大的直升机,最后却又轻巧地落在了她光洁的脸上。

丁小兵看着婚姻登记处的工作人员,他们都是幸福的人,每个人的桌上都堆满了喜糖。他看着他们,看着他们娴熟地操作着,看着他们在每对新婚夫妻的脸上,迅疾而又沉重地戳下一个又一个钢印。丁小兵后颈处的皮癣顿时爆豆子般噼噼啪啪剧疼起来。

那束光柱偏移到了李楠的头顶上。有灰尘在光柱里乱撞,时而上升,时而下沉,不停旋转着。丁小兵听见有苍蝇在耳边嗡嗡作响,他抬头寻找着声音,却看见一只苍蝇朝着李楠右手无名指俯冲而来,最后一头撞上了那枚闪闪发亮的钻戒。

■　隐身术

丁小兵累了。

墙上,他与李楠的结婚照早已蒙上了一层灰。他想了想,除了结婚合影外,他们再也没有在任何场合合过影。照片里他俩笑容灿烂,对未来充满期待,发誓相濡以沫,但灰尘无比清晰地告诉他,相忘于江湖也不是没有可能。他走到结婚照前,伸出食指,在照片上轻轻划了一下,上面很明显出现了一道灰迹,像是地震后大地上产生的裂缝,让人不敢一眼望到底。

天气预报说继昨夜大雪之后,今天上午起会有新一轮暴雪天气。天空阴沉沉的,雪子正在噼啪作响,但没多久雪子就像一个个精灵,幻化成了雪花。窗外的大雪不急不缓无声无息地落下,就像不易察觉的灰尘,悄悄给结婚照镀了一层膜。丁小兵躺到床上,可能是躺着的缘故,雪花似乎都没从他窗前经过,而是全部飘落到了对面楼的窗前。

他不觉得冷,但寒气还是一阵阵从脚后跟往上蹿。他打开电热毯,盖上被子,但等了一会儿身下还是一片冰凉。他侧过身看了看插头,拔下再插上,温控开关的灯没亮。他按了下床头灯,也不亮。他反应过来——小区停电了。

中午，余晨给他打了个电话，说是今年第一场雪昨夜已经落下，按照惯例喊他和孙薤一起聚聚吃个饭。这本身没什么新意，但余晨最后强调，今年有新规，所有人不许一个人来。

为什么不允许一个人来？丁小兵想问又懒得问，不一个人来难道还能带谁来？不过自己也的确没人可带，李楠还没下班，就算下班没事她也不会来，即便能来也是件麻烦事，纯粹给自己和朋友添堵。岁月是把杀猪刀，紫了葡萄，软了香蕉。没劲。

更没劲的是丁小兵昨晚就陷入了不安。

昨晚孙薤喊他出去喝酒回来得有些晚，进车棚时，丁小兵发现自己电瓶车车位被人占了。还是那辆绿色的车，不止一次霸占了他的车位，更让他恼火的是那辆车的钥匙没拔，居然还开着前灯，这简直是公然挑衅。他瞬间想把车骑到荒郊野外再推进长江中，但他只是这样想了一下，然后把那辆车往左边挪了挪，又踢了一脚，报警器立即"呜啦呜啦"响了起来。丁小兵赶紧拔掉车钥匙解除警报，蹲下身"嗤嗤嗤"放干净了它后胎的气。

他锁好自己的车，吹了声口哨，抓着两副车钥匙往外走。快到车棚门口时，他一抬头看见两个监控头正对着自己。他左右看看，没人，便拉低帽檐捏着钥匙走了出去。

那把钥匙串上有好几把大小各异的钥匙，有一把他猜应该是那人的大门钥匙。楼栋口有三个垃圾桶，丁小兵随手把那辆车的钥匙扔进了中间的那个，他听见钥匙与垃圾桶发出沉闷的摩擦声。

回到家里，他越想越不对劲。他车位的墙上写着自己的门牌号，如果那人发现车钥匙忘拔了,肯定会找上门来。就算自己不承认,但万一调监控查看的话,自己该如何解释?已经犯困的他一直没有睡着,迷迷糊糊中他甚至想到会不会引发斗殴,或者引来警察的介入。无休止的麻烦会不会因此而来?

丁小兵发现这种不安,比与李楠之间的平淡要更复杂更难解,婚姻的平淡也许一把剪刀"咔嚓"一声就可解决,极具破坏性的方式带来的只是一时的痛感,或许还夹带着快感。但钥匙带来的不安像厚重的乌云,任他左冲右突也是原地转圈。他想,如果他原地转动的速度足够快,就能把乌云变成龙卷风,当风力消退后他也就随着龙卷风消失得无影无踪了。

直到今天早晨,丁小兵的担忧都没消退,他对大门外的动静投以极大关注,一点点声响他都认为是冲他而来。他怨恨昨晚自己的举动,微风都吹不起涟漪的生活才是他神往的。

丁小兵洗了个澡,洗完之后不安消失了。他把抹布浸湿,走到镜框跟前,仔细擦去了合影上的灰尘。他站远点看着照片,顿时有种无官一身轻的感觉。

丁小兵去赴余晨的饭局。出小区之前他去了趟车棚,那辆霸占他车位的电瓶车不见踪影,只给他留下一个模糊的印记。

他缩着脖颈走上大街,路上偶尔有跌坐在地傻笑的人。雪越下越大,雪花密集得像是有人朝他脸上吐唾沫。他不停对出租车招手,并像孙悟空那样喊着"师傅、师傅……",但出租车司机对他的招手视而不见,车辙弯弯曲曲向前延伸,他不停躲避着驶近的车辆,但还是被溅得一身污雪。鞋子很快就湿了,眼见着打车无望,他只好低着头迈开双腿向前走,还不时回头看看身后留下的脚印。他不知道自己是走在大雪之中,还是大雪之外。

火锅店的招牌已撞进视线,丁小兵跺跺脚,抖抖身上的雪花。一个穿着黑大衣的男人摇摇晃晃走在前面,油腻发亮的头发上落满了雪。丁小兵看着他脚下一滑,一屁股坐在地上,还带翻了路边一个卖草莓的竹篮。草莓被他肥胖的身躯瞬间压扁了一大片,嵌在雪地里红彤彤的,像是地上摆的一个大杯的草莓冰淇淋。卖草莓的老妇站起身,想要跟他理论,但丁小兵只看到她张大了嘴一句话没说。那个男人爬起来拍拍屁股,回头望了一下,继续摇摇晃晃向前走。丁小兵看见他的脸上有道明显的刀疤,大衣上还有个洞,丁小兵认识他,年轻时是"江东菜刀队"的队副,没想到如今混成了这般模样。

丁小兵走上前,对站在雪地里发呆的老妇说:"给我称点草莓吧。"

老妇立即停止在雪地里寻找草莓的举动,直起身递给丁小兵一个塑料袋。丁小兵轻手轻脚往里捡了一些。没承想老妇迅速抄起三大捧装进了塑料袋。丁小兵连忙说:"够了够了。"

付过钱,丁小兵往火锅店大门口走去。他并不喜欢吃草莓,尤其是在这么冷的天,何况现在的草莓是反季节水果。站在饭店大门口,听见有人"喂喂喂"在喊,他转过身,那个老妇正拎着竹篮快步走来,一路踉跄了几下差点滑倒。丁小兵以为钱算错了,便喊道:"老人家你慢点。"老妇跑到他跟前,说:"小伙子,一看你就是个中国好人,你把这剩下的一点草莓都买了吧,我打对折。"丁小兵说:"不买不买,我这一大袋子够多的了。"老妇说:"这大冷天的我想早点回家,你好事做到底呗,好人有好报的。"丁小兵不耐烦了,直摆手要进饭店。

老妇拉住他,说:"那我跟你进去,你一定是跟朋友吃饭吧? 让你朋友也买点吧。"

丁小兵没辙了,只好拿起两个塑料袋把剩下的草莓全都买下来。付账时丁小兵灵机一动,说:"我没多带现金,微信支付可以吗?"

没想到老妇掏出个手机,麻利地戳到"收付款"界面,说:"我孙女昨天才教会我的。"

丁小兵拎着三袋草莓走进饭店。余晨左手支着脑袋坐在靠窗的卡座里,猛一看还以为是个儿童篮球架摆在地上。他把草莓放在桌上,说是早上收音机里还说草莓非常解酒,就当作今晚的免费水果拼盘吧。

看见丁小兵一个人进来,余晨说:"不是说好不许一个人来的吗?"

丁小兵说:"我不是一个人,我还带着草莓来的。你呢? 不也是一个人?"

余晨正想接话茬,孙藐也到了,一个人,头顶还冒着热气。他们先是交换了各自近况,结果发现彼此近况都差不多。余晨叹了口气,神情低落,他说:"这顿饭我请,但超过三百我就不管了。"孙藐拍拍肩膀上的雪花,看看菜单,说:"这里的酒太贵了,你看,外边才卖六十八块,这里却卖一百零八。梁山好汉从来不当冤大头。我出去买。附近有超市没?"

丁小兵说:"算了,梁山也不是个个都好汉。"

余晨说:"那怎么行? 没事,你点吧,我就是你的及时雨。"

孙藐打了个哆嗦,犹豫再三,摁住菜单说:"那我不客气了。要这个,一百五十八的。"

余晨招呼起菜。鸳鸯火锅,四样烫菜,三盘肥牛卷,两份酸萝卜,一碟花生米。"大鱼大肉是不健康生活的代名词……"没等说完,也没等肥牛卷在热汤里舒展开,余晨便一筷子抄起还粘在一起的肥牛卷,塞进嘴里。

余晨这样一说,弄得丁小兵都不好意思吃肉了。小时候他一直羡慕"朱门酒肉臭"的生活,现如今大鱼大肉却成了贬义词。他夹起一片生菜,直接塞进嘴里"嘎吱嘎吱"嚼起来。

一瓶白酒三人分,眼看着见了底。孙蕹的筷子兜着锅底扫了两圈,最后把筷子丢在锅里,很不满意地说:"吃饱了。"

火锅还在徒劳地冒着热气,像是搁浅的潜艇进退两难,孙蕹的筷子支在锅中,仿佛暗夜里悄悄浮出海面的潜望镜,令人恐惧。

"何以解忧? 唯有暴富。"丁小兵说,"我很体贴地没吃饱,喝得也很不到位。"

"你们受苦了。加三瓶啤酒吧。"余晨说,"这大雪天的,喝多了容易出事。"

丁小兵说:"李楠说我天天喝酒没出事,全是她在家念经的结果。"

"女人绝不是省油的灯。"孙蕹说,"我发现她们就是想统治全世界,尤其是要控制我的喝酒生活。她表面顺从你,随便你怎么喝,有朝一日她突然会威胁我惯有的生活。"

"啥意思?"

"就是撒手不管我了。今天如果不是余晨打电话邀酒,我手机三天都没响了。"

"这又不是你独有的见解,我估计全世界的男人都有这困惑。开始的那一刻,我们都是独自一个人向这个世界报到。后来,慢慢地,我们身边会有越来越多的人。然后,我们相处,当然更多的是别离。这别离,有时是你离开别人,有时是别人离开你。慢慢地,我们身边的人会越来越少,剩下来的人,几乎就是我们最重要的人,包括亲人、爱人、朋友……和敌人。当然,也有可能一个也没有剩下。这也没有什么,因为最后,我们终将还是一个人向这个世界辞别。"丁小兵一口气说完,晃了晃杯中的啤酒。

"哪来那么多慢慢地?"孙薙指着余晨说,"出身豪门、少年得志、飞来横财,这三大幸不都被他沾到了?"

"这三样简直是屁话,这简直是三大不幸。"余晨撬开一瓶啤酒,"豪门就是活在家的阴影下,出门要低调;少年得志,也不知有多少人等着看你笑话;飞来横财,就是扰乱心神,最后还不是连本带利搭进去了?"

气氛有点压抑。三个人有气无力地正说着话,饭店停电了。大厅里先是一阵骚动,接着传来一团抱怨。丁小兵看见服务员全体出动,蜡烛、应急灯像照妖镜似的,很快就把每一桌照得清清楚楚。孙薙说:"这下我是彻底绝望了,火锅也没电了。"

一边的服务员说:"没关系,我可以端下去在厨房给你加热。把剩下的菜都倒进火锅吧,我去加热。"

余晨说:"不用加热了。菜都在锅里,没凉。需要时再喊你。"

服务员叽叽喳喳了一会儿,然后全都坐在了靠近门口的卡座里。她们分成两桌打起了"掼蛋",领班正在给她们倒茶,没打上牌的则趴在桌上嗑瓜子。停电仿佛是送给服务员们的福利,她们嗑着瓜子,扑克牌甩得"啪啪"响,笑声堆满了饭店的大门。

雪还在下。外面的大雪因为停电变得明亮,路灯下密密麻麻的雪花像是啤酒花,细腻、洁白,向下钻入黑暗,直至消失。门口的风挺大,桌上的烛火不时被吹得东倒西歪,雪花从两扇玻璃门的缝隙钻进来,慢慢淤积在地砖上,像是一小块不规则的门垫。

丁小兵擦了擦靠窗玻璃上的水汽,外面的梧桐树上落满了雪,缠绕在树干上的带状灯一闪一闪地亮着,各种颜色交加在一起,影影绰绰,如同那是另一个陌生的新世界。

已经晚上八点半了。丁小兵手机响了一下,是李楠发的微信,说是快到火锅店门口了。他诧异地回复道:"你到火锅店来干吗?"李楠说:"你在火锅店?"

丁小兵想告诉她火锅店停电了,自己很快就回去。这句话还没来得及发送出去,火锅店来电了,突然的亮光让他很不适应。他眯起眼睛对余晨说:"我老婆马上过来。"

余晨眼睛一亮,说:"让她进来一起吃啊。"

孙蕹说:"你已经超过三百元了。"

余晨说:"改一下,超过六百我不管了。服务员,给我换个卡座,重新点菜。"

服务员们正在收拾牌桌,短暂的联欢让她们意犹未尽,其中一个吐着瓜子壳走过来。丁小兵问:"有凉拌莴笋丝吗?"

"没有。"

"那有莴笋吗?"

"有。"

丁小兵望着还没进入服务状态的服务员,说:"那给我们清蒸个昂刺鱼。"

换了个卡座让他们清爽了很多。三人纷纷再次拆开一次性餐具,等待上菜。这期间来了一个空调修理工,鼓捣一番后,一句话没说又走了。过了一会儿,他又进来,再次鼓捣一番后对领班说修好了。服务员拿着遥控器,对着中央空调"哔哔哔"按了一通,空调启动了。热风从余晨头顶左侧徐徐而来,丁小兵看见伴随着热风的,还有几片暗灰色的油灰絮。余晨和孙薙背对空调而坐,丁小兵看见那些不易察觉的油灰,正越过他们的头顶,悠闲地落到桌上不起眼的地方。

等了近半个小时,菜已上齐,李楠还是没到。丁小兵给李楠打了个电话,李楠说她早就到家了,并反问他:"说了要过来吗?自作多情。"

"李楠隐身不来了。"丁小兵说完,余晨的眼神顿时失去了神采。丁小兵本想说这新开的一桌自己来埋单,但他对余晨的眼神产生了怀疑。他招呼余晨:"不好意思了,吃吧吃吧。"

余晨又拿了六瓶啤酒。孙薙明显有点喝多了,但依旧抓着瓶啤酒不肯放手,左脸紧紧贴在瓶口,像是一个老干部捧着保温杯。

余晨似乎心有不甘,他说:"今晚你们尽管吃喝,算是一个纪念。"

孙薙说:"放狠话了,纪念啥?"

"我今天上午办了房屋产权变更手续,自从上个月离婚后,如今我已无处安身了。"余晨问,"你们谁还有不住的房子?借我住几天救救急。"

"你都离婚了?"孙蓣跟余晨碰了碰酒杯,嘴里嘟囔了一会儿,说,"那你借我的一千块钱什么时候还?"

丁小兵说:"你不提我都忘了,老孙,那你欠我的一千块钱打算何时归还?"

孙蓣没再吱声。余晨对丁小兵说:"别忘了,你去年也借了我一千块钱没还。"说着他拿出一百块钱比画着,"假设这就是一千块钱,我现在还给老孙,老孙再还给老丁,老丁接着又还给了我,钱最后不还是回到了我手里吗?我们之间如此复杂的债务问题,得以圆满解决了不是?"

丁小兵算了算,一时看不出有什么破绽。

余晨喝口酒,看看他俩,问丁小兵:"你跟李楠现在关系怎么样?前段时间不也听你说日子过不下去了吗?"

丁小兵说:"我那个叫做客式婚姻,你们都知道我没什么家庭观念。"

孙蓣说:"你那是不负责任。"

"我一直是靠研究星座学来了解李楠的性格。"丁小兵说,"我和她都想过一个人生活,几年前,快四十的时候特别想。我们三十岁结的婚,那个时候我就想,如果不离婚的话,以后可能就没有机会过上别的生活了。我觉得生活有很多很多种可能,用一句俗话说,人不应该在一棵树上吊死。"

余晨说:"你的想法我也深有感触。那后来呢?"

"后来又过了几年就不那样想了,我发现婚姻也没什么束缚,隐身于其中,该干的事情没有耽误,不该干的事情也没耽误。有一次我在外面喝酒,从白天喝到晚上回家,她做了一桌饭菜等我。我没吃她就特别生气,然后就说:'咱们离婚吧。'我当时可能急了,说了狠话。"

"什么狠话?"孙蓊一脸认真。

"我说:'早要离婚你不离,到了我们已经懒得重新面对这个问题的时候,你又提出来了。'后来她也不再提了。我觉得结婚就是居家休养,而不是两个人一定要爱得轰轰烈烈。爱得轰轰烈烈一定是情人关系,不会是婚姻关系。"

余晨说:"道理是这个道理,但有几个女人能做到呢?"

丁小兵没说话,其实他并不喜欢余晨那样的暴发户。像余晨那样一个他根本不喜欢的人,一个和自己根本不在一个频道上的人,在酒桌上端着酒杯,和自己说起女人说起婚姻,他根本就没心思跟余晨喝酒,更无心跟他讨论这些私事。如果踩到了狗屎,一般人还会记得是在哪里踩到,但踩到了稀泥,没多久便会忘得一干二净。

服务员已经催他们两遍说快下班了。但雪还在下,从落地玻璃窗看出去,街上一点绿色也没有,光秃秃的梧桐树枝丫上堆满了积雪,所有生物似乎都睡去了,仿佛被冬天诅咒了一般。雪旋转着落下来,永远填不满空荡荡的城市。偶尔一两个行人急匆匆走过街道,没有人愿意在寒冷中驻足。但雪不管那些,它只管飘落,恶狠狠地遮掩住城市,统一了世界的颜色。

酒精带来的疲倦感渐渐让他们再也无话可聊,小口抿着啤酒,大厅里越来越暗,窗外越来越明亮。

火锅店的大门开了,伴随着寒风的是一片叽叽喳喳的声响。两个年轻的女孩蹦蹦跳跳地走了进来。她们四下张望了一番,坐在他们斜对面的卡座上。

整个大厅,也就是整个火锅店,现在共有五个顾客。她们的到来如同闪光灯,忽然照亮了角落里的他们。余晨反应过来,如突遭星探发现的群众演员,立即精神抖擞挺直了腰杆。他朝她们挥挥手,喊她们过来拼桌。

两个女孩先是互相看了看,然后起身一前一后走了过来。卡座显然是坐不下了,丁小兵指着旁边的圆桌说:"坐那里吧。你们吃点啥?"

"那就……羊肉串吧。"

"来二十根羊肉串。"余晨喊来服务员,"先来二十根,微辣。"又对女孩们说,"不够再加。"孙蕹说:"我也喜欢撸串,直接上五十根。十根变态辣的。"

余晨手一抖,对孙蕹说:"自己找服务员加去。随便加。"说着启开两瓶啤酒递给女孩。女孩也不嫌凉,"咚咚咚",啤酒沫浮出杯口。

丁小兵一直没说话。他总觉得这俩女孩这么晚出来吃饭,况且在这么冷的雪天,一定是有什么事。她们是如何到达这个火锅店的?难道从天而降?他指着其中一个女孩座位边的书,说:"你喜欢看书?"女孩递给他,是本《包法利夫人》。

孙蕹说:"我也是文学爱好者。"

女孩跟孙蕹碰了下杯,又问:"那老师你一定发表过很多文章吧?"

"多年来,我只在杂志上发表过一篇笑话,有点不自信。"

余晨说:"杂志就那么大。"

"是啊,杂志还是双月刊。后来在余老师的鼎力推荐下,我的一首诗在本市一家企业内刊上发表了,给了我五十块钱稿费。"

余晨摸了摸下巴,掸去嘴角的辣椒粒:"先是要读书,而且一定要细读深究。"

"那老师能举个例子吗?"女孩虔诚地举起杯。

"比如《西游记》吧。看过吗?"

"没看过,但看过电视剧。"

"哦,那《孙悟空三借芭蕉扇》知道吧?"

"嗯,有什么神奇之处吗? 都是故事呀。"

"书要仔细读才能读出味道。我说一段给你听你就明白了,就是孙悟空钻铁扇公主那一段——那罗刹又说:'既关了门,孙行者如何在家里叫唤?'女童道:'在你身上叫哩。''嫂嫂,我在你里面!''啊! 你不要乱动。''嫂嫂休得推辞! 我再送你个点心充饥!'又把头往上一顶。'孙叔叔饶命啊! 你快……快点出来!''嫂嫂,你把口张三张儿,我出来了!'"

孙蕤听得直伸大拇指,丁小兵有点厌烦:"只是不晓得他怎么能把这片段记得那么牢。命运真是个欺软怕硬的家伙。"

"怎么样? 书,要仔细地读。"余晨跟还在诧异的女孩碰了下杯。两个女孩很豪爽,六瓶啤酒很快就没了。没等余晨喊服务员,其中一个女孩手一挥,一箱白啤随之而来。

小瓶的白啤很好喝,更不经喝。丁小兵感觉自己正漂浮在大海上,波涛之上漂来几个河蚌,那扇形的、紧闭着的硬壳上,长着一圈套着一圈的波纹,在阳光照耀下,闪烁着墨绿色的光泽。过了一会儿,那扇形的硬壳微微张开,一大朵一大朵的啤酒花喷射而出,让宋江和他的好汉们喜出望外。

丁小兵躲闪不及,胳膊一歪就醒了。他看看孙蕹和余晨,也都耷拉着脑袋在打盹,而那两个女孩早已没了踪影,只剩下那本《包法利夫人》遗留在椅子上。

"你们真不知道那俩女的是干什么的?我朝你们使眼色你们都看不见。"领班走过来说,"生活不是《西游记》。埋单吧。"

孙蕹说:"老余啊,你最近膨胀得厉害,一晚上花掉这么多,你真要反省一下。"

"花了多少?"丁小兵问。

"两千吧,具体没算。"

"直到此刻,我才吃得心满意足。"孙蕹含混不清地说,"好在今晚所有的结局都是皆大欢喜,如果没有皆大欢喜,那就不能称之为结局。对吧?"

三个人走出火锅店,一个服务员又追出来,说:"反正我明天就不干了。实话跟你们说吧,其实那俩女孩……社会太复杂,你们要多当心。"

街上偶尔传来鞭炮声,丁小兵想了想,后天就是除夕了,这大雪照这样下,春节都将是个灾难。雪依旧下得不急不缓,夜晚仿佛还未降临。余晨和孙蕹同路,摇晃着走进了更深的白雪中。丁小兵缩着脖子,吹了口气,也扎进了这明亮的世界。

此刻零星的鞭炮犹如冷枪,让丁小兵心里不时一紧。满地的红纸屑把白雪映得通红,踩上去像是即将步入神圣的殿堂。一团团烟雾仿佛是召集团聚的烽火，但眼前的这一团烟雾仿佛永远不会散尽，丁小兵冲进蓝色烟雾里，时间如空气，如迷雾，仿佛在一种神秘力量牵引下，在丁小兵眼前向四面八方展开羽翼。

烟雾把他托起徐徐上升，紧接着又推着他向下俯冲，钻进车棚，那辆霸占他车位的电瓶车，依旧停在他的车位上，更让他吃惊的是，那辆车的钥匙仍然顽强地插在锁眼上。他盘旋出逼仄的车棚，不停向上旋转，他看见了楼上楼下的邻居，他们困在火柴似的格子里，有的正在热气腾腾的厨房里忙碌，有的则在蒙头大睡，有个男人正在练书法，纸上写着"狂心顿歇，歇即菩提"，而小区路边的树丛中躺着一个喝多了的人，白雪之上是此人的一串呼噜，而且满脸笑容。

丁小兵踏着烟雾继续上升，而在烟雾的最深处，他却看见自己并未离地三尺，而是稳稳站在大地上，俗世挂碍着他，犹如地心引力把他牢牢束缚，哪怕跌了无数个跟头也没滚出地球。

正在诧异，李楠的电话来了。她告诉丁小兵一件事，说是昨夜本市一公交车司机，在大雪之夜把公交车开到了一百公里外的南京城，然后连夜又开回来了。原因不明。

"这是内部消息，不能外传。"李楠最后兴奋地强调了一下。

■ 月全食

丁小兵坐在饭店大厅里。他坐的位置能看清每一个进入饭店的人。

现在是下午四点,大厅里空荡荡的,吊灯一盏都还没亮起。服务员正三三两两趴在桌边吃饭。他在等人,准确地说是在等一个他从未见过的男人。

大厅里光线黯淡,冷风从半开的玻璃窗吹进来,积满油灰的纱帘僵硬地摆动着。冷风并没有让丁小兵感到寒意,冰凉的椅子反而让他产生了夏天的滞重感。他回头看了看,太阳正在落山,冬日的余晖从身后照进来,落在前面的餐桌上,留下灰蒙蒙的一片光斑。整个大厅像是一个舞台,可即将上演什么谁都不知道,因为剧本还没选定。

那个男人昨天打来电话,先是嘟囔了几句,然后跟他约好今天下午在这个饭店的大厅见面。丁小兵没听清他嘟囔的是什么,也不知他是怎么搞到自己手机号的,他分析可能是李楠泄露的。但他不怪她。从来电语气里,丁小兵猜测那个男人很犹疑,他或许也是临时决定,所以才把见面日期定在了今天,而不是昨天。

"就我和你。"电话里男人最后强调了一下。挂断电话,丁小兵隐隐感到有种恐惧,正在向他逼近。

　　这种感觉在丁小兵小时候时常会出现。那时他和父亲住在铁厂的单身楼,父亲经常上夜班把他独自留在家里。父亲上班前总是说等他睡着了就下班了。可当他睁着眼睛躺在黑暗中时,恐惧就像房顶上挂着的那只塑料小鹿,随时会掉下来砸中自己的脑袋。尤其是到深夜,铁厂偶尔传来的"轰隆轰隆"声以及不时迫近窗户的火光,就会逼迫他把脑袋紧紧蒙在被子里。那种火光其实并不在窗前,他有时也会掀开被角偷偷朝外张望,两扇木窗上的玻璃会把铁厂的光亮分割,然后照亮远处的夜空,但很快又熄灭了。每天他都不记得自己是何时睡着的,在深夜他始终没有听见过父亲那双大皮鞋,在长走廊里发出过"铿铿"的声响。房间里留下的是他至今也无法忘记的气味,那是铁厂特有的一种腥气,接近铁锈的味道,顽强地弥散在铁厂的上空。

　　丁小兵对这种恐惧有种天生的紧张,而紧张会让他不停地干呕。下午出门前他一直想找个东西带在身上,可翻来翻去只在玩具箱里找到了一把塑料手枪,拉开枪栓可以放进去两颗塑料子弹。他朝墙上扣了下扳机,子弹撞到墙上反弹回来,击中了自己的上身。

　　他把手枪塞进羽绒服的内袋,对着镜子理了理眉毛。等干呕停止后,他戴上棉帽出了门。

　　丁小兵认识李楠是在一个傍晚。下午五点多钟,丁小兵骑车着急去赶一个饭局。前面路口的绿灯正在闪烁,眼看着红灯要亮丁小兵便猛蹬了几下公共自行车,谁知一个低头看手机的女人突然出现在他车前。丁小兵捏了下刹车,但车并没有减速,他把车把往左一别,还是碰掉了那个女人的手机。

女人捡起手机,在屏幕上捣鼓了一番,说:"手机没事,你走吧。"

丁小兵已做好吵架准备,但没想到是这样一个爽快的结果。他看着她穿过东侧的斑马线,消失在人群中。他像捡了便宜似的,捏了几下车闸,继续去赶饭局。包厢里几个朋友在打牌,看见他进来,其中一人说,还差一个人没到,再打一局。

等到开席,丁小兵才知道等的那个人就是李楠,也就是一小时前他撞到的那个女人。也就是在这个饭局里,丁小兵多看了李楠几眼。

后来,丁小兵便频繁从李楠那里得到她丈夫的消息,包括他的生活习惯。这让丁小兵很不舒服,觉得自己似乎对他很熟,却又一无所知。李楠很少会透露出她生活的具体细节,当然,有时单独在一起高兴了她也会说几句,但丁小兵听得出来,她的话里多少带了点掩饰和变形。这让丁小兵对她有些看不透,更看不出全部真相。

现在,丁小兵独自坐在饭店大厅里,等待着那个从未见过的男人。他已经猜出那个男人是谁。进出饭店的人逐渐增多,每一个走向大厅的男人都让他紧张。口袋里的手枪已经被身体焐热,这让他感觉踏实,他甚至有些担心这把枪会不会"走火"。偶尔有几个进入大厅的男人,径直朝他走来,但都是路过,并没有人坐在他的跟前。一次次的紧张让他止不住地干呕,空气干燥得随时都能点燃。

丁小兵低头看了看时间,快六点了。也就在他抬起头的工夫,一个男人杵在了他面前。丁小兵吓了一跳,他根本就没注意他是何时进入饭店的。这个男人长得很像福尔摩斯,浑身上下充满了警觉,穿的羽绒服居然跟自己的款式与颜色一模一样。撞衫了,丁小兵想站起来,但这个男人伸出手示意他别动,接着就坐在了他对面椅子上。

丁小兵没说话也没点菜,他想等这个男人先说点什么。但男人冷冰冰的面孔里裹挟着愤怒,插在口袋里的双手随时都有可能挣破口袋,给他迎面一击。

丁小兵已经确定,今天的这顿饭只不过是一种掩饰,这个男人是谁他也猜到了。他仔细打量了一番对面这个男人,有点胖,脸色也不好,不过他跟李楠长得有点像。也许这就是夫妻相吧。

丁小兵拨弄了一下餐具,说:"你喝啤酒还是白酒?"

"你怎么好意思喝酒?"男人突然提高嗓门,"跟我装糊涂是吧? 知道我谁吗?"

像是被突然丢到自己脚下的爆竹吓到了,丁小兵四下看看,周围的人也正齐刷刷看着他们,又齐刷刷别过头。丁小兵说:"你是……"

"李楠你认识吧?"

"认识。怎么了?"丁小兵慌张地把手伸进口袋,握紧那把枪。

"还怎么了? 你俩啥关系?"没等丁小兵回答,男人追问道,"别以为我不知道!"

丁小兵有点心虚,男人的话如同解开了一个秘密。他暗自责怪李楠怎么这么不小心。马路上来去不定的眼睛比监控头要灵敏得多。他早就提醒过李楠,混杂在人群中并不安全,人间处处有伯乐。此刻,那个男人的嘴巴还在快速开合,只要他一张嘴,丁小兵便能看见他黑洞洞的口腔,舌头像是一块湿漉漉的苔藓,他每蹦出一句话就如射出一串子弹,打得自己露出原形。

"要不是现在人多,老子早就想揍你了!"男人说完端起茶杯。丁小兵本能地抬了下胳膊，生怕这杯水会失控朝他泼来。

丁小兵把椅子往后推了推，说："暴力解决不了问题。如果你是来解决问题的，我想就没必要惊动警方。如果我没猜错，你是李楠的老公，叫余晨。对吧？"

男人顿了一下，说："没错。你说你想怎么解决？"

丁小兵在椅子上挣扎了片刻，说："老哥，这里面可能有些误会。"

余晨说："误会？城市就这么点大，我亲眼所见，而且不止一次看见你和李楠同时出现，有次在电影院，有次在超市，还有一次在假日酒店门前。你老实交代你们现在发展到哪一步了？我没说错吧，误会只发生在你身上。"

就像一场森林大火把动物驱赶出了自己最隐蔽的窝，丁小兵听得心惊肉跳。他说："余兄你别火急火燎，时间还早咱们随便吃点，边吃边说。"说完就把菜单推到他跟前。

余晨嘀咕着把菜单来回翻了翻，点了五个菜。丁小兵拿过菜单看了看酒水价格，他本来想要瓶普通的白酒，但很快改变主意点了瓶高档的。

酒斟满话就好说，这是丁小兵的经验。他摁了摁羽绒服口袋里的手枪，觉得它暂无用处。但是，酒精真的能蒙蔽余晨这个窥视者吗？

余晨的酒量不大，三两白酒下肚舌头就不听使唤了。即便如此他还在追问不休，显然，酒精让他进入了亢奋状态。

余晨说："你和李楠的事我不用想都能明白。"

"其实我跟李楠并没有什么。"丁小兵不知该如何掩饰，尽管没有先前那么紧张,但要他当面承认和李楠的关系,他还是不愿不打自招的。不信你可以问李楠,丁小兵说出的这句话连他自己都没听清楚。

"当我是白痴吗?"余晨放下酒杯拽了张餐巾纸,先是擦了擦嘴,然后把弄脏的部分向内叠起,又去擦了擦筷子,最后他把餐巾纸揉成团丢在地上。他说:"大家都是成年人了,说话像挤牙膏太费劲!"

丁小兵递给他一支烟,说:"真是跳进黄河洗不清了,我确实和她没什么关系,总不能瞎编吧?"

余晨说:"我看你是不见黄河不死心! 非要我到你单位找你们领导是吧?"

"老哥这话说的,无凭无据说话是要负责任的。"丁小兵又碰到了口袋里的那把枪,枪的温度给了他信心。他把胳膊交叉抱于胸前,等待着余晨再次张开他黑洞洞的嘴。

但余晨并没说话而是突然起身,一只手越过餐盘一下就封住了丁小兵的衣领。丁小兵避让不及,挣了两下没挣脱开。大厅里的食客又纷纷转过身来,然后再次整齐地别过头。

时间瞬间就静止了,丁小兵想腾出一只手去掏怀里的枪,可是衣领被死死封住,他无法把手伸进内怀。就在此刻,天边突然响起了冬雷。雷声似乎就在窗前炸响,两个人同时被吓了一跳,余晨手一抖松开了丁小兵的衣领,第二声雷又炸响,紧跟着第三声雷从远处传来,这次雷声很闷很缓,像个老人迈着沉重的步伐渐渐远去。

人活着就是在进行一场如履薄冰的旅行,恐怖的是你根本不知道最薄的那处何时会断裂。丁小兵坐下来,手握住了枪。只要余晨敢再次靠近,他坚信自己一定会毫不犹豫开枪,他绝不会再给余晨第二次出手的机会。

可余晨像是被雷击中一般呆站着，然后转过身趴在了窗沿上。丁小兵也随时保持扣扳机的姿势没动。过了好大一会儿，远处的一片夜空被照亮了，不用看丁小兵就知道那是一列拉着铁水罐的火车，正在从铁厂驶往钢厂的路上，他能清楚地听见火车鸣笛以及铁轨轻微震动的声响。那是丁小兵熟悉的生活，紧张单调的岗位操作曾让他看不见生活的尽头。刚参加工作的那几年，他经常在深夜惊醒，为自己要在这样的环境干到退休而痛苦。那一年他才二十一岁，一成不变周而复始的三班倒工作制，让他对自己的将来早早充满了绝望。是的，绝望，他像一头被蒙上眼睛的驴，踏上了漫漫绕圈路。

那片被照亮的夜空很快就被黑暗吞噬了。生活中的亮色也是这般短暂，短暂得让自己怀疑它是否真的存在过。

余晨转过身斜靠在窗边，死死盯了丁小兵片刻，接着坐回到椅子上，给自己和丁小兵倒满了酒。

这个举动让丁小兵放松下来。他把手从怀里拿出来的那一瞬间，甚至有想和余晨握握手的冲动。这近乎讨好的想法让他的举动立即显得轻浮，他端起杯子朝余晨举了举，而余晨看着丁小兵喝干了之后，才慢吞吞端起酒杯，又放下。

余晨问："你在哪里上班？"

"铁区。"丁小兵懒得再编个假单位，索性直接告诉他了。余晨一拍桌子，说："我说怎么看你那么面熟。"

"你在单位见过我？"丁小兵仔细看看余晨，似乎也在哪里见过。余晨说他是铁区的火车司机，丁小兵马上就反应过来，他俩上班的地方相距不过百米。

因为工作属性相似,两个人说话的气氛缓和了许多,内容也忽然变得具体和实在。从工龄、奖金、工资、福利……一路扯到了共同的公司领导。两个人一头恼火发了通相同的牢骚,并对当下各自的收入表示强烈不满。

谁都改变不了什么,最后都得向现实低头甚至认错,余晨说:"当年如果不是贪玩没考上大学,我也不至于这么累,还天天倒夜班。"

丁小兵接过话:"没错,活着就没有不累的。活着根本就不存在什么冒险,大多时候就是随着一股无法抵挡的洪流漂来漂去。"

又干了几杯酒之后,他俩的谈话速度明显变慢。丁小兵开始考虑如何结束掉这场饭局,今晚究竟发生了什么,他已不太能记清,而且他相信余晨也记不清他都干了些什么。包括周围小声说话的食客们,谁都不知道他俩到底是什么关系。谁会关心他人,谁又会关心自己呢?

丁小兵坐在饭店大厅里,他坐的位置能看清每一个进入饭店的人。他看见一男一女迎着他走过来,然后背对着余晨,选择一个靠窗的座位坐了下来。丁小兵的目光只要稍微越过余晨,就能看见这一对男女。

丁小兵看见他们点了个火锅,一份蔬菜。男的要了瓶啤酒,女的在喝饮料。男人和女人互相给对方撩了一筷子菜,女人看男人的眼神表明他们的关系不一般。丁小兵判断这不是夫妻,夫妻之间几乎不会有这样的举动。看了一会儿,丁小兵觉得无趣,就把目光收回对余晨说:"再来一瓶啤酒?"余晨说:"我先去方便一下,肚子太胀。"

等他折返回来,丁小兵看见他在桌边犹豫了一下,然后摇摇晃晃朝那对男女走去。丁小兵不知余晨要干什么,想把他拉回来,但他只是站起来又迅速坐了回去。

余晨双手撑在那张桌子的边角,问那个男人:"这女的是谁?"

男人说:"来,你先坐下。"

余晨提高嗓门说:"我不坐。我问你这女的是谁?"

男人说:"我同事。"

女人这时抓起包起身往大门口走去。余晨一把封住男人的衣领,手法跟封住丁小兵的衣领时雷同。丁小兵听见余晨说:"同事?还是女同事?既然是同事她跑啥跑?"

男人分开余晨的手,说:"我怎么知道她为什么跑?你耍什么酒疯!"

余晨问:"我姐呢?"

男人说:"不晓得。今天没看见她。你在这喝酒?"

余晨说:"我要不是在这里跟朋友喝酒,我还真发现不了你和一女的也在这!"

男人说:"你能不能别乱猜?我吃好了,要不我俩一块回去?"

余晨说:"你走你的。我乱猜?我马上就去问问我姐。我不会放过你的!"

丁小兵看见男人夹起包,灰溜溜消失在视线里。余晨转过身,嘴里不停骂骂咧咧着。丁小兵开了瓶啤酒递给他,顺便问道:"这男的你认识?"

余晨说:"我姐夫。"

"那你姐是谁?"

"李楠。不喝了,走吧。"

丁小兵喊来服务员埋单,服务员却告诉他已经有人替他们埋过单了。"埋过单了? 你埋的?"丁小兵看着余晨。余晨想了想,说:"肯定是我姐夫埋的,不做亏心事他能埋单? 鬼都不信! 你说说看,现在有哪个人是可信的? 今晚的事情也太凑巧了吧? 比电视剧都荒诞。"

丁小兵扔给他一支烟,说:"活着就很荒诞。我发现幸福产生于荒诞之中,荒诞也产生于幸福之中。有个神话故事你听过没?"

"说来听听。"

"说是有个叫西西弗斯的,他不停往山顶推着一块巨石,可是每次一旦到达山顶,他就只能眼睁睁望着巨石在瞬间滚到了山下。于是他一次次来到山脚,重新把巨石推上山巅。这种在空间上没有顶,在时间上也没有底的事情,现在是没人会做的了。"

"这老外有病吧?"

"我感兴趣的是,他从山上到山下的过程中他在想什么。这个过程就像一次呼吸,恰如他的不幸肯定会再来。其实他每次离开山巅的时候,都超越了自己的命运。他比所推的石头更坚强,所以他也是幸福的。"

余晨说:"没觉得他幸福。"

这时,饭店大厅里的人忽然全都拥向窗户,探出脑袋朝夜空张望着。还有人说:"月全食,真的是月全食。"

丁小兵对余晨说:"走,我们到楼下看月亮去。"

"走。"

　　饭店门前的停车场上已聚了不少人,有人还拿着望远镜。丁小兵朝南边的夜空望去,看到此时月亮的轮廓,正泛出古铜色的光芒。

　　月亮的变化过程很慢,丁小兵对余晨说:"有没有兴趣再喝两杯?"

　　余晨看看时间:"也行,就近,少喝点,以看月亮为主。"

　　就在雨山路,有家"愉快烧烤",味道不错。说完丁小兵拦住了一辆无精打采的出租车。车载电台里正在放《爱的代价》。他听着歌没吱声,感觉自己就是冬夜的一个流浪者,只是守着眼前那一簇颤动的火苗。

　　估计是一天没跟人说话了,司机显得很健谈,从中美贸易战到花边新闻,什么事情他似乎都知道。司机说:"音乐我更拿手,车载电台天天播,我就天天听,什么流行的古典的我都行,到什么山头唱什么歌。是这个道理吧?"

　　"愉快烧烤"店丁小兵常来,店内格局他非常熟悉,大厅里六张条桌,两侧是三个卡座,右手边两个,左边一个,烧烤架在大门边,用落地玻璃隔开。一对老夫妻和儿子儿媳各司其职,都很安静地忙着,除了那个小女孩。小女孩五六岁,好像是这个店的核心人物,她似乎比他们都忙。看见有人进来,她一会儿送餐巾纸一会儿递来一个啤酒扳子。她起先有点害羞,但很快就活泼起来,独自玩着忘了客人。

　　丁小兵对老板的热情招呼已没多大的反应了。"十串羊肉、十串猪肉、两串鱿鱼、两串臭干、两串辣椒、两碗羊肉汤,少放豆芽多放胡椒,"丁小兵在卡座里一口气报完,又补充道,"先上一箱啤酒,青岛纯生。"

　　这个环境是丁小兵熟悉的,也是他热爱的,比起刚才的饭店大厅,这里能给他足够的自由。余晨在猛撸了几串后就吃不动了,他点了支烟看着丁小兵。他说:"你跟我姐到底是什么关系?"

丁小兵抬起头,抓着个烤串的竹签。小时候别人开他玩笑他从不记心里,现在年纪上来却开不起玩笑了,吵次架都牢记在心,找准机会必定报复。此刻他想用竹签捅余晨,但见到他昏昏欲睡已无斗志的姿态,丁小兵折断竹签剔了一会儿牙。他想回答余晨的这个问题,他也在认真思考自己和李楠是什么关系。一个问题想得久了,往往会把人想糊涂,其实答案很清晰地就在眼前摆着,只是想得多了反而看不明了,就像盯着一个熟知的汉字看久了,你会突然发现自己不认识它了。

余晨又问:"你们怎么认识的?"

丁小兵说:"也许有种遥远的相似性。"

余晨说:"你能不能正常说话?"

丁小兵说:"你也不必什么都要搞清楚吧?"

余晨说:"我是没必要一定要搞清楚,但我总觉得一个人肯定始终无法从一个个体那里获得永久的激情。激情总会破产的吧?"

"是啊,怎样避免激情的破产呢?"丁小兵说,"有种可能,就是不在任何个体那里停留,与每一个个体都在激情的顶点结束。这样似乎能够在变幻的人性里,找到一种扭曲但异常固定的情感寄托。"

余晨说:"你这话虽然拗口,但我听明白了,你这想法不就是玩弄感情吗?"

丁小兵说:"我这倒不是玩弄感情,真爱为什么难成功? 因为不是败于难成眷属的无奈,就是败于终成眷属后的疲倦。"

余晨说:"别玩虚的了。虽然我没有抓到有利证据,但凭我随便想想我也能想明白你俩是咋回事。本来我是想揍你的。"

丁小兵说："那你约我今晚见面出于什么目的?"

"我没有任何目的,既不会敲诈你,也不会告密。"

听他这么一说,丁小兵彻底放松下来。他急切地问道:"那你到底想干什么,还有更深的目的? "

"真想知道?"

"你说。"

"其实……我就想正面看看你长啥样。"

"就这么简单?"

"对,就这么简单。"

西边的天空此刻又是通红一片。丁小兵说,那肯定是轧钢的加热炉正在出钢坯。余晨看了看:"不对,那是焦化厂,在出焦,推焦车是露天作业,出钢坯是在厂房里,光是不会映照得这么亮的。"

"你怎么那么熟悉?"

"我是火车司机,在各条生产线上都跑过。"

接下来的很长一段时间,两个人都没再说话,只是抽烟,偶尔喝口啤酒。丁小兵对这个跟自己羽绒服同款的男人仍然保持着警觉,只是强度正在慢慢变弱。他揉揉眼睛,努力用目前自己已得到的有限资源,比喻着自己今晚的局面。在和余晨凌乱的交谈、甚至交手的过程中,丁小兵还是能理出一条脉络来的,在自己和余晨的关系,以及和李楠的关系中,应该是潜伏着某种危险。只是这种危险并不固定,它是移动的漂浮的,一如蒲公英的白色绒球,某天被不期而至的风吹走,危险的种子便在大地上四处奔走。

已经十点一刻了,烧烤店里的人却逐渐多了起来。从他们的言谈中,丁小兵得知月全食中最精彩的全食阶段此时已经结束。丁小兵也在盘算如何结束和余晨的这场见面。

余晨说:"我去方便一下,然后干掉杯中的啤酒就散吧。太累了。"

丁小兵伪善了一下,说:"我俩分一瓶再走。"

余晨说:"干脆一人一瓶结束。"

等了好大一会儿,丁小兵也没看见余晨,他张望了一番,看见余晨从对面的卡座里走了出来。余晨走过来,看着已经打开的啤酒,说:"不喝了,我到对面那个卡座里接着喝。"

"对面是你朋友?"丁小兵问。

"我姐和我姐夫。"

丁小兵扯过一张餐巾纸,擦了擦嘴巴。酒精带来的虚无感,让他对所有的事物都失去了兴趣,没有什么是最重要的。他说:"那我埋单了。"

丁小兵用力晃了晃还剩半瓶啤酒的瓶子。啤酒泡沫迅速上浮,直冲瓶颈,然后漫过瓶口在桌上留下一摊黏糊糊的酒渍。

起身离开时,丁小兵还是没忍住向那个卡座里张望的欲望。他看见李楠、余晨和他姐夫呈三角形坐着。丁小兵退到大门外站着,发现月亮、自己和余晨一家也是呈三角形分布着。他和他们在三角形的两个底角处,月亮则挂在天际的顶点。

这种三角排布似乎最符合命运的规律,每个顶点都有自己固定的位置,没有哪个顶点是多余的,他们必须存在,才能构成一个三角,才能形成生活的夹角,哪怕不等边。

丁小兵往回走，公交站台对面广场上窸窸窣窣的脚步声渐渐远去，他们在共同目睹了月全食的全过程后，逐渐消失在夜色之中。寒风凛冽，月亮逐步恢复满月，但月亮周围的阴影依然存在。虽然是满月，但此刻月亮仍然笼罩在红色阴影中。又过了半个多小时，月亮才真正恢复常态。

生命中曾经有过的所有灿烂，终究都是要用寂寞来偿还的。丁小兵想了想，走到了公交站台。此时公交站台上只有丁小兵，公交车也没了踪影。他坐在长椅上，月亮已经变得明亮，宛如时间的镜子。远处黑漆漆的天空又被映红，这次他没再去猜测是什么照亮了夜空，伴随着红光的是一阵低沉的飞机轰鸣，和一串渐行渐远的火车鸣笛，两种声响正把夜空撕裂。这些都已不再重要，重要的是他早已适应了这种单调枯燥的工厂生活，而且成长为岗位上的生产骨干。这种没有知觉的变化让他感到恐惧和悲伤。想到这里，那股至今也无法忘记的铁厂气味，那种接近铁锈的味道，迅速弥散在了他的四周。

丁小兵抬头盯着夜空，他怀疑这种挥之不去的气味正是来自月亮。于是，他掏出怀里的"手枪"，对准月亮，"啪啪啪"连开了三枪，然后吹了吹枪口，直接把枪丢进了路边垃圾桶里。

现在，夜晚的空间变得卷曲。丁小兵和月亮就这样在宇宙中一动不动，仿佛都在耐心等待着对方的离开。

■ 周围都是影子

1

丁小兵跟别人的妻子有过因缘际会,就像某些对自己有要求的人想出轨一样。但随着时间的推移,生活告诉他要学会克制,没有什么比互相伤害更坏的事儿了。没有。

他这个年纪的人,逐渐失去了否定自己的勇气,好像大脑里安装了一套杀毒软件,能自动清除病毒,以防止自己的系统突然崩溃。这种病毒来自一种莫名感伤,既感伤自己的过往,又不愿放弃自己的当下。时间长了,自己居然享受起来,觉得这样也很不错。但是,他总是无法让自己全身心投入其中。

丁小兵重新点起一支香烟。烟雾在屋子里缓缓升腾,也在他的身体里升腾。他像掸落烟灰那样掸去了这些思绪。他走到窗前,刚拉开窗户,手机就响了。

"如果你想跟我去皖南,现在就来旅游汽车站。"苏慧说。

丁小兵心里说了声"且慢",嘴上却问:"去几天?"

"四天。"

"四天?"

"不愿意就算了。"苏慧挂断了电话。

这个冬天沉闷不堪,一场雨还没停歇,空气里充满凄凉。人到中年,他对旅行早已变得毫无兴趣,他克制自己不去皖南,但依然没能克制住想去的冲动。他与苏慧之间的关系平淡无比,比夫妻还平淡。他知道,他们之间经得起风雨但经不起平淡,他更知道是自己的克制导致了平淡。

那么,他俩在这个冬季去皖南,会是一场新的出发吗?是向开始出发还是向结束出发?丁小兵不得而知。

洗了把热水脸后,他穿上平时穿惯的旧棉鞋,但鞋子有点潮,不太舒服。于是他又从鞋柜里找出一双新鞋,试了试,有点挤脚。他只好穿上那双旧鞋出门,出门前他甚至都没按习惯检查一下天然气与水龙头,他知道自己不会走得太远。

他下楼去拦出租车。外面一副要下雪却下不下来的模样,只把天空憋成灰蒙蒙的。

出租车里充满着这座城市特有的味道,雨刮器正不停摇摆,细密的水珠汇聚成一条直线,努力向风挡上方攀缘。开始时前方的道路还能或隐或现,可车内的雾气慢慢变多,司机偶尔拿块抹布擦拭一下风挡,而副驾风挡上的雾气完全遮蔽了前方的道路,车轮卷起的水雾让丁小兵的视线更加不明。

丁小兵摇下车窗,想驱散眼前的雾气。司机却斜眼问:"你热啊?"

丁小兵又摇上车窗。

出租车向右拐了个弯,稳稳停在汽车站售票厅门前。苏慧正站在落地玻璃窗前,他从侧面悄悄绕过去,隔着玻璃突然就站在了她的眼前。

苏慧的嘴角浮出一丝笑意。丁小兵敲敲玻璃,也笑了。

丁小兵跟着她往大巴走去。他问:"你帮我买过票了?"

她说:"想得美。"

"那怎么不买票?"他不由得警惕起来。

她说:"是旅行社的包车。"

大巴车启动了,在拐上主干道时,司机连续按了几下高音喇叭,声音直达天空。丁小兵看着窗外,一群小鸟滑翔而过,熟悉的风景在快速移动中逐渐陌生。

2

丁小兵和苏慧坐在后排。他数了数,除去司机和导游,一共十六人,男女人数相等,年龄与他相差不大。上车时丁小兵在他们脸上巡视了一圈,他在他们身上看出了掩饰不住的倦怠。

丁小兵问:"你认识他们?"

苏慧说:"都是散客。"

"我们去皖南什么地方?"

"去了不就知道了? 你怎么一点神秘感都不保留?"

"那好吧。"丁小兵不再继续往下问。他对她总是毫无办法。

这时,那个年轻的女导游试了试麦克风,大致介绍了一下旅游行程,并预祝相敬如宾的夫妻们旅行愉快。丁小兵这才明白这是夫妻旅行团,他们要去的地方叫石台,景点有牯牛降、秋浦河、仙寓山等,来回四天。

他碰了碰苏慧的胳膊,小声说:"晚上我睡哪儿?"

苏慧说:"睡地下。"

丁小兵明白了。

此刻车内也陷入了沉默。丁小兵抱着胳膊斜靠在座位上假寐,从侧面看着苏慧。她正歪着头看着窗外,穿着薄款羽绒服的她,身材依然匀称,下颌依然紧致,但眼角已然有了皱纹。那些鱼尾纹很浅,丝毫没有给这张漂亮的脸庞添乱。只是,有一种与年龄不太相符的单纯与渴望,很明显地流露在她脸上。

为什么自己会喜欢她呢?是因为漂亮的外貌?丁小兵不能肯定。现在,当他看到一个女人时,他再也不能轻易地做出判断,而且连判断基于的标准都记不清了。

他又看了看周围,车内光线暗淡,看不太清他们的脸。他们大多是中年人,有的打盹有的玩手机。他观察了片刻,得出一个结论——越是亲密的,就越不可能是夫妻。

这四天的行程可就充满了暧昧与变数了。丁小兵这样想着,睡意袭来。

车到石台时已近黄昏,这是一座被群山环绕的小县城,听导游介绍说它的面积只有全省的百分之一,人口目前是负增长。丁小兵站起来,准备下车。导游又说:"我们目的地不在石台县城,我们还要往大山深处前进两小时,才能到达仙寓山,今晚我们就住在那里。"

透过大巴的车灯,丁小兵看见雪花正在前方飞舞,这让他有点高兴。车沿着山路蜿蜒前行,忽高忽低,丁小兵出现了耳鸣,以至于进了宾馆大厅，他都听不清周围的人在说些什么。

他拉着苏慧的旅行箱，默默跟在她后面进了房间。他有点害怕，甚至有点恐惧，他弄不清楚的是，如果那些人真的是夫妻，那苏慧的胆子也太大了，简直有点明目张胆的意味，万一那些人中，有人认出或间接认出他来，这个世界可就乱套了。

苏慧说："下楼吃饭吧。"

丁小兵说："我没什么胃口。你去吧。"

苏慧走过来，摸了摸他的额头，拉起他的手说："你好好的呀，走吧走吧。"

丁小兵拉开门，走廊上陆陆续续有几个人也正准备下楼。丁小兵有点不自然，但他还是装作很自然的样子走在苏慧的前面。

"要是能隐身就好了。"他对自己说。

外面黑幽幽的，一排红灯笼依次挂在屋檐下，石板路上已经结了层薄冰，踩上去偶尔发出"咔嚓"的断裂声。

吃饭的地方好像是宾馆食堂，他俩坐下来，看着其他人成双结对围坐在他们身边。菜上得很快，丁小兵看了看，是典型的徽州菜，石耳炖土鸡、臭鳜鱼、山笋烧肉、虎皮毛豆腐、蒸三咸等。

一个男人说："这么好的菜没有酒太可惜了，我去买两瓶酒。"说完就往柜台走去。丁小兵没动，看着食堂的木门被寒风吹得摆来摆去，他起身走过去，发现门很古老，中间横着一根门闩，他用力关上门，横上门闩。风立刻就小了很多。

丁小兵看着自己跟前一玻璃杯白酒，对那个男人说了声谢谢。男人说："你俩真是般配，一看就晓得很有文化。"

丁小兵说"哪里哪里",然后往苏慧碗里搛了块山笋。苏慧左右看了看,轻轻踢了他一脚。

男人说:"既然大家都出来了,就放下包袱好好玩玩,有什么事互相照应照应。"

其他男女都附和说:"那是那是。"

喝完酒,丁小兵不觉得冷了。在回房间的路上,那个男人悄悄对他说:"你老婆很漂亮。"丁小兵的虚荣心瞬间得到满足,他随即答道:"谢谢。"

回到房间,丁小兵打开空调,然后趴在窗台上抽烟。向窗外望去,夜空很美,舞动的雪花和寒风都在夜色中交织,又隐没在它的黑影里,各自,不知所终。和新朋友在一起他不再感到尴尬,他看到的都是他们身上的优点,不像老朋友看到的是越来越多的缺陷。

苏慧站在他身边,问:"看什么呢?"

他说:"看雪花。"

她说:"确实很漂亮。"

他说:"比城市里的雪花更无拘无束。"

"为什么?"

"因为他眼前现在有个美人。"

苏慧伸过手,在他脸上捏了一下。那微笑的、弯弯的眼眉,带着羞涩,正是这么多年他想寻求的样子。

房间里很暖和,气氛也很融洽,仿佛他俩已经共同生活了很多年。此刻,没有多余的声音,也没有多余的情绪。苏慧蜷缩在他怀里,他心里却一直在想一个问题。

他一直想知道究竟是什么样的人,娶了眼前这样一个女人。

他想不出来,心里的嫉妒却快速上升。他在她耳边轻声说:"我们,我俩终归是要各走各路的。"

苏慧身体抖动了一下,离开他坐到了椅子上。

她先是坐着,然后又抱紧膝盖。丁小兵不知该说些什么,于是烧了壶水,泡了茶递给她。自己则坐在床边的椅子里,他想握住她的手,却被她挣脱了。

她在小声地哭,泪水充盈在眼眶里。领口处锁骨清晰可见,形似飞翔的蝴蝶翅膀,腰际的曲线被羊毛衫勾勒出来,这使她看上去更加妩媚。可能是过于伤心,灯光下,她眼神迷离。

丁小兵不知如何是好,只能默默地看着她哭。

窗外的雪依旧纷纷扬扬,无数的雪花探头探脑从窗前匆匆而过,还没来得及看清房间里发生了什么,就迅速消失在了无边的黑夜里。因为沉默,时间停滞了,空间却被无限拉大。虽然没有人能逃脱时间的控制,但也没有人像他俩现在这样,完全把自己交给时间,任由它处置。

过了很久,苏慧端起茶杯加了些热水,左右晃了下头,吹散氤氲着的热气,仿佛是在说"不"。她站起身,眼眉紧蹙。

她说:"我睡觉了。"

丁小兵问:"那我呢?"

"随便你。"

苏慧躺在床上,眼角的皱纹不见了,他看着她,似乎她一生的喜悦与悲伤都深藏在眼角的皱纹里。过了一会儿,她用被子蒙住了头,偶尔发出叹息声,声音很小,像是悲伤过度之后克制不住的啜泣。丁小兵以为过一会儿她的叹息会逐渐消失,像所有的中年人那样。但是没有,声音始终很小,均匀而连续。

丁小兵坐着没动,想抽支烟,却发现打火机不见了。灯光很暗,他不想开大灯。茶几上有个火柴盒,他打开一看,里面只有五根火柴。想象着火柴越划越少的情形,他有点担心,变得不敢抽烟。

他把两把椅子拼在一起,伏卧着。

落地台灯淡黄的光影弥漫在地毯上,他听着那些叹息,迷迷糊糊中,他看见自己此刻正拿着一张网,一张小时候捕蝉时用的网,努力捕捉着苏慧发出的叹息。那些叹息像是阳光下吹出的一串肥皂泡泡,五彩斑斓,正随风远去。那些泡泡连绵不断,藏着一个个属于自己的秘密。丁小兵奋力捕捉着,他想戳开一个个气泡,想探究它们的秘密。可是泡泡太多了,它们争先恐后来到他的眼前,可能是过于拥挤,它们还来不及打开心扉,就纷纷从他头顶掠过,消失在了阳光下。

我们究竟需要隐藏多少秘密,才能安全度过一生啊? 丁小兵想了想,换了个姿势,却听见苏慧的手机正发出"嗡嗡"的振动声,手机屏同时被点亮。

他看了看手表,零点。

他想喊醒她,却又想让她自己发觉手机来电,可手机响了一遍后她没醒,停顿片刻后手机又振动起来,她还是没反应。他走过去,手机屏上显示的是"老公来电"。

丁小兵吓了一跳,那四个字在幽暗的房间里特别夺目。换作他,是不会在半夜打电话或发短信的,甚至每当黑夜降临之后,偶尔响起的手机铃声都会让他心惊肉跳。或许只有夫妻之间才能做到昼夜不分地随心所欲吧。

他盯着手机,手机安静了一会儿,随后又短暂振动了两下,是一条短信。他在锁屏状态下看到一行字从屏幕顶端滑过:睡了吧? 明天傍晚前我开车赶过来。

3

丁小兵明白了,同时也感受到了强烈的危险。他站在床前,看着苏慧,她是那么安静,丝毫不知危险正在降临。

他拿出一支烟,随手就从口袋里掏出了打火机,那个他找了半天没找着的打火机。

当明天傍晚来临之际,他该去哪里呢? 他无法预知明天,心里的别扭越发强烈,他很想知道他在她的通讯录里是什么称呼,但想想还是算了。没什么事值得较真。

她依然很安静,安静得有些类似盆景,而他自己则是覆盖在盆景泥土上的那层青苔。很明显,苏慧凌空欲飞,可是对青苔似乎缺少了解。

他掀开被子的一角,靠在了床头。

“放手,痒呀。”

“别动。”

苏慧醒了。

手机提示灯一闪一灭,她拿过手机,凑近了看。接着又看了看丁小兵,他看出她有些紧张,但他依然装作什么都不知道,只看着她手指在手机上划来划去。

他无法看到她回复的内容。

她会怎么回复呢？是拒绝老公的到来还是让自己提前离开？

他等待着，等待着某个人的离开。

已经是早上五点了，天依然很黑，像是没有希望的沉默。丁小兵走到窗前，探出头。雪停了吗？如果停了他倒可以出去，出去走走，但雪还在下，他站在窗口，看着雪花一片、一片从他头顶经过，然后落下去、落下去。

地灯照射下的树木一片银白。远处有车灯，他以为来了一辆轿车，还能隐约听见车轮轧过积雪发出的声响。他再次紧张起来。

但等车驶近了，他才发现原来是两辆电瓶车正并排行驶。在靠近宾馆门前的路口，两个影子停下，坐在车上抽了支烟，烟头在暗夜里交替闪烁，一如苏慧手机的提示灯。说了几句话后，他们一个拐弯走了，另一个继续直行。

4

太阳已经升起，风也停了。远处的村庄很干净，白雪覆盖在屋顶。按照导游的安排，今天上午在大山村游玩，下午去古徽州茶道。导游介绍说大山村的人都很长寿，据说这里的土壤富含硒，种植的茶叶也是，很多外地人每年都来这里住上几个月呢。

村子里的房屋不像城市的那样紧紧靠在一起，它们是松散的，更像是随意找个空地就建起了家。唯一相同的是，它们门前都摆着很高的木柴，堂屋里都摆着用来取暖的火盆，屋檐下都挂着各种咸货。

丁小兵站在小路边,他闻出跟他的城市的味道有所不同,这让他有些眩晕。

导游指着一座小二楼说:"中午我们就在这里吃农家饭,等会儿我们去茶厂参观一下制茶工艺,然后就自由活动。"

丁小兵说:"茶厂我就不去了,我自己转转。"

导游说:"行呀,记着中午到这里吃饭。"

苏慧正在接电话。丁小兵看着她,想努力分辨她在说什么,但他什么也没听清,只看见她重重地挂断电话,然后放进口袋。

苏慧看了看他,朝他摆了摆手,随着人群往茶厂走去。

苏慧摆手的动作像是一种隐秘的暗示。那一刻,他犹如刮彩票,小心翼翼把彩票攥在手里,谨小慎微用指甲缓慢刮开,生怕刮坏了。但到最后他通常只看见四个字——感谢参与。

丁小兵则沿反方向往村口走。他记得刚才路过那里时有个长廊。

长廊其实是座桥,横跨在小河上。河水很浅,在阳光下泛着点点粼光。丁小兵坐在长廊上,看着一个小男孩和小女孩从远处跑来,女孩握着个雪球,假装要砸向小男孩,男孩蹦蹦跳跳躲到了草垛后面,片刻之后,雪球就从草垛后面接二连三飞向了女孩,女孩招架不住,刚跑进长廊,脚下却一滑,一屁股坐在地上,接着哭了起来。男孩得意地走出来,看见哭鼻子的女孩,一时也不知怎么办,只好低着头站在她跟前。

丁小兵走过去,扶起女孩,又替她掸去衣服上的积雪。男孩与女孩先是看着他,然后慢慢走,边走边回头,接着奔跑起来。他看见小男孩把口袋里藏着的一个雪球,悄悄塞进了女孩羽绒服的帽子里。

看着他俩嬉戏的样子，丁小兵试图回忆自己童年时的模样，可费尽心思也一无所获。生活早已给他铺就了按部就班的轨道，在他结婚后最初的几年里，他觉得所有的女人都是迷人的，进而后悔自己结婚太早，于是在那几年里，他对她们的生活产生了巨大的好奇。起先他以为自己很特别，但后来他终于发现，他和别人并没有什么两样。

他承认他与苏慧之间有爱情，但现在看来更像是奸情。不能说他内心没有被触动过，但总体就是那样，半死不活之中还想占到最后一点便宜。

快到十一点了。远处的喧闹使他抬起头，从茶厂参观回来的他们，几乎人手一袋茶叶，苏慧走在队伍后面，拎着两袋茶叶。丁小兵绕过去，融进队伍中。

苏慧看见他，站在原地等他走近，一边把茶叶递给他，一边挽住了他的胳膊。丁小兵顿时不自然了，他挺了挺胸，边走边晃动几下胳膊。但苏慧挽得很紧，以至于他俩的脚不时磕碰在一起。

队伍忽然停了下来。前面的一对夫妻发生了争吵，周围的夫妻们正边围观边好言相劝。

一个女人哭笑不得指指路边的茅厕说："我的身份证放在裤袋里，不小心掉进坑里了。"

导游掩着鼻子到茅厕里一看，果然，一张身份证还有一小截露着，可是坑很深，弯腰伸手也捞不到。这该如何是好？

夫妻们你望望我，我望望你，个个穿得清清爽爽。有人便开始埋怨，说好端端的出了这种事，坏了大家的兴致，还耽误时间。

女人没办法，便拽着她的男人，要他去捞。男人不愿意，说回去补办就行了。而女人不依不饶,连声说这点小事都不效劳,还口口声声说爱她。当着众人的面,男人很不耐烦,说屁大点小事都来麻烦他,他能应付过来吗。到最后俩人差点要动手了。

周围的人连忙拉开,忙不迭说:"都是夫妻,有事好商量。"那个女人手朝天空一挥,说:"谁是他老婆?! 真是臭不要脸,嫁给这种人的人算是瞎了眼!"

所有的人都安静了。

正在这时,小路上一个十来岁的孩子,背了一捆山柴,往这里走来。导游又挥旗子又招手。等孩子走近了,导游说:"小朋友,帮我做件好事好吗?"孩子放下山柴,眨巴着眼睛望着大家。

那个女人接过来说:"我的身份证掉到茅厕里了,你帮我捞起来,我给你钱。"说着,她就摸出了十元钱,往孩子手里塞。

没想到这孩子挺厉害,他一把推开,开价就是一百元。

乳臭未干的孩子也会借机敲诈? 这实在出乎所有人的意料。女人还想讨价还价,可是夫妻们都催着去吃饭,她只好点点头,说:"好吧,一百元。"

孩子速度很快,从自己背的一捆山柴中抽出两根长树枝,走到坑边,只轻轻一夹,连腰也没弯,就把身份证夹起来了,又到路边的溪水里冲洗干净,随后拿在手里,跑到女人面前,等着一手拿钱,一手交货。

眼看着这事情就可以了结了,女人说:"给你钱。"

孩子却不接钱,看着导游手中的三角旗,说:"那你也帮我做件好事行吗?"

"嗯,这个……你先说什么事吧。"

孩子说:"我什么都不要。你们去我家买茶叶吧,肯定比你们买得要好,还便宜。"

旁边的夫妻们谁都不吱声。导游说:"好吧。等会我去买几斤。"

孩子笑了,手往前一指说:"你可别骗我呀。喏,我家就在前面,门前有棵大银杏树。"说完背起山柴向前走,走了几步又回头望望。

苏慧问丁小兵:"如果是我,你会不会帮我捞?"

丁小兵说:"不捞。我自己的都不捞。"

苏慧在他胳膊上轻轻打了一拳。

停在土路上的一辆小汽车,此时却连续摁了几下喇叭。丁小兵循声望去,那是一辆风尘仆仆的"现代"越野车,车门、车头全是泥浆,挂的正是丁小兵城市的牌照。车边站着一男一女,朝人群挥手喊:"苏慧姐,苏慧姐!"

丁小兵本能地后退了两步。

两个人年纪不大,径直跑到苏慧跟前。苏慧说:"你俩怎么跑来了?"他俩说:"是梁哥喊我们一起来玩的。他车坏在石台县城了,正喊人在修呢。"

苏慧说:"哦。"

"他让我们先过来,他说车若修不好,他就先坐班车进山。"

"哦。"

"都跟他说我们开一辆车过来就行了,他非要……"

"哦。"

"这里的雪好厚呀,空气真好。"

"哦。我去跟导游说一下。"

丁小兵像是一名真正的游客,缓慢地从他们身边经过,又慌忙跟在队伍后面,没人发觉他的异样,以及无助。

午饭时他没与苏慧同坐一桌,他朝她望了望,她也正看着他,眼神有点躲闪,躲闪的目光里没有爱恋,也没有惜别,只有茫然。也仅仅就是这一瞥,他又低头扒饭了。他想起了在家的妻子与放学后的儿子,他们此刻在做什么呢? 耳边突然没有了妻子的争吵声,他反倒不习惯现在的清静了。

昨晚买酒的男人碰碰他的胳膊,问:"你俩怎么没坐一起?"

丁小兵说:"来晚了,那桌坐不下。"

"哦。我想也是。"

"你想也是?"

"哎,中午来的那俩人你认识?"

"认识。"

"哦。"

草草吃完饭,丁小兵慢腾腾走向房间。房门关着,他敲了两下,没动静,再敲两下,走廊上有人回来了。丁小兵与他们互相看了看,笑笑。

丁小兵去了趟洗手间。一进门他就听见有人在打电话,隔着隔板他清楚地听见了电话内容——

"是我不对,我应该主动冲上去帮你捞身份证。"

"……"

"身份证晾干了吧? 哎,告诉你一个秘密。我发现那个女的好像不是那个男的老婆。"

"……"

"就是那个嘛,中午不是来了两个年轻人嘛,来找那个年龄稍大一点的。对,就那个。呵呵。来这里找快活,哈哈。第一天我就发现他们不像。"

丁小兵顿了顿,伸手按下冲水钮。"哗啦啦"一阵水声过后,洗手间内一片死寂。

他走回房间,门开着。苏慧在打电话。

她的鞋子在窗台上,窗户半开着,他走近看了看,是一双黑色的平底短靴,阳光照进来,时间变得温暖而迟缓。他又看了看窗外,然后关上窗户,像是急需把自己封存起来。

苏慧放下电话。丁小兵说:"那两个年轻人是你朋友?"

"是我邻居,刚结婚。"

"哦。"

"你知道我和他些什么?"

"我什么都不知道。"

"那我们一起待在这里好了。"

"别添乱了。"

"可是我一直在努力呀。包括我一直在阻止他过来。"

丁小兵说:"我们都已经结婚了。在认识你之后尽管我不想再遇到别的女人,但我也不会离婚了。"

"为什么?"

"离婚实在是毫无必要。"

"那你是想匆匆打发掉这段情感吗?"

丁小兵一声不吭，眼睛盯着窗外。他说："又下雪了。"

"你还爱你老婆吗？"苏慧说。

"不爱，早就不爱了。"

"那这样的婚姻还有什么意义？"

"习惯，习惯了。我还是一个孩子的父亲。"

"行了，别说了。"

"我知道你很阳光，但我是个很阴暗的人。"

"行了，你别说了。我不想听。"

"但总的说来，我们都是开始走下坡路的人了。四十岁了啊。"

"行了，你别说了。我不想听。求你了。"

"算了吧。我们只会重复同样的错误，就和你现在的丈夫一样。我们都有自己的生活，以及对别人的承诺。"丁小兵继续说。

"行了，你别说了。我不想听。求求你了。"

丁小兵停了下来。刚想张嘴却一时不知道要说什么，也找不出继续说下去的理由。他对她无索求，还能跟她说什么呢？

他说："我的鞋子湿了半截，很不舒服。我去看看这里有没有合脚的棉鞋卖。"

苏慧说："去吧。别忘了一点半集合。"

5

丁小兵在村子里转来转去，最后在村头的小卖部看到有棉鞋出售。是款式很古老的那种，鞋里子衬的是棉花，很暖和也很结实，他试了试，依然不太合脚。

看店的是个六十多岁的老头,见他试来试去,拿起一双四十一码的递给他,说:"这双肯定行,新鞋都挤脚,穿穿就好了。"丁小兵摇摇头说:"那样太麻烦了。"

村头的那个小池塘已经结冰,薄薄的冰面仿佛水面之上盖着一块大玻璃,泛着青光。他捡起一粒石子,像打水漂那样朝冰面抛去,石子快速滑动,很快就消失不见了。他又捡起一把石子同时抛去,冰面上有了响动,他脚跟前的一块薄冰随即裂开了一道口子,随后冰面缓慢裂开,形成了树枝般的纹理,冰面下的死水荡漾了几下,复归平静。

丁小兵看了看时间,快到点了,傍晚很快就将来临。他往集合点走去。

那些人三三两两站在宾馆门前,他们似乎一直在看着他,看着他独自走来,然后混入其中。丁小兵已经看见,苏慧身边站着的,除了那两个年轻人,还有一张陌生面孔。他看不清他的脸。

导游说下午游玩的内容是重走徽州古茶道,终点是山顶的一座古寺。然后结束今天愉快的行程。

又下雪了,积雪覆盖的古茶道还算平整,路边时而出现各种小动物的爪印,有人在用力摇晃着松树,积雪纷纷扬扬散落开来,落在他们的身上,激起他们阵阵欢呼,鸟儿从枝头惊起,在树林间盘旋消失。

丁小兵掀起羽绒服帽子,走在队伍的最后面,距离逐渐拉大。他还能看见苏慧,她一直在悄悄给他发短信,每发完一次就回头看看,神情不那么自然。丁小兵的手机在口袋里间或响一下,他拿出手机,摁下了关机键。

越过她的头顶,丁小兵看见上午还在争吵的那对男女,此刻安静、恩爱,女人红色的围巾遮挡了大半张脸,她正挽着男人的胳膊,小心翼翼走在茶道上,她那模样宛如犯了错的孩子突然得到了原谅。

人是不可靠的。丁小兵想。

过了一会儿,山里下了一阵雨夹雪,细雨斜斜地落下,松针一般飘在脸上。雪花拉开的帷幕逐渐被细雨清洗干净,深山永远安静,那些大树成群排列在山上,山顶上的积雪与一片片白云触手可及。

人们都朝着山顶那座古寺竭力攀登。可在丁小兵看来,古寺遥不可及,像要故意远离他。丁小兵远远看着携手勇攀高峰的他们,在他的视野里,他们时而出现时而消失。日子永远是属于他们的。

太阳早已不见,天气开始变得阴冷,寒风在树林间穿梭,留下"呜呜"声响和无数的影子。丁小兵渐渐看不见队伍了,他们越走越远,似乎也越走越快,变成了数不清的阴影。他环顾四周,影影绰绰的群山像是睡眼惺忪的苏慧,正深情地注视着他。

等天完全黑下来时,他发现自己迷路了,那些影子夫妻早已没了影子。

他体会到了恐惧,他的双脚渐渐麻木,不知自己还能去往何方。于是他在这片山林间飞奔起来,越来越快越来越快,跃过山顶直达天空。他扭头看着大地,白茫茫的大地上有一串长长的脚印,他知道自己一直在走,不断向前走,像所有中年人那样。